玫瑰的遭遇

〔法〕纪尧姆·米索（Guillaume Musso）/ 著

曹杨 / 译

La Jeune
Fille et la Nuit

湖南文艺出版社
HUNAN LITERATURE AND ART PUBLISHING HOUSE

博集天卷
CS-BOOKY

致 芙 罗 拉 ,
纪 念 那 年 冬 天 , 我 们 在 凌 晨 四 点
给 宝 宝 喂 奶 时 的 对 话 ……

//

黑夜的问题丝毫没有得到解决。
怎样才能度过它？

——亨利·米修，法国作家

圣埃克苏佩里国际中学

鹰巢
体育馆
教工公寓
戏剧俱乐部
栗树广场
尼古拉-德-斯
塔埃尔公寓
老教学楼
图书馆
网络大楼
行政楼
迪诺商店
保安值班室
停船码头
湖
DINO

玫　瑰　的　遭　遇　　*La Jeune Fille et la Nuit*

目 录

Contents

// 走私犯径

少女：

走开，啊，快走开！

消失呀，可恶的白骨！

我还年轻，消失吧！

不要碰我！

死神：

把手给我，美丽温柔的尤物！

我是你的朋友，你不必畏惧。

别再反抗了！

别害怕，

乖乖地来我怀里入睡。

——马蒂亚斯·克劳迪乌斯（1740—1815），德国诗人

2017年

昂蒂布海岬南端。5月13日。

玛侬·阿戈斯蒂尼把公务车停在了葛若普海滨路的尽头。这位市政女警重重地摔上老雷诺的车门，暗暗咒骂今天的种种经历。

晚上九点左右，海岬地区一家豪宅的门卫致电昂蒂布警局，说从主人家花园旁的小径上传来了爆竹声或枪声（总之是个奇怪的声响）。警局并没有把这通电话当回事，于是便转给了市政警察办公室，后者除了联系她这个已经下班的女警外，没有找到更好的解决办法。

当上级打来电话要求她到海滨小径看一眼时，玛侬已经身穿晚礼服准备出门了。她真想让头儿自己去瞧瞧，可话到嘴边却没能说出来。之所以没法拒绝这个任务，是因为当天早上，头儿同意她下班后继续使用公务车。玛侬自己的车刚刚报废，但她今晚确实需要一辆车，奔赴她心心念念的一场聚会。

圣埃克苏佩里国际中学是她的母校。在母校五十年校庆之际，玛侬的班级要举办一场同学会。玛侬默默地期待能在同学会上再次见到他，一个曾给她留下深刻印象的男生。他是那么与众不同，可她却傻傻地忽视了他，因为当年的她更喜欢那些年长的蠢货。其实，她的这份期待压根没什么合理性，她甚至不知道他会不会出现在聚会上，或者，那个男生说不定早已忘记了她的存在。然而，她需要让自己相信，她的生活里就要发生什么事了。美甲、做头发、逛街……玛侬准备了整整一下午。为了一条午夜蓝花边紧身丝缎连衣裙，她狠心花掉了三百欧元，还跟姐姐借了条珍珠项链，跟闺密借了双浅口皮鞋——一双让她的双脚疼痛难忍的斯图尔特·韦茨曼麂皮高跟鞋。

玛侬打开手机的手电筒，踩着高跟鞋在窄窄的街巷里前行。这条窄街长达两公里，沿海岸线一直通向艾伦豪克别墅。她对这一带很熟悉。小时候，爸爸常带她到附近的小湾边钓鱼。以前，当地人管这个地区叫"报关员径"或"走私犯径"；后来，这里以"提尔布瓦勒小径"这一优美的名字出现在旅游指南中。如今，它有一个更平淡无奇的名字——海滨小径。

走了五十多米后，玛侬撞上了一个警示栅栏——危险区域，禁止通行。本周周中，一场大风暴席卷了这里，猛烈的海浪造成了坍塌，导致某些徒步区域无法通行。

玛侬犹豫了一会儿，随后决定跨过栅栏。

1992年

昂蒂布海岬南端。10月1日。

雯卡·罗克维尔心情非常愉悦，蹦蹦跳跳地走过若利耶特海滩。已经晚上十点了。为了从学校来这里，她说服了文科预科班的一个好友，用电动车把她带到了葛若普海滨路。

　　沿着走私犯径前行时，她的身体里荡起激流。她就要见到亚历克西斯了，她就要见到心上人了！

　　海风吹得越发猛烈，但夜是那样美，天空是那样清澈，放眼望去，一切宛如白昼。雯卡一直都很喜欢这个地方，因为这里够原始，因为这里和蔚蓝海岸那些糟糕的夏日海滨景致截然不同。在阳光下，面对那闪着白色和赭石色亮光的石灰岩，和那沐浴在一片片小湾中的变幻无穷的蔚蓝幻境，人们会被彻底征服。有一次，在莱兰群岛方向，雯卡甚至望见了海豚。

　　而狂风大作时，景色则会大变模样，一如今晚。陡峭的岩石变得危险，橄榄树和松树痛苦地扭动着身躯，好像要从土地里挣脱出来。可是，雯卡才不在乎这些。她就要见到亚历克西斯了，她就要见到心上人了！

2017年

妈的！

　　玛侬一只鞋的鞋跟啪地断了。该死！赶去聚会前，她不得不先回家一趟，明天还得遭朋友一顿数落。她脱掉鞋子，把它们放进包里，光着脚继续向前走。

　　在她脚下，依然是那条突出在悬崖峭壁上的水泥窄路。空气很干净，令人神清气爽。密史脱拉风①吹亮了夜晚，唤醒了星空。

---

① 法国南部及地中海沿岸刮的干冷强劲的北风或西北风。

　　眼前那令人惊艳的景色，始于昂蒂布老城的城墙，经腹地的群山，一直延展到尼斯海湾。隐藏在松树林背后的，是蔚蓝海岸最美的几座私人宅邸。浪花滚滚而至，声音是那般有力量。

　　从前，这里曾上演过一幕幕悲剧。海浪曾多次卷走渔民、游客，以及刚刚在海边拥吻过的情侣们。迫于负面舆论的压力，政府不得不采取一系列安全举措：建造坚实的台阶、设置路标、安装护栏，以免徒步者过于靠近道路边缘。然而，只要狂风刮上几个小时，这一带就会再次回到异常危险的状态。

　　此刻，玛侬所在的地方正好倒着一棵地中海松；大树砸断了栏杆扶手，把路堵得死死的。没法再往前走了。玛侬开始考虑原路返回。这里连个人影都没有。猛烈的密史脱拉风打消了人们前来徒步的念头。

　　姑娘，快走开。

　　她一动不动地倾听着风的咆哮。那风似乎在控诉着什么，如此遥远，又如此接近。一种沉闷的威胁。

　　虽然光着脚，玛侬还是冲到了一块岩石上，以便绕开地中海松继续前行；她唯一的光源，就是手机自带的手电筒。

　　在悬崖下方，隐约出现了一团黑乎乎的东西。玛侬揉了揉眼睛。她离得太远了，很难看清楚。她小心翼翼地朝下面走去。花边连衣裙的裙摆被扯坏了，发出一阵撕裂声，可她完全没有注意到。现在，她终于看清那黑影：那是一具躯体，一具被抛弃在岩石间的女尸。她越靠近，越恐惧。不是意外事故：女人的脸已被砸得血肉模糊。我的上帝啊！玛侬顿觉双腿无力，整个人快瘫倒在地了。她拿起手机，想呼叫救援。这里虽然没有信号，但手机屏幕上至少显示有"仅限紧急呼叫"的字样。就在她即将拨出电话时，她突然发现自己并非一人。一个男人正坐在稍远的地方流泪，他把脸埋进双手里，崩溃地抽泣着。

玛侬害怕极了。这会儿，她真后悔自己没带武器。她小心翼翼地走了过去。男人站了起来。当他抬起头时，玛侬认出了他。

"是我干的。"他用手指着尸体说。

1992年

雯卡·罗克维尔在一块块岩石间跳跃，优雅、轻盈。风越来越大，可雯卡喜欢这一切。她喜欢海浪，喜欢危险，喜欢迷醉人心的海风，喜欢令人眩晕的绝壁。与亚历克西斯的相遇，是她生命中最美的经历。她目眩神迷，如痴如醉。那是身体与身体、灵魂与灵魂的结合。即便她活到一百岁，也不会再发生任何能媲美这段回忆的事了。想到和亚历克西斯的秘密约会，想到他们在岩石间做爱，她不禁心旌荡漾。

她感觉温柔的海风包裹住了她整个身体，绕着她的双腿吹拂，吹起她连衣裙的裙摆，仿佛在为即将到来的亲密接触演奏序曲。火热的心脏，沸腾的血液，令人无法自已、漂浮摇摆的热浪，还有那让身体的每一寸肌肤都微微颤动的悸动不安……

她就要见到亚历克西斯了，她就要见到心上人了！

亚历克西斯是风暴，是夜晚，是瞬间。在内心深处，雯卡知道自己正在犯傻，知道结局会很糟糕。然而，对她而言，此时的兴奋与悸动，比世上的一切都珍贵。等待，为爱痴狂，被夜晚俘获而痛并快乐着。

"雯卡！"

突然，亚历克西斯的身影出现在明亮的夜空下。空中的月亮又圆又亮。雯卡走了几步，迎向那人影。眨眼间，她似乎已然感受到了即将袭来的快乐。热烈，滚烫，无法控制。身体交汇，随后溶解，直到在海浪与海风中融化。呻吟与呼喊，掺进了海鸥的鸣叫。痉挛，炸裂，在炫目的白色快感的笼罩下，似乎整个人都消散了。

"亚历克西斯！"

最后，当雯卡紧紧抱住心上人时，内心深处再次轻轻传来一个声音：一切都会很糟糕。不过，这位年轻姑娘才不在乎什么将来。既然爱了，就要爱得彻底！

真正重要的，只有当下。

夜的诱惑，炽热、有毒。

圣埃克苏佩里国际中学迎来五十周年校庆

《尼斯早报》， 2017年5月8日，星期一

　　下周末，索菲亚－昂蒂波利科技园内的头牌机构将迎来五十岁生日。

　　圣埃克苏佩里国际中学于一九六七年由法国语言文化传播协会创办，旨在接收外派员工的子女入学，是蔚蓝海岸地区一道独特的风景线。该校教学水平一流，以外语教学为核心。双语班的学生毕业后可获得国际文凭，目前有近千名法籍和外籍学生就读于此。庆祝活动将于五月十二日星期五开始，当天是该所国际中学的开放日。届时，我们将欣赏到在校学生和教职员工专为本次校庆创作的艺术作品：摄影展、影片放映、戏剧表演。

　　次日中午，校方将举办一场鸡尾酒会，参加者是该校校友和老员工。届时，将举行新楼"玻璃塔"的奠基仪式，这座超级现代化的五层建筑将面向高等工程学院的预科班学生，其落成位置就是现在的体育馆，后者将于近期被拆除。而在当晚的校友舞会上，

一九九〇至一九九五届的学生们将有幸成为体育馆的最后一批使用者。

校长弗洛朗丝·吉拉尔女士表示，在校庆期间，希望大家积极出席活动。"我热情地邀请所有校友和员工前来分享这欢聚的时刻。交流、重聚和追忆往昔，不仅能帮助我们忆起自己来自何处，更是为我们的未来之路指明方向的必备因素。"校长女士用略显蹩脚的表达方式如是说，并宣布校方为本次校庆活动专门创建了一个脸书群。

斯特凡纳·皮亚内利　报道

永远年轻 //

1.樱桃可乐

> 坐在一架即将坠毁的飞机里，我们没必要系安全带，因为这毫无用处。
>
> ——村上春树，日本当代作家

索菲亚-昂蒂波利科技园

2017年5月13日　星期六

我把租来的汽车停在服务站旁的松树下，距离学校大门三百米远的地方。我是直接从机场赶来的：在刚刚乘坐的纽约飞往尼斯的航班上，我完全没合眼。

前一天晚上，我通过邮件收到了一篇有关母校五十周年校庆的文章，随即便匆匆离开了曼哈顿。邮件被发送到了我出版社的邮箱里，发件人是马克西姆·比安卡尔蒂尼，他曾是我最好的朋友，但我们已经有二十五年没见过面了。他留给我一个手机号，我起先还犹豫要不要打给他，随后便意识到这是我唯一的选择。

"托马斯，你看过那篇文章了？"他开门见山。

"是的，所以我才给你打电话。"

"你知道这意味着什么吗？"

他的声音似曾相识，却因不安、紧张和恐惧变了味。

我并没有马上回答他的问题。是的，我知道这意味着什么。这意味着我们的生活就此终结，意味着我们将在铁窗里度过余生。

"你得来趟蔚蓝海岸，托马斯，"几秒钟的沉默后，他说道，"咱们得想个办法，避免不幸发生。咱们得试试。"

我闭上眼，估量着即将出现的后果：轰动四方的丑闻、司法介入和调查，以及我们各自的家庭将要遭受的沉重打击。

在内心深处，我始终觉得，这一天早晚会到。我头顶着这支达摩克利斯之剑，如行尸走肉般活了二十五年。子夜时分，我时常满头大汗地从梦中惊醒，回想起曾经发生的一幕幕，也预想着未来某一天东窗事发。每每在这样的夜里，我都会就着一大口轻井泽威士忌，吞下一片安眠药；然而，即便如此，我也很难再次入睡。

"咱们得试试。"我的朋友重复道。

我知道，他不过是在用幻想欺骗自己罢了。要知道，这颗即将毁灭一切的炸弹，正是我们在一九九二年十二月的一个夜晚亲手埋下的。

我们两人都清楚地知道，没有任何办法能够阻止爆炸发生。

锁上车门，我走到了加油站，那是个被大家称作"迪诺"的美式一体商店。在加油泵的后面，有一座殖民风格的彩漆木房，里面是家小商店和舒适的咖啡馆，还有一座盖着篷布的露台。

　　我推开门。这里没有太大变化，仍然保留着一种超脱时光的味道。在店的最深处，几把高脚椅环绕着一张木质吧台，吧台尽头的钟形玻璃罩里陈列着五颜六色的蛋糕。房间里的其他地方也摆放着桌子和长椅，一直延伸到露台上。墙上挂着珐琅盘，都是些已经消失的品牌的广告，还有蔚蓝海岸在疯狂年代①的招贴画。为了摆下更多的桌子，老板撤走了台球桌和街机（《超越》《打砖块》和《街头霸王2》等游戏曾不知多少次吞掉了我的零花钱）。唯一幸存下来的，就是那台老掉牙的Benzini②桌式足球，它从桌面到控制杆都已经旧得不像样了。

　　我不禁伸出双手，轻触着球台的山毛榉实木边框。就是在这个地方，我和马克西姆还原过马赛足球俱乐部的每一场比赛。记忆的碎片开始在我眼前闪现：一九八九年法国联赛杯中帕潘的三连胜、对战本菲卡俱乐部时瓦塔的手球、对战AC米兰时克里斯·沃德尔的右脚外侧进球，还有韦洛德罗姆球场突然停电的那一夜。遗憾的是，我们没能共同庆贺那场期待已久的胜利：一九九三年欧冠联赛的冠军加冕。那时，我已经离开蔚蓝海岸，去巴黎的一所商校读书了。

　　我任凭咖啡厅的氛围将我裹挟。其实，课后常和我来这儿的不止马克西姆一人。我记忆中印象最深刻的是雯卡·罗克维尔，她是我当年深爱着的女孩。其实，当年所有男生都爱着她。仿若在昨天，又恍如隔世。

　　走向吧台时，记忆的片段越来越清晰，我感觉手臂上汗毛直竖。我忆起了雯卡明朗的笑容、可爱的牙齿缝、轻盈的裙摆，忆起了她不合常理的美，还有她那带有距离感的眼神。我记得，在迪诺咖啡厅，雯卡喜

---

① 这里指20世纪20年代。

② 法国最有名的桌式足球制造商。

欢在夏天喝樱桃可乐，在冬天点一杯漂着小棉花糖的热巧克力。

"您喝点什么？"

我简直不敢相信自己的眼睛：咖啡厅的经营者还是那对意大利-波兰夫妇——瓦伦蒂尼两口子。一瞧见他们，我马上就想起了他们叫什么。正在清理咖啡机的迪诺（毫无疑问是这个名字……）停下了手里的活，问我想喝点什么。汉娜则在翻看当天的报纸。他赘肉多了、头发少了；她呢，金发淡了、皱纹深了。好在，随时光流逝，他们的夫妻关系似乎融洽了些。衰老就是能起到这样的作用：让耀眼的美艳变得暗淡，同时为平凡的外表镀上古铜色的光泽。

"麻烦您，我想来杯咖啡，双份的意式特浓。"

顿了几秒钟后，我唤醒雯卡的魂灵，重启了往昔。

"再来一杯樱桃可乐，要吸管和冰块。"

有那么一瞬间，我觉得瓦伦蒂尼夫妇似乎认出了我。一九九〇年到一九九八年年间，我的父母曾是圣埃克苏佩里国际中学的校长，父亲负责高中部，母亲负责预科班；由于担任这样的职务，他们在校园里分到了一套教工公寓。那时，我经常跑来这里。为了能免费玩上几把《街头霸王》，我有时会帮迪诺收拾地下室，或者帮他做那道有名的甜点"蛋奶冻"，制作秘方是他从他爸爸那儿继承来的。汉娜始终盯着报纸；老迪诺收了我的钱后，把喝的递到我面前，疲惫的目光中并未闪出丝毫光亮。

店面有四分之三是空的，这大大出乎我的意料，即便现在是星期六上午。我上学那会儿，圣埃克苏佩里国际中学有很多寄宿生，其中大部分人周末也会留在学校。趁着人少，我走向了雯卡和我最喜欢的地方：露台最里面的桌子，就在松树的香枝下。仿佛和太阳惺惺相惜般，雯卡总会选择面向阳光的椅子。我端着托盘背对树丛坐了下来，那是我惯常坐的位置。我端起咖啡杯，把樱桃可乐放在了空椅子前。

扬声器里传来快转眼球乐队的一首老歌——《失去信仰》。好多人都以为那首曲子是讲信仰的，其实它唱的不过是一段单恋所带来的痛苦与煎熬，是一个心慌意乱的男孩对心爱姑娘的呐喊："嘿，快看啊，我在这儿！为什么你就是对我视而不见呢？"那简直就是我的生活写照。

一阵微风吹动枝叶，阳光在地板上照出浮尘。有那么几秒钟，我像着了魔一般，回到了九十年代初。在我面前，在穿透枝叶的春光下，雯卡的幽魂灵动起来，我们充满激情的谈话在我耳边回响。我听到她热情洋溢地对我说起《情人》和《危险关系》，我则给她讲了《马丁·伊登》和《指环王》。也是在这张小桌旁，我们常常聊起星期三下午在戛纳的星光电影院或昂蒂布娱乐影城看过的电影。她痴迷于《钢琴课》和《末路狂花》，我则喜欢看《今生情未了》和《两生花》。

歌接近尾声。雯卡戴上她的雷朋太阳镜，用吸管喝了一口可乐，在彩色镜片后对我挤了挤眼睛。她的身影渐渐变得模糊，直到完全消失，我们这段愉悦人心的插曲就此终结。

一九九二年那无忧无虑的夏日早已离我们远去。我孑然一人，暗自神伤，气喘吁吁地追逐着逝去青春的幻想。我已经有二十五年没见过雯卡了。

二十五年了，没人再见过她。

꧁

一九九二年十二月二十日星期日，十九岁的雯卡·罗克维尔和她的秘密情人、二十七岁的哲学老师亚历克西斯·克雷芒逃到了巴黎。两个人最后一次被人看到是在第二天早上，在第七区圣克罗蒂德圣殿旁的一家酒店里。之后，他们就在巴黎消失得无影无踪了。他们再也没有出现过，再也没联系过各自的亲友。他们就这样彻彻底底地从人间蒸发了。

这是官方版本。

我从口袋里掏出那篇刊登在《尼斯早报》上的文章，那篇我已读过上百遍的文章。在平凡的表象下，它隐藏着一条信息，而这条信息将引发重重悲剧，颠覆所有人对这一事件的认知。今天，人们做判断的依据是公开的真相，然而，真相往往并不是我们所看到的样子；就眼前这一具体情况而言，它既不能令人平和，也无法起到哀悼作用，更难以带来公正。即将伴随真相而来的，只有不幸、追捕和恶意中伤。

"呀！对不起，先生！"

一个冒失的高中生在桌子间跑动时，书包撞翻了可乐杯。我下意识地接住了下落的杯子，没有让它摔碎。我用几张纸巾擦干了桌面，但裤子已经被汽水弄脏了。我穿过咖啡馆，走向洗手间，足足用了五分钟才清理掉污渍，又花了差不多的时间烘干了衣裤。最好还是别出现在同学会上了，免得大家以为我尿了裤子。

接着，我回到座位，想取走挂在椅背上的外套。当我的目光瞟向桌面时，我的心脏加速跳动起来。就在我离开的工夫，有人对折了报纸的复印件，并在上面放了一副太阳镜，一副彩色镜片的雷朋派对达人眼镜。谁在跟我开这个可怕的玩笑？我看了看周围，迪诺正在加油泵旁和一个男人聊天，汉娜正在露台的另一头给天竺葵浇水。除了三个坐在吧台旁休息的清洁工，为数不多的几个顾客都是高中生，有的在对着苹果电脑学习，有的在拿手机聊天。

妈的……

我得把眼镜拿在手上，才能确定眼前的一切不是幻觉。拿起眼镜时，我看到剪报被人做了批注。那是一个简简单单的词，笔触圆润有力：

复仇。

2.全班第一和坏小子们

控制过去的人控制未来。

——乔治·奥威尔，英国小说家

《把它涂黑》《没有惊吓》《一》……

刚一进校门，就能看到学校的乐队正在用滚石、电台司令和U2的老歌欢迎来宾。乐声虽然糟糕，却颇具带入感，将来宾引向校园的中心——栗树广场，上午的庆祝活动就在那里举行。

索菲亚-昂蒂波利科技园横跨几个市镇（其中包括昂蒂布和瓦尔邦讷），常常被称为法国的硅谷，在钢筋混凝土遍布的蔚蓝海岸中，堪称一块宝贵的绿地。成千上万家新兴创业公司和大型尖端产业集团都在这块两千公顷的松林里落户。这个地方有吸引世界各地高管的王牌优势：覆盖全年四分之三时间的灿烂阳光、毗邻蔚蓝海岸和阿尔卑斯各大滑雪场、丰富的体育设施和以圣埃克苏佩里为首的优质国际学校。在阿尔卑斯滨海省的教育金字塔中，圣埃克苏佩里国际中学稳居塔顶。每个父母都想把自己的孩子送去那里就读，用该校的校训许给孩子一个未来——"知识就是力量。"

经过保安值班室后，我沿着行政区和教师休息室向前走。这些建筑是二十世纪六十年代中期建造的，如今已开始显现老旧之态，但整个区域依然别致典雅。建筑师巧妙地利用了瓦尔邦讷高原的自然风光。上午，暖风和煦，天空湛蓝。在松林和灌木丛间，在峭壁和崎岖起伏的高地间，由钢铁、混凝土和玻璃建造的立方体和平行六面体和谐地融入了瓦尔邦讷的自然美景中。再往下走，被一大片湖水环绕着的，是一座座半掩在树丛间的二层彩色小楼。每座学生公寓楼都用曾在蔚蓝海岸居住过的艺术家的名字命名，如帕布罗·毕加索、马克·夏加尔、尼古拉·德·斯塔埃尔、弗朗西斯·斯科特·菲茨杰拉德、西德尼·贝切特和格雷厄姆·格林等等。

十五岁到十九岁时，我曾在这里生活，住在我父母的教工公寓里。关于当年的点滴，我至今记忆犹新。那时，每天清晨醒来，我都会面对松林赞叹不已。从我青少年时代的卧室向外望去，可以看到此刻我眼前的绝美景色：波光粼粼的湖面、湖上的木质浮桥，还有停船码头……在纽约生活了二十年后，我让自己相信，我喜欢曼哈顿的电子蓝天空胜过地中海岸的风声和蝉鸣，喜欢布鲁克林区和哈莱姆区的活力胜过桉树和薰衣草的香气。**然而，归根结底，这是真的吗？**我一边问自己，一边绕过阿格拉大楼（一座于二十世纪九十年代初环绕图书馆而建的玻璃建筑，里面有多间阶梯教室和一个电影放映厅）。接着，我来到了历史气息浓厚的老教学楼，这些哥特风的红砖建筑会使人联想到一些美国高校。这些砖石建筑虽不合时宜，与整体的建筑风格格格不入，但它们一直以来都是圣埃克苏佩里国际中学的骄傲，给校园镀上了一层常春藤盟校的荣光，让学生们的父母因把子女送进本地的哈佛就读而感到无比自豪。

"呀，托马斯·德加莱，这是在为下一部小说找灵感吗？"

身后传来的声音吓了我一跳，我迅速转过身去，看见了斯特凡纳·皮亚内利的笑脸。长发、火枪手式的小山羊胡子、约翰·列侬式圆眼镜、斜挎布包，这位《尼斯早报》的记者还和上学时一样，打扮得怪里怪气。唯一和当年不同的是，他在记者马甲下高调地穿了一件印有"Phi"字样的T恤，那可是极左派政党"不屈法国"尽人皆知的标志。

"嘿，斯特凡纳。"我一边回应，一边同他握手。

我们一起走了几步。皮亚内利与我同岁，和我一样，他也出生在昂蒂布。直到结业班，我们始终都在一个班级。在我的印象里，他伶牙俐齿，常常用三段论式的雄辩让老师们下不来台。我们学校具有政治觉悟的学生并不多，他便是其中之一。会考后，他明明可以在圣埃克苏佩里上个巴黎政治学院的预科班，却选择了在尼斯文学院读书。那所学校是我父亲口中的"失业人员制造厂"，我母亲更狠，说那里满是"一群游手好闲的极左分子"。但皮亚内利爱发难指责的反叛性格却始终没变。在卡洛恩，他在社会党运动中逆流而上，于一九九四年春天的一个晚上，在法国电视二台播放的一档名为《明日青年》的节目中大放异彩。这期直播节目有两个多小时，几十名反对职业安置合同（就是政府强制施行的最低工资标准）的大学生纷纷亮相、畅所欲言。前不久，我在国家影视档案资料网上重新看了这期节目，皮亚内利的镇静自若和放肆大胆令我震惊。话筒曾两度递到他手里，他利用这两次机会向几位政坛老手发难，竟令他们尴尬得下不来台。真是头谁都吓不倒的倔驴。

"你怎么看马克龙当选总统的事？"他突然问我（看来，他对政治依然情有独钟），"对你们这些人来说，这是个好消息吧？"

"作家们吗？"

"不，我是说该死的有钱人！"他眼里闪着光说道。

皮亚内利喜欢取笑别人，而且常常恶意为之，但我还挺喜欢他的。在圣埃克苏佩里国际中学的老校友里，我还保持联系的就只有他了：每次我出版新小说，他都会代表他的报社采访我。据我所知，他从没有过在国家级媒体机构大展宏图的想法；与其那样，还不如继续做一个各个领域都能涉猎的全能记者。在《尼斯早报》，他可以想写什么就写什么（政治、文化、当地生活），对他来说，自由高于一切。作为一个搜寻独家新闻的辣笔记者，他的文字也不乏一定的客观性。他给我的小说写的书评，我总是看得津津有味，因为他读得懂言外之意。

他的书评并非只有溢美之词，然而，即使持有保留意见，皮亚内利也不会忘记，在一部小说背后（或者一部电影、一场戏剧背后），积聚着多年的努力、疑虑和反省。我们可以评论它，但用区区几行文字处决它就过于残忍和自负了。"再平庸的小说，都比自以为是地批判它的评论更有价值。"有一天他这样对我说。他把影片《美食总动员》中，美食评论家柯隆先生的名言转化成了文学版评论。

"说正经的，你来这儿做什么，大艺术家？"

皮亚内利表面上一副随口问问的样子，实际上是在抛钓竿试探我，然后再向我施压。他了解我过去生活的点滴。也许，就在我摆弄口袋里的雯卡同款眼镜和恐吓字条时，他捕捉到了我的紧张情绪。

"落叶归根总是好的，不是吗？岁数一天比一天大了，我们……"

"别再花言巧语了，"他冷笑着打断我的话，"你最讨厌这种老同学聚会了，托马斯。瞧瞧你，身穿夏尔凡名牌衬衫，手戴百达翡丽腕表。别告诉我，你从纽约坐飞机回来，就是为了和一起看《金刚战神》长大的同学们叙叙旧，和那些你瞧不起的家伙嚼嚼马拉巴口香糖①。"

"这你就说错了。我没有瞧不起任何人。"

事实如此。

皮亚内利疑神疑鬼地盯着我看。突然，他的目光发生了微妙的变化，就像抓到了什么东西似的，两只眼睛都亮了。

"我知道啦，"终于，他一边点头一边对我说，"你来是因为看到了我写的文章！"

他的话中断了我的呼吸，仿佛朝我的胃打了一拳。他是怎么知道的？

"你在说什么，斯特凡纳？"

"别装了。"

我故意轻描淡写地说：

"我住在曼哈顿的翠贝卡②。每天喝咖啡时读的是《纽约时报》，不是你的什么当地小报。你说的是哪篇文章？关于五十周年校庆的那篇？"

看着他奇怪的表情和紧皱的眉头，我知道我们说的不是一回事。然而，我白白松了一口气，因为他马上就对我说：

"我说的是关于雯卡·罗克维尔的文章。"

这回，我吃惊得僵住了。

"所以，你是真的不知道？"他说。

"知道什么？都什么乱七八糟的！"

皮亚内利摇了摇头，从布包里掏出记事本。

---

① 即Malabar，是法国一个尽人皆知的口香糖品牌。
② 即TriBeCa，名字来源于坚尼街以南的三角地带（Triangle Below Canal），聚集了许多艺术家和设计师。

"我得去工作了，"我们走到大广场时，他对我说，"给当地小报写篇稿子。"

"斯特凡纳，等等！"

那家伙对自己制造的气氛非常满意，一边丢下我一边挥了挥手道：

"咱们回头聊。"

我的心脏在胸腔里怦怦乱跳。毫无疑问，还有更多的意想不到在等着我。

❧

有了管弦乐队的演奏和几小拨人热火朝天的闲聊，栗树广场显得热闹非凡。从前生长在此处的参天大树很久以前就被寄生虫害死了。广场还保留着原来的名字，但如今已种满了加拿利海枣树，它们优雅的身姿会让人联想到假期和慵懒。校方支起了浅米色篷布顶盖，准备了冷餐席，摆了一排排椅子，还挂了花饰。广场上人满为患，头戴窄边草帽、身穿海魂衫的服务生们穿梭其中，忙着给来宾们供应饮品。

我从一张托盘上随手抓起一个杯子，用嘴唇沾了下，就马上把这杯混合饮料倒进了花槽。作为手调鸡尾酒，校方竟然只准备了兑了姜汁冰茶的恶心椰子水。我向冷餐席走去。看来，吃的也是一样，校方选择了轻食。我恍惚觉得自己是在加利福尼亚或者布鲁克林，那些正在大肆盛行健康饮食理念的地方。别再惦记什么尼斯肉馅、西葫芦花炸糕和番茄鱼面点了，这里只有可怜巴巴的切片蔬菜、低脂奶油甜点和绝对无麸质的奶酪吐司。

我离开人群，坐在混凝土台阶的顶端。这些抛光台阶环绕着广场的某些区域，有点礼堂的味道。我戴上太阳镜，在选好的观测点"隐藏"

起来，好奇地凝望着昔日的同窗们。

　　他们相互道贺，勾肩搭背，彼此拥抱，给对方看自己孩子最漂亮的照片，交换邮箱地址、手机号，在社交网站上互加好友。皮亚内利说得没错，面对这一切，我是个局外人，甚至连装都装不来。首先，我对高中生活没有丝毫的留恋。其次，我骨子里就是个孤独的人，口袋里永远装着一本书，没有脸书账号。在这个被"点赞"按钮主宰的时代，我简直就是个脱离现实、令人扫兴的家伙。最后，我从未对光阴如梭产生焦虑。不管是过四十岁生日时，还是眼角鱼尾纹初现时，我都未曾沮丧。说实话，我甚至期盼着自己早日变老，因为那意味着我可以远离过去；于我而言，过去远非一座失去的乐园，而是一场悲剧的中心地带，我耗费一生努力逃离的地带。

❧

　　经过对老同学的一番观察，我得出的最初结论是：大部分来参加聚会的人都是在比较小资的圈子里混的，所以身材保持得还不错。不过，秃顶却是男人们的第一杀手。"对吧，尼古拉·迪布瓦？"他的植发很失败。亚历山大·穆斯卡努用从头顶翻折下来的一缕长发遮挡住秃顶。至于罗曼·鲁塞尔，则干脆剃了光头。

　　我惊讶于自己的记忆力：每张同届校友的脸，我几乎都对得上名字。从远处望过去，那场景真的很有意思，甚至称得上引人入胜：对某些人来说，这场聚会带有些许报复过去的意味。比如玛侬·阿戈斯蒂尼，那个讨人厌的羞怯女高中生竟然出落成了个美人，举手投足间满是自信。克里斯托夫·米尔科维克也经历了同样的蜕变。那个"书呆子"（当年还没有这种说法），再也不是我记忆里长满粉刺的受气包了，我为如今的他感到高兴。像美国人一样，他毫不掩饰地炫耀着自己的成功，夸赞特斯拉如何值得拥有，和比自己小二十岁的女友说着英语，非常引人注目。

相反，埃里克·拉斐特却遭受了惩罚。我印象中的他堪称半神的化身，是古铜色皮肤的天使，就像《怒海沉尸》里的阿兰·德龙。如今，昔日的王者埃里克神情沮丧、大腹便便、相貌尽毁，哪里还像什么《洛克兄弟》的男主角，简直就是翻版霍默·辛普森。

凯茜和埃尔韦·勒萨热手拉着手现身了。他们俩在完成了高二理科班的学业后，一毕业就结了婚。凯茜（这是丈夫给她起的昵称）的真名叫凯瑟琳·拉诺。我还记得她极美的长腿（她的腿现在应该还是极美的，即便她换下了苏格兰迷你裙，穿上了女士西裤），还有她当年那文艺腔浓重的完美英语。我常常问自己，这样一个姑娘怎么会爱上埃尔韦·勒萨热。埃尔韦的外号是"雷吉斯"（当年《白痴》那档电视节目特别火，其口号"雷吉斯是个白痴"无人不知），他相貌平平，脑容量小得可怜，总是发表一些不合时宜的见解，问老师一些不着边际的问题。最要命的是，他好像并没有意识到身边的女友比自己高雅一百倍，他根本配不上。二十五年过去了，身穿麂皮夹克衫、一脸满足的"雷吉斯"看起来还是那么白痴。为了显得更傻，他今天还戴了一顶巴黎圣日耳曼球队的棒球帽。**真让人无语。**

然而说到穿着打扮，最出彩的当属法布里斯·福科尼耶。法航飞行员"鹰隼"①身着机长制服，高调地游走在金发、高跟鞋和假胸中间。曾经的帅小伙躲过了岁月这把杀猪刀。他依然保持着运动员般的身材，不过，银色的头发、坚毅的目光和毫不掩饰的自负已为他贴上了"老帅

① 即Faucon，取自其姓"Fauconnier"（福科尼耶），同时与其飞行员职业相符。

哥"的标签。几年前，我曾在一次中程航班上碰见他。他在降落时把我请进了驾驶舱，以为这样会让我很高兴，仿佛我还是个五岁小孩……

❧

"哎呀呀，'鹰隼'也老了嘛！"

范妮·卜拉希米冲我挤了挤眼睛，热情地拥抱了我。她的变化也很大。这个有着卡比尔族血统的姑娘上学时个子小小的，有着清澈的眸子和金色的短发，喜欢穿漂亮的浅口高跟鞋和合身的紧身牛仔裤。她衬衣上方的两个扣子总是解开着，令人对她刚刚发育的胸部浮想联翩；收腰的风衣将她的美丽身形展露无遗。在校外，我所认识的她则是个油渍摇滚迷，趿拉着破旧的马丁皮靴，套着难看的伐木工衬衣、打满补丁的羊毛开衫和撕裂款李维斯501牛仔裤。

范妮比我有办法，不知道从哪儿弄来了一杯香槟。

"可惜我没找到爆米花。"她一边说，一边坐在我旁边的台阶上，好像我们要看场电影似的。

和上学时一样，她拿起脖子上挂着的徕卡M相机，开始对准人群拍照。

我在很久以前就认识范妮了。马克西姆、她还有我，我们上的是同一所小学。芳多纳街区的那所学校由于满是第三共和国时期的美丽建筑，被我们几个叫作"老学校"。后来，昂蒂布建了勒内-卡森小学，与"老学校"恰恰相反，校园里尽是些预制建筑。在青少年时期，范妮是我比较亲近的朋友。她也是第一个和我约会的姑娘。那是初中四年级的一个星期六下午，我们去电影院看了《雨人》。在返回芳多纳的公交车上，我们一起听我的随身听，一人戴一只耳机，接着便整脚地吻了对方，在"因为你离开了"和"但愿它们温存甜蜜"两句歌词间亲了四五下。我们一直约会到高二，后来就渐渐疏远了，但仍是朋友。她变成了一个成熟、自由的女孩，从高三起就和不同的男生上床，不再有固定的男友。圣埃克苏佩里国际中学很少有这样的学生，很多人对她指指点点，但我一直都很尊重她，因为对我而言，她就像是某种自由的化身。她是雯卡的朋友，成绩优异，为人善良，这三点足以令我珍视。从医学院毕业后，她作为战地医生和人道主义救援者四处漂泊。几年前，我去参加法语图书展时，曾在贝鲁特的一家酒店偶遇她。当时她跟我表达了想回国的意愿。

"你看见咱们以前的老师了吗？"她问我。

我扬起下巴，给她指了指恩东先生、莱曼先生和丰塔纳女士，他们分别是教我们数学、物理和自然科学的老师。

"好一群施虐狂。"范妮边说边对着他们按动了相机快门。

"在这一点上，我没法否认你的说法。你在昂蒂布工作吗？"

她点了点头。

"我在芳多纳医院的心脏科上班，两年了。你妈妈是我的病人。她没和你说过吗？"

见我什么都没说，她明白了，我对此一无所知。

"自从那次心梗后，她就开始定期来医院检查了。但现在一切都好。"范妮安慰我说。

我吃了一惊。

"我和我妈之间的关系，很复杂。"我说道，试图转移话题。

"每个男生都会这么说，不是吗？"她随口一问，似乎并不想多知道些什么。

接着，她指了指另一个老师大声说：

"那个老师很酷!"

我想了一会儿才认出那个人来。是德维尔小姐,美国人,在文学预科班教英美文学。

"看呀,她到现在还美艳得很!"范妮说道,"多像凯瑟琳·泽塔-琼斯!"

德维尔小姐身高足有一米八。只见她脚踩高跟鞋,身穿紧身皮裤和无领外套,长长的直发垂落在肩上。修长挺拔的身材让她看起来比某些教过的学生还年轻。她刚来圣埃克苏佩里国际中学那年有多大?二十五岁?最多不过三十岁。我当年读的是理科预科班,所以从没上过她的课。但我记得,她深受学生们的喜爱,不少男生都对她怀有爱慕之情。

在接下来的几分钟里,我和范妮继续一边观察老同学,一边唤醒当年的记忆。在听她说话时,我忆起了自己为什么一直以来都很欣赏这个姑娘:她精力充沛,同时还拥有万能的幽默感。然而,范妮的童年并不美好。她的母亲是个肤色亚光的金发美女,眼神既温柔又摄人心魄,在戛纳十字大道上的一家时装店里做店员。我们上小学一年级时,她抛下丈夫和三个孩子,跟老板去了南美。范妮的父亲原本在工地打工,后来由于工伤瘫痪在床。在被圣埃克苏佩里国际中学录取为寄宿生之前,她跟父亲还有两个哥哥(坦率地讲,那两个哥哥都是蠢货)共同生活了将近十年。三人住在一处老旧的廉租房里,跟昂蒂布-朱安雷宾旅游指南里描述的街区相比,那里完全是另一个世界。

范妮又发射了几枚毒舌炮弹,言语轻佻却悦耳(比如,"艾蒂安·拉比特还顶着一颗龟头脑袋")。随后,她嘴角扬起意味深长的微笑,凝视着我说:

"生活改变了某些人的角色,而你,却始终没变。"

她把徕卡相机的镜头对准我,一边按下快门,一边大说特说道:

"全班成绩第一，形象高雅，无可挑剔，永远是那身漂亮的法兰绒外套和天蓝色衬衣。"

"这话从你嘴里说出来，绝对不是在夸我。"

"那你就错了。"

"女生们只喜欢坏小子，不是吗？"

"你说的是十六岁的姑娘，不是四十岁的女人！"

我耸耸肩，眯起眼睛，把手搭在额头上遮挡阳光。

"你在找谁吗？"

"马克西姆。"

"我们未来的议员吗？我和他在体育馆那边抽了根烟，咱们这届晚上就在那儿聚会。他好像一点儿都不急着搞竞选造势。妈的，你看见奥德·帕拉迪那张脸没？跟刷了层漆似的。可怜虫！你确定没有爆米花吗？我能在这儿坐上几个小时。眼前这场景几乎可以和《权力的游戏》媲美！"

不过，当范妮发现两个员工正在搭建讲台、准备话筒时，她的热情马上就像是被泼了冷水似的熄灭了。

"天哪，我可不想听这些正式的讲话。"她站起身对我说。

在台阶的另一头，斯特凡纳·皮亚内利正在一边和专区区长对话，一边做着笔记。与我目光相接时，这位《尼斯早报》的记者对我做了个手势，大概是"别动，我马上过来"的意思。

范妮掸了掸牛仔裤上的灰，用她独有的腔调，放了最后一记狠话：

"你知道吗？这个广场上的男人，没和我睡过的没几个，你就是其中之一。"

我本想幽默风趣地回应她，却没能找到一句合适的话，因为她并没有在开玩笑，夸张的言语里透着忧伤。

"你那时喜欢的是雯卡。"她回忆说。

"没错，"我承认道，"我爱上了她。这里的男生差不多都这样，不是吗？"

"是的，不过你一直都把她想得太完美了。"

我叹了口气。自从雯卡失踪、她和老师的恋情曝光后，流言蜚语四处流散，把这个年轻女孩塑造成了法国版的劳拉·帕尔默[1]。整个事件也变成了帕尼奥尔国度[2]的《双峰》。

"范妮，你不会也和其他人一样吧。"

"你爱怎么想就怎么想好啦。也许当鸵鸟更轻松吧。就像歌里唱的：'闭上眼睛活着很容易。'"

她把相机放进包里，看了看手表，冲我举起半满的香槟酒杯说：

"我要迟到了，本不该喝这东西的。今天下午我值班。回见，托马斯。"

❧

校长开始讲话了，这类空洞无聊的演讲是国民教育界某些公务员的专长。吉拉尔女士是巴黎人，来圣埃克苏佩里国际中学当校长还是不久以前的事。她对学校的了解仅限于官方资讯，背书似的重复着专家、高官的陈词滥调。听她讲话，我不禁犯起嘀咕：我的父母为什么没有出现？作为老校长，他们应该受到了邀请。我徒劳地在人群里寻找着他们的身影，越想越不对劲。

----

[1] 惊悚美剧《双峰》中的虚构人物，是一名被谋杀的高中女生。

[2] 马塞尔·帕尼奥尔，法国剧作家、小说家，"帕尼奥尔的国度"即指法国。

在唱完"我校始终秉承的价值观，是宽容，是机遇平等，是不同文化间的对话交流"这段老调之后，校长开始列举历届毕业生中的十几个"杰出人物"。我也是其中之一。当我的名字被宣布并响起掌声时，几束目光投向了我。我挤出一个不太自然的微笑，点头示意了个含糊的"谢谢"。

"这下完了，你暴露了，艺术家。"斯特凡纳·皮亚内利一边坐在我身旁，一边提醒我说，"几分钟后，就会有人过来找你在书上签名。他们会问你，米歇尔·德吕克①的狗在拍摄间隙会不会叫，安妮-索菲·拉比克斯②在没有镜头对准她时是不是还是那么和蔼可亲。"

我尽量避免激起皮亚内利的表达欲，但他依旧滔滔不绝地说道：

"还会有人问你，在《和你共度的几天》那本书的末尾，你为什么要让主人公死掉。你的创作灵感来源于何处，以及……"

"放过我吧，斯特凡纳。你那会儿想跟我说什么来着？那篇文章是怎么回事？"

他清了清嗓子说：

"上个月你不在蔚蓝海岸？"

"不在，我是今早到的。"

"好吧。你听说过'五月骑兵'吗？"

"没有。不过，我猜想，他们应该不会出现在卡涅的赛马场上吧？"

"真逗。实际上，'五月骑兵'是指春季回冷、引起结冰的天气现象……"

---

① 法国著名主持人，上镜时都会带着他的狗，狗在出镜时非常乖。
② 法国记者，电视节目主持人。

说着，他从夹克衫里掏出了一支电子烟。

"今年春天，在蔚蓝海岸地区，天气简直糟透了。先是特别冷，后来连续下了好几天倾盆大雨。"

我打断了他：

"长话短说，斯特凡纳。你不会是要把前几星期的天气情况都跟我讲一遍吧！"

他抬起下巴，指向在阳光下闪闪发光的彩色宿舍楼。

"好几座宿舍楼的地下室都发了大水。"

"这没什么稀奇的。你瞧这地面的坡度！咱们上学那会儿，每两年就得发一次水。"

"的确。不过，四月八号那个周末，水已经涌到了一层的门厅。校方不得不紧急施工，找人彻底清空了地下室。"

皮亚内利拿起"香烟"抽了几口，吐出几股带有马鞭草和柚子味的烟。和抽雪茄的切·格瓦拉相比，这位革命者手持电子烟吞云吐雾的样子，看起来着实有些可笑。

"地下室里有几十个锈迹斑斑的金属储物柜，从90年代中期起就堆在那儿了。学校打算清掉它们，于是委托了一家专门搬运大物件的公司把它们运到垃圾场。不过，在此之前，几个学生玩起了开柜子游戏。你永远都猜不到他们发现了什么。"

"快说。"

皮亚内利尽可能地拉长了我焦灼等待的时间。

"一个皮质运动包，里面放了十万法郎，都是百元和两百元的大钞！在这儿藏了二十多年的一笔钱……"

"所以，警察来圣埃克苏佩里了？"

我想象着警察进驻校园的情景，以及由此引发的骚动。

"那是肯定的啊！而且，正像我在文章里写的那样，他们还很兴奋呢。一桩老案子，还有钱，又是这么有名的学校；根本用不着催，他们早就把一切都查了个遍。"

"查出什么结果了？"

"消息还没公开，但我听说他们在包上采集到了两枚清晰的指纹。"

"然后呢？"

"其中一枚是记录在案的。"

我屏住呼吸，等待皮亚内利新的一击。看到他眼中闪耀的火焰，我知道这一击将极具杀伤力。

"那是雯卡·罗克维尔的指纹。"

我一边消化信息，一边不住地眨眼。我试图去思考这一切意味着什么，可大脑却一片空白。

"斯特凡纳，你怎么看？"

"我怎么看？这说明我从一开始就是对的！"他情绪激动地说。

除了政治，雯卡·罗克维尔事件是斯特凡纳·皮亚内利的又一大关注点。十五年前，他甚至围绕这一事件写过一本题为"少女与死神"的书（书名仿效了舒伯特创作的歌曲《死神与少女》）。书中的调查分析虽然足够严谨、相对全面，但关于雯卡及其恋人的失踪，依然没有什么重大发现。

"如果雯卡真和亚历克西斯·克雷芒跑了，"他继续说道，"肯定会卷走这笔钱的！或者说，她至少要回来取才对！"

我觉得他的推理不太有说服力。

"没有任何证据表明，这些钱是她的。"我反驳道，"即便包上有她的指纹，也并不代表钱就是她的呀。"

他表示同意，却继续反击我道：

"可你不觉得这很奇怪吗？这些钱从哪儿来的？十万法郎啊！在那个年代，这可是一大笔钱。"

关于雯卡·罗克维尔事件，我一直都搞不懂皮亚内利的真正想法，但他始终觉得私奔一说站不住脚。即便没有确凿的证据，他还是坚定地认为雯卡之所以杳无音信，是因为她很久以前就死了，而杀害她的，很可能就是亚历克西斯·克雷芒。

"在司法层面，这意味着什么？"

"完全不清楚。"他茫然地答道。

"雯卡失踪的案子已经立案那么多年了，不管现在发现了什么，都已经过了追诉时效了，不是吗？"

他若有所思地用手背摩挲着胡子。

"不见得。关于这个问题，司法判例还是很复杂的。现在，在某些情况下，追诉时效不取决于犯罪时间，而是取决于尸体被发现的时间。"

我迎上了他直逼而来的目光。皮亚内利无疑是个独家新闻的搜寻者，但我始终都不明白他为何对这桩旧事如此上心。据我所知，他并不是雯卡的好友，两人很少往来，也没有什么惺惺相惜之情。

雯卡的母亲波利娜·朗贝尔是个出生在昂蒂布的女演员。那个美丽的女人有着一头红棕色的短发，二十世纪七十年代，曾在伊夫·布瓦塞和亨利·维尼尔的电影里出演过一些小角色。在影片《双枪智多星》中，她袒胸露乳，与让-保罗·贝尔蒙多在荧幕上共度了二十秒，那便是她电影生涯的巅峰时刻。一九七三年，波利娜在朱安雷宾的一家夜总会邂逅了美国赛车手马克·罗克维尔。罗克维尔曾是莲花车队的一员，并多次参加印第安纳波利斯五百英里大奖赛。他出身于马萨诸塞州的豪门家庭（遍布美国东北地区的一家连锁超市的大股东），是家中的小少爷。由于意识到自己的演艺事业已然止步，波利娜跟随恋人去了美国，并在那里举办了婚礼。很快，他们的独生女雯卡就在波士顿出生了。雯卡一直在波士顿生活，直到十五岁时父母罹难双亡后，才来到圣埃克苏佩里国际中学读书。一九八九年夏，罗克维尔夫妇死于一场反响强烈的空难。在离开夏威夷机场时，他们所乘坐的航班发生了爆炸性减压。由于行李舱意外开舱，六排商务座席被撕裂并甩出机舱。这场意外导致十二人死亡，而且破天荒让富人遭了殃。这种趣闻估计很合皮亚内利的胃口。

不论是出身还是行事风格，雯卡看起来都是皮亚内利最讨厌的那类人：美国高级资本家的掌上明珠，高智商的精英继承人，痴迷于希腊哲学、塔可夫斯基的电影和洛特雷阿蒙的诗歌。她略显做作，美得不太真实，没有活在这个世界上，而是活在她自己的世界里。而且，她甚至会不自觉地蔑视皮亚内利那种男生。

"妈的，你听到这些后就这反应？"他突然向我发难。

我叹了口气，耸耸肩，做出一副漠不关心的样子。

"那是太久以前的事了，斯特凡纳。"

"太久以前的事？雯卡可是你的朋友啊。而且你还那么喜欢她，你……"

"我那时才十八岁，还是个毛头小子。我早就把这页翻过去了。"

"艺术家，你是把我当傻子吗？你什么都没翻过去。你的那些小说我是读过的：到处都是雯卡。你塑造的大部分女主人公里，都有她的影子！"

他的话开始让我觉得恼火。

"蹩脚的心理学分析，也就能在你那破报纸的占星专栏里写写罢了！"

　　话说到了这个份上，斯特凡纳·皮亚内利的情绪也越发激动起来。他的眼里闪着怒火。就像曾为雯卡发过疯的小子们一样，他也为雯卡发了疯，即便缘由并不相同。

　　"你爱说什么就说什么吧，托马斯。我要重新调查一次，这回要认认真真地搞。"

　　"十五年前你就已经在这件事上栽过跟头了。"我说。

　　"这笔钱的出现改变了一切！这么多现金，你觉得背后隐藏着什么？我看只有三种可能：毒品交易、行贿受贿或大额勒索。"

　　我揉了揉眼睛。

　　"斯特凡纳，你是在拍电影吗？"

　　"对你来说，罗克维尔事件真那么简单吗？"

　　"不过是个年轻姑娘跟爱人私奔的普通故事罢了。"

　　他的脸皱了起来。

　　"这种说法就连你自己也从没相信过，艺术家。记住我对你说的话：雯卡的失踪就像个毛线团，总有一天，有人会牵动那根对的线头，把整个线团都解开。"

　　"最后会发现什么呢？"

　　"我们谁都意想不到的惊天事件。"

　　我起身，想结束这段对话。

　　"你才应该写小说。如果有需要，我可以帮你联系个出版社。"

　　我看了看手表，得赶紧找到马克西姆才行。皮亚内利突然安静下来，也站起身，拍了拍我的肩膀。

　　"回头见，艺术家。我确定，咱们还会见面的。"

　　他说话的语气就像是刚刚释放我的警察。我系上外套扣子，走下一级台阶。犹豫了几秒钟后，我转过身去。到目前为止，我还没走错一步。我决不能让他察觉出丝毫线索，但心中却始终有个问题想要问出口。于是，我尽量装出一副轻松的样子问他：

"你说钱是从一个旧储物柜里找到的，是吗？"

"是的。"

"具体哪个柜子呢？"

"一个淡黄色的储物柜，亨利-马蒂斯公寓的颜色。"

"雯卡不住在那栋楼里！"我用胜利者的口吻大声说，"她的宿舍楼是蓝色的，尼古拉-德-斯塔埃尔公寓。"

皮亚内利表示认可：

"没错，我已经确认过了。你的记忆力还真好，特别是对一个已经翻篇的人来说。"

他再次眼睛里闪着光，挑衅地看着我，好像我刚刚中了他的陷阱似的。但我并没有躲闪他的目光，还继续向前走了一步棋。

"那格柜门上有名字吗？"

他摇了摇头。

"都过去这么多年了，你应该想到的，上面什么字都没有了。"

"没有记录储物柜分配的档案资料吗？"

"那会儿没人会为这种事费心。"他冷笑着说，"一开学，学生们就会去占自己想用的柜子。先到先得嘛。"

"那钱到底是在哪格柜子里被发现的？"

"你为什么想知道这个？"

"出于好奇。你懂的，和你们记者一样。"

"我在我的文章里放了照片。报纸我没带，不过我记得那格柜子的号码是A1，就是左上角的小格子，你有印象吗？"

"完全没有。过去太久了，斯特凡纳。"

我转过身去，加快脚步，想在致辞结束前离开广场。

讲台上，校长即将结束她的发言；此刻，她正说到即将拆除的老体育馆，和"我们学校史上最宏大的工程"的奠基仪式。她向慷慨的赞助商们表示感谢，声称没有他们，这个酝酿了三十多年的项目（"建造一栋预科班教学楼、一个风景优美的大花园和一座拥有奥运水准泳池的新体育馆"）就无法实现。

即将等待我的是什么，如今我已心知肚明。我对皮亚内利撒了谎。那格发现钱款的柜子是谁的，我清楚得很。

那是我的柜子。

3.我们曾做过的事

人们往往在开始说真话时才最需要律师。

——P.D.詹姆斯，英国推理小说家

体育馆是一座混凝土建成的平行六面体，坐落在一座松林环绕的高原上。斜坡道路的两侧是大块的石灰岩，那些岩石如珍珠质一般白，反射着炫目的阳光。到了停车场，我发现工棚旁停着一辆翻斗卡车和一架推土机，顿时焦虑起来。工棚里有一整套工具设备：风镐、碎混凝土电钻、大金属剪、抓斗和拆除铲。校长没有说谎：老体育馆就要寿终正寝了。近在眼前的，是工程的开始，同时也是我们坠落的开始。

我绕过体育馆去找马克西姆。虽然这么多年没有联系，但我始终在远处关注着他的人生轨迹。他令我震惊，也让我骄傲。雯卡·罗克维尔事件在他身上产生的作用和对我造成的影响恰恰相反。那些事情让我颓废、一蹶不振，却让马克西姆跨越了诸多障碍，将他从禁锢中彻底解放出来，拥有了书写自己人生的自由。

在我们做了那些事情后，我就再也不是从前的我了。我从此生活在恐惧中，由于精神紊乱在高考上失利了。一九九三年夏天，我离开蔚蓝海岸去了巴黎，就读于一所二流商校，让父母大失所望。在巴黎的四年，我始终都在混日子。我翘掉一半的课，整天泡在圣日耳曼德佩街区的咖啡厅、书店和电影院里。

第四学年，学校要求每个学生都去国外实习六个月。大部分同学纷纷在大型企业里找到了实习岗位，而我则满足于一份很普通的工作，做纽约女权主义知识分子伊夫琳·沃伦的助理。那时的沃伦虽已年过八旬，却仍游走于美国各地，为多所高校做讲座。她是个非常优秀的人物，但同时也是个对所有人都不满的专横女人。天知道她为什么那么喜欢我。也许是因为我对她的反复无常表现得足够平静，不会被她吓到。她虽然并不想成为我的奶奶，却在我毕业后继续把我留在身边，并帮我拿到了绿卡。于是，直到她寿终正寝的那一天，我都在做她的助理，住在她位于上东区公寓的一间客房里。

在闲暇时间（我有很多闲暇时间），我会做那件唯一能使我真正获得平静的事：写故事。无法主宰现实生活的我，给自己虚构出一个个充满阳光、没有焦虑的世界。魔法棒是存在的。我的魔法棒就是比克圆珠笔，只需要一点五法郎，就可以拥有一件能够改变现实、修复现实甚至否认现实的工具。

二〇〇〇年，我出版了自己的第一部小说。通过口口相传，那部作品收获了好口碑，进入了畅销榜。自此，我写了十几本书。写作和宣传占据了我的全部时间。我的成功是显而易见的，但在我父母看来，写小说不算是"正经"职业。"我们多希望你是个工程师啊。"一天，我父亲竟然以他惯有的优雅口吻，对我脱口而出了这么一句话。渐渐地，我回法国的次数越来越少，现在只会在一年一星期的新书宣传签售时回去。我有一个姐姐和一个哥哥，却几乎从不和他们见面。玛丽毕业于矿业学院，在国家外贸统计局做高管。我不太清楚她的工作到底是干什么的，但估计有意思不到哪儿去。至于热罗姆，他可是我们家真正的英雄：自二〇一〇年海地地震爆发起，这位小儿外科医生就开始在当地工作，协调无国界医生组织的各项行动。

🌿

接下来，我们说说马克西姆。

他曾是我最好的朋友，我的铁杆兄弟，这点从未改变过。我很早以前就认识他了：他父亲和我母亲是老乡，老家都是意大利皮埃蒙特地区一个名叫蒙达奇诺的小城镇。在我父母分到教工公寓前，我们两家是邻居，都住在昂蒂布的苏盖特路。房子毗邻而建，可以看到地中海一角的全景。两家的草坪仅被一座矮石墙隔开。我们常常在草坪上踢球，两家的大人们也常在那儿办烧烤聚餐。

上高中时，和我相反，马克西姆并不是个好学生。当然，他也不是个差生，只不过不太成熟而已。与《情感教育》《曼侬·莱斯科》一类感情细腻的影片相比，爱运动的他更喜欢看院线大片。夏天，他在昂蒂布海角的格拉永堡景区打工。我还记得当年的他有多么光彩夺目：健美的上半身、冲浪运动员式的长发、里普柯尔短裤、不系鞋带的范斯板鞋，宛若童年时代的格斯·范·桑特，拥有梦幻般的天真和一头金发。

马克西姆是独生子，父亲弗朗西斯·比安卡尔蒂尼经营着一家在当地很有名气的建筑工程公司。得益于那个年代公共市场配给政策的灵活与宽松，弗朗西斯成功建立了一座建筑帝国。出于对他的了解，我知道他是个内心丰富、感情细腻的人。但在大家眼中，他却是个大老粗：泥瓦匠的大手掌、肥胖的身形、乡野村夫的怪相、带着极右派味道的低俗言语。他抨击"阿拉伯人、社会党人、女人和同性恋"，声称他们是导致国家没落的罪魁祸首，可谓口无遮拦到极致。他是典型的白人男性至上论鼓吹者和市井反动小市民，还没意识到自己的世界已日暮途穷。

马克西姆既欣赏自己的父亲，同时又为他感到羞愧。父亲的强势碾压，让他在很长一段时间里都难以找到自己的位置。直到那场悲剧发生，他才从父亲的压制中解放出来。马克西姆用了二十年时间才得以一步步地蜕变。曾经那个成绩平平的学生，通过拼命学习，最终获得了公共工程与建筑工程师文凭。随后，他接手了父亲的建筑工程公司，将它成功地转化成当地生态建筑的领军企业。接着，他又发起并创建了77平台——法国南方最大的新兴创业公司孵化器。与此同时，他公开了自己的同性恋情。二〇一三年夏，就在同性婚姻法案通过几星期后，他和恋人奥利维耶·蒙斯在市政厅结为连理。奥利维耶是市立图书馆的馆长，也曾就读于圣埃克苏佩里国际中学。他们现在有两个女儿，由一位代孕母亲在美国产下。

为我提供这些信息的，有《尼斯早报》和《挑战》杂志的网站，还有《世界报》上一篇题为《马克龙一代》的文章。马克西姆虽然看似是个普普通通的市参议员，却在前进运动①成立伊始就加入其中，并且从一开始就在当地竞选中全力支持未来总统。现在，他正在钻营阿尔卑斯滨海省第九选区议员的职位。这一地区是老牌的右派选区，二十年来，当地人都会在第一轮选举中选出一位温和能干的人文主义共和党人。即便是在三个月前，也没人想得到，这个选区的政治大旗竟会更换颜色。就

---

① 现任法国总统马克龙于2016年组建的政党，现已更名为"共和国前进"党。

在二〇一七年春天，一股新势力蔓延全国，马克龙风潮大有席卷全境之势。总统选举或许胜负难分，可马克西姆相较于任期刚满的议员，似乎已稳操胜券。

我在体育馆门口看见马克西姆时，他和迪普雷姐妹聊得正欢。我从远处细细打量他：只见他身穿帆布长裤、白色衬衣和亚麻外套，脸部的皮肤呈古铜色，隐约透出岁月雕琢的痕迹；他眼神明亮，头发在阳光的照耀下依然闪着淡淡的色泽。莱奥波尔迪娜（发箍小姐）和杰茜卡（轻浮小姐）醉心于他说的每一句话，好像他正在朗诵罗德里戈的独白似的，而实际上，他只是在试图说服她们，即将推行的社会普摊税上调政策将会提高全体工薪人员的购买力。

"快看，谁来了！"杰茜卡看到我后大叫道。

我对双胞胎姐妹行了贴面礼——她们告诉我说，当晚在体育馆的舞会由她们负责组织——又带着仪式感拥抱了马克西姆。也许是我的大脑在作祟，但我仍依稀在他身上闻到了蜂蜡椰子油的味道。那是他当年上学时涂的发油。

在接下来的五分钟里，我们继续忍受着姐妹花的叽叽喳喳。莱奥波尔迪娜不停地说她有多喜欢我的小说，"尤其是那本《恶之三部曲》"。

"我也很喜欢那部小说里的故事，"我说，"即便不是我写的。但我会把你的溢美之词转达给我的朋友沙塔姆的。"

虽然语气幽默，但这句话仍然伤到了莱奥波尔迪娜。一阵沉默后，她借口要赶着挂彩灯，把妹妹拽向了一个库房模样的房间，里面堆放着用来布置场地的装饰品。

终于只剩我和马克西姆两个人了。没了双胞胎姐妹的注视，他的脸瞬间变了模样。

"我要崩溃了。"

他更加焦虑了，因为我给他看了那副太阳镜，还有我从洗手间回来后在迪诺咖啡厅发现的留言：复仇。

"我前天值班时也收到了一样的留言，"他一边揉着太阳穴一边告诉我，"我应该在电话里就跟你说的。原谅我没说，我怕那样你就不回来了。"

"你觉得这留言是谁写给我们的？"

"毫无头绪，不过即便我们知道是谁，也改变不了什么。"

他抬了抬头，示意我看推土机和装工具的工棚。

"星期一就开始动工了。不管采取什么行动，我们都完了。"

他拿出手机，给我看他女儿们的照片：路易丝，四岁，还有妹妹埃玛，两岁。即便时机不对，我还是对他道了喜。我做不到的事，马克西姆做到了：组建一个家庭，开辟一条有意义的人生路，对社会有所贡献。

"我会失去一切，你懂吗？！"他突然发疯般地对我叫道。

"等等，咱们别杞人忧天好吗？"可我的话并没能让他安下心来。

我犹豫了一会儿，接着说：

"你去过那里了吗？"

"没有，"他摇着头说，"我在等你。"

我们两人走进体育馆。

体育馆和我记忆中的一样大。两千多平方米的空间被分成了两部分：一间装有攀岩墙的全项运动室和一个配有阶梯座位的篮球场。为了准备今晚的聚会（《尼斯早报》里提到的恐怖的"校友舞会"），校方把榻榻米、体操垫、靶子和球网都推到一边摞了起来，布置出舞池和交响乐队演奏需要的舞台。乒乓球台上铺着纸质桌布。黑板上装饰着手工饰品和花环。主运动室的合成地板是后铺的，从上面走过时，我忍不住想，今晚，当INXS摇滚乐队和红辣椒乐队的曲子奏响时，几十对舞者将在一具尸体旁翩翩起舞。

马克西姆陪我一直走到了全项运动室和篮球场之间的隔墙。他的太阳穴处渗出了汗珠，亚麻外套两侧的腋下也湿了一片。他的脚步越来越踉跄，随后突然僵住不动，好像已无法向前挪动一步。那混凝土浇筑的墙壁仿佛一块与他同极相斥的磁铁，对他释放着排斥性的推力。我把手撑在墙上，努力控制着自己的情绪。这不是一堵普普通通的隔墙，而是一面一米厚的承重墙，它完全由砖石浇砌而成，横贯整座体育馆，足有二十米长。头脑里再次闪现出的画面让我无法站稳：二十五年来，一代又一代的高中生们在运动室里锻炼身体、挥洒汗水，殊不知这面墙壁内藏着一具尸体。

"作为市参议员，我和负责拆除体育馆的施工方聊过。"马克西姆告诉我说。

"具体的施工进程是什么？"

"从星期一起，挖土机和拆除粉碎钳就会进场。他们那些人很专业，既不缺人手，又有完备的机器。用不了一星期，他们就能把这座体育馆铲平。"

"所以理论上，他们后天就能发现尸体。"

"是的。"他一边轻声回答，一边做了个手势，示意我压低音量。

"有没有办法让他们跳过这里？"

"你开玩笑吗？完全没有任何办法。"他叹气道。

马克西姆揉了揉眼睛。

"尸体是用工地的双层篷布裹起来的。即便是在二十五年后，人们也会发现大量的骨骼。施工将被马上叫停，警察会展开搜查，采集其他线索。"

"确认一具尸体的身份需要多长时间？"

马克西姆耸了耸肩说：

"我又不是警察，但通过DNA和牙齿辨别，估计一星期吧。问题是，在这期间，他们会找到我的刀还有你的铁棍！也许还能找到别的东西。我们当时太着急了。妈的！依靠现代的刑侦手段，警方很快便会发现我们的DNA，说不定还有指纹。就算咱们的指纹没有存档，他们最后也会通过凶器手柄上刻的名字找到我……"

"你爸爸送你的礼物……"我回忆说。

"对，一把瑞士军刀。"

马克西姆烦躁地揪着自己脖子上的皮肤。

"我得主动采取行动才行！"他哀伤地说，"今天下午，我就宣布放弃参选。得给前进运动留足时间推举一个新的候选人。我不想成为马克龙时代的第一例丑闻。"

我试图让他平静下来："再给自己点时间。我不是说咱们可以在一个周末搞定一切，但至少要弄清楚是怎么回事才行。"

"怎么回事？我们杀了人！妈的！我们杀了个人，还把他藏在了这座该死的体育馆的墙里。"

4.噩运之门

> 于是，我继续对着尸体开了四枪……就仿佛噩运之门被我敲动，发出了四下短促的声响。
>
> ——阿尔贝·加缪，法国作家

二十五年前

1992年12月19日，星期六

从清晨起，大雪纷飞。如此反常和始料未及的恶劣天气，在圣诞假期制造了混乱。用当地话来说，混乱场面"如洪水猛兽般来势汹汹"。在蔚蓝海岸，一般来说，一场小雪就足以造成全线瘫痪。然而，这次并不是几片雪花那么简单，而是一场自一九八五年一月和一九八六年二月以来罕见的暴风雪。据报道，阿雅克肖的降雪厚度为十五厘米，昂蒂布为十厘米，尼斯是八厘米。有极少航班起飞，大部分火车车次均已停运，公路也是难以通行。更别提那不合时宜的断电了，严重影响了当地的正常生活。

透过房间的窗子，我望着被严寒冻结的校园。眼前的景色有些超现实主义的味道。大雪掩埋了石灰地上的灌木丛，为大地穿上了一袭白衣。橄榄树和柑橘树被落雪压弯了腰。意大利石松则被移植到了一个白雪皑皑的世界里，仿佛走进了安徒生童话。

前一天晚上，大部分住宿生都幸运地离开了学校。一直以来，只有在圣诞假期，圣埃克苏佩里国际中学的校园才会如此冷清，只剩下了为数不多的几名寄宿生。为了准备严酷的升学考试，这些预科班的学生向学校提交了假期留宿的特别申请。留校的还有三四个住校老师，由于暴雪而耽搁了今早的航班或火车。

我已经在书桌前坐了半小时了，目光呆滞，绝望地盯着一道难解的代数题：

练习1

已知两个实数 a 和 b，$0 < a < b$。假设 $u_0 = a$，$v_0 = b$，对于所有的自然数 n，$u_{n+1} = \dfrac{u_n + v_n}{2}$ 且 $v_{n+1} = \sqrt{u_{n+1} v_n}$，证明 (U_n) 和 (V_n) 是相邻数列，且它们的共同极限是：$\dfrac{b \sin\left(\text{Arccos}\left(\dfrac{a}{b}\right)\right)}{\text{Arccos}\left(\dfrac{a}{b}\right)}$

将满十九岁的我正在上理科预科班。自九月开学以来，我就生活在地狱中，仿佛一直深陷水下，夜里往往只能睡着四个小时。预科班的课程进度令我疲惫不堪、沮丧不已。我们班一共有四十多个学生，其中有十五个已经放弃了。我虽然努力坚持着，却是白费气力。我讨厌数学和物理，但由于选择了理科方向，我不得不把每天的绝大部分时间用来学习这两科。即便我的兴趣点在艺术和文学上，父母却始终认为，只有就读一所工程院校或医学院才算是王道。在我之前，我的哥哥姐姐走的都是那条路。

然而，预科班的学业虽然沉重不堪，却远非导致我痛苦的唯一原因。真正折磨我、令我心如死灰的，是一个女孩的冷漠。

从早到晚，雯卡·罗克维尔都占据着我的思绪。我们认识两年多了。那时，她的父母刚刚遇难离世；为了让她远离波士顿，她的爷爷阿拉斯泰尔·罗克维尔决定送她来法国读书。那是个与众不同、光彩照人、有学识涵养的活泼姑娘，有着一头红棕色秀发、不同眸色的双眼和修长苗条的身材。她不是圣埃克苏佩里最美的女生，却始终散发着一种吸引力和神秘感，让你为之着迷，甚至发疯。这种难以言喻的东西，会在你的脑中深深植入一种幻觉：只要你拥有了雯卡，就拥有了全世界。

在很长一段时间里，我们两个默契十足、形影不离。周边一切美景我都带她去看过：芒通公园、凯伊洛斯别墅、梅格基金会博物馆、卢河畔图尔雷特的小巷……我们这儿走走那儿转转，一聊就是几个小时。我们曾在拉科尔米亚讷攀岩线上徒步跋涉，在昂蒂布的普罗旺斯市场品尝酥卡饼干，在波浪海滩的热那亚碉楼前指点江山。

我们可以完全读懂对方的想法，这种融洽的相处令我越发陶醉。从跨入青春期起，我就等待着雯卡，最终却两手空空。

一直以来，我都有种孤独感，以及和周遭世界——它的声音与平庸无味——格格不入，那种平庸无味就像传染病一样极易令人患病。有那么一段时间，我曾让自己相信，书籍可以让我从这种放任自流和麻木不仁中走出来，然而对于书籍，真的不该苛求太多。它们可以给你讲故事，通过短暂的存在感让你活下去，但它们永远不能在你害怕时把你拥入怀中安慰你。

雯卡在我的生活里洒满了璀璨星光，却也同时注入了一份担忧：我害怕失去她。而这份担忧在不久前真的成了现实。

自从这学期开学以来（她在文科预科班，我在理科班），我们一直都没有机会见面。特别是，我觉得雯卡在有意躲着我。她不再接我电话、回复我的字条，我的全部约会提议也都石沉大海。他们班上的同学提醒我说，雯卡迷上了亚历克西斯·克雷芒，文科预科班年轻的哲学老师，甚至有谣言说他们的关系已经偏离正轨，两人已经在一起了。一开始我不愿相信这些，可现在，我已妒火焚身，必须弄清楚到底是怎么回事。

十天前，一个星期三的下午，趁文科班的学生模拟考的工夫，我利用一个小时的自习时间去找了帕维尔·法比安斯基。他是学校的保安，很喜欢我。每星期我都会把看完的《法国足球》杂志给他送去。那天，为了对我表示感谢，他走向冰箱准备拿一罐苏打水给我。就在这时，我偷走了学生宿舍的钥匙。

我拿着这串钥匙，跑向尼古拉-德-斯塔埃尔公寓，雯卡就住在那座蓝色的宿舍楼里。我有条不紊地在她的房间里翻找。

我知道，爱一个人并不意味着什么都可以做，我知道，我龌龊不堪，或者任何其他的骂名，我统统接受。可是，和大部分初恋中的人一样，我认为自己再也不会对某个人有如此深刻的感情了。在这一点上，很不幸，未来的事实证明，我的这个想法是对的。

另一个为自己开罪的理由是我自以为懂得爱情，因为我读过小说。然而，只有落在脸上的拳头才能教会你什么是生活。在一九九二年十二月，我已偏航许久，从单纯的爱情走向了疯狂的激情。激情和爱情完全不是一回事。激情是无人之境，是炮火纷飞的战场，它就处于痛苦、疯狂和死亡之间的某个地方。

为了找到能证明雯卡和亚历克西斯·克雷芒关系的证据，我一本接一本地翻开了雯卡的书。当我翻开亨利·詹姆斯的一本小说时，夹在里面的两页纸掉在了地板上。我用颤抖的手将信纸拾起，惊异于它们散发出的气味：一种混合着木头和香辛料的、黏稠却又清新的味道。我打开折成四折的信纸。那是克雷芒写的信。我不是来找证据的吗？这就是铁证。

12月5日

雯卡，我的爱人：

昨夜你竟不顾危险跑来与我过夜，这对我来说是怎样的惊喜啊！当打开公寓房门，看到你美丽的脸庞，我觉得自己简直要被幸福融化了。

我的爱人，与你共度的这几个小时是我生命中最炽热的时光。整个夜晚，我的心脏都在狂跳，我的私密之处被你的双唇亲吻，我的血液在血管里偾张、燃烧。

今天早上，当我醒来时，皮肤上还有你的吻留下的淡淡咸味，床单上满是你的香草气息。可你已经离开了。我难过得想要流泪。我好想在你的怀抱里醒来，好想深深进入你的身体，在我的喘息中感受你的喘息，在你的声音里猜想你炽烈的欲望。我好想，再一次，让身体的每一寸皮肤都被你的舌尖温柔包裹。

我好想永远醉下去，永远心醉于你，心醉于你的吻和你的爱抚。

我爱你。

亚历克西斯

12月8日

我亲爱的雯卡：

今天度过的每一秒，我的思绪都被你一个人占据。我假装做着一切：假装上课，假装和同事聊天，假装饶有兴致地观看学生们的戏剧表演……我就这样假装着，可脑子里满是我们共度的那个夜晚，满是温存、炙热的回忆。

到了中午，我简直要受不了了。换教室的空当，我跑到教师休息室的阳台上抽烟。就是在那儿，我远远地望见了你，你正坐在长椅上和朋友们聊天。看到我后，你偷偷向我投来一个会意的眼神，温暖了我可怜的灵魂。每当我看见你，我的整个身体都会颤抖不已，你周围的世界也会溶解消散。有那么一会儿，我差点抛开所有谨慎，大胆地走向你，将你拥入怀中，让我的爱在所有人的目光里绽放。但是，我们不得不再坚持一段时间，保守好我们的秘密。幸运的是，我们就要解放了。很快，我们就可以打破枷锁、获得自由。雯卡，你驱散我身边的黑暗，让我对光明的未来重拾了信心。我的爱人，我给你的每个吻都是永恒的。每次亲吻你的时候，我的舌尖都在你的肌肤上留下爱的烙印，都在为新的世界画出版图。那是一片自由、肥沃、青葱的土地，不久后，我们就会在那片土地上组建自己的家庭。我们的孩子将把你我的命运封印成永恒。他会拥有你天使般的笑容和银色的眸子。

我爱你。

亚历克西斯

✿

发现这些信后，我沮丧至极。我不吃不喝，也不睡觉。我发疯抓狂，被痛苦击碎、淹没。成绩的直线下降令我的父母和老师们很担忧。面对母亲的询问，我别无选择，只能和盘托出，告诉她压垮我的是什么。我向她讲述了我对雯卡的感情，还有我发现的情书。她只是冷冷地回答我：没有任何一个女孩值得我为其荒废学业，还命令我尽快振作起来。

坠落深渊的我，预感自己永远都无法逃出生天，却远不知道正在等待我的是一场怎样的噩梦。

坦率地讲，我明白雯卡被克雷芒吸引的原因。去年上高三时，他教过我。虽然我一直觉得他很肤浅，但不得不承认，他很容易让人产生幻想。考虑到我的年龄，我和他之间的竞争其实并不公平。对比结果很明显：一边是二十七岁的亚历克西斯·克雷芒，帅气逼人，网球十五级，开一辆阿尔卑斯A310跑车，张口就是叔本华的名句；另一边是十八岁的托马斯·德加莱，在理科班拼命学习，每星期从母亲那儿拿七十法郎的零花钱，骑着一辆标致103轻便摩托车（发动机还不太给力），少得可怜的闲暇时间几乎都交给了雅达利ST游戏机里的"开球"。

我从不认为雯卡属于我。然而，她是最适合我的，一如我是最适合她的。我确定我就是那个对的人，即便时机可能不对。我预感到，总有一天，我会碾压亚历克西斯·克雷芒那种家伙，即使实现反转还需要很多年。在等待这一天的到来时，雯卡和这个男人睡觉的画面不断闪现在我的脑海中。这让我无法忍受。

那天下午，电话铃响起时，家里只有我一个人。昨天，也就是正式放假的第一天，父亲带着哥哥姐姐去了帕皮提。我的祖父母已在塔希提岛定居了十几年，我们家每两年就会去那儿过一次圣诞节。今年，由于成绩不尽人意，我放弃了度假。至于母亲，她决定年底去朗德，探望她的姐姐吉奥瓦娜；吉奥瓦娜刚做了个大手术，恢复得不太好。母亲明天才出发，目前，作为学校的主管人，她正在为这艘在风雪中飘摇的船只掌舵。

一大早开始，由于暴雪天气，电话就一直响个不停。在当时的索菲亚－昂蒂波利科技园，根本无法指望撒盐车和扫雪车清除路面的积雪。半小时前，母亲因为紧急事件被叫出去了。一辆送货卡车由于路面湿滑结冰，在校门口的保安值班室前侧翻，堵住了校门。陷入绝望的母亲联系了马克西姆的父亲弗朗西斯·比安卡尔蒂尼，弗朗西斯答应会尽快赶来。

我拿起电话听筒，心想要么是恶劣天气引起的第N个紧急事件，要么是马克西姆打来取消碰面的。每星期六下午，我们都会相约去迪诺咖啡厅玩桌式足球，用录像机看连续剧，互换CD，开着我们的小摩托在昂蒂布超市停车场里的麦当劳门口转悠，最后再一起回家看《今日足球》，欣赏法甲的进球时刻。

"来一趟，托马斯，求你了！"

我的心一紧。不是马克西姆，是雯卡，声音闷闷的。我还以为她回波士顿老家了，但她告诉我她还在圣埃克苏佩里，说她觉得不太舒服，想要见我。

每次雯卡给我打来电话或对我说话，我都会重拾希望，随叫随到。

我知道这样的自己有多可悲。这一次，我当然也是这么做的，还一边这么做一边咒骂自己的软弱与不自重，遗憾自己无法拥有一颗故作冷漠的强大内心。

❧

本应在傍晚时分出现的回暖并没有如约而至。天气冷得刺骨，密史脱拉风狂暴地吹打着棉絮般的雪花。我出来得太急，忘了穿双长靴或雪鞋，脚上的Air Max耐克鞋深陷进雪地。我把自己裹在羽绒服里，弯着腰迎风前行，貌似正在追赶熊的杰里迈亚·约翰逊①。尽管我走得很急，而且学生宿舍区离我父母的教工楼只有一百多米，我还是花了近十分钟才走到尼古拉-德-斯塔埃尔公寓。在风雪之中，这座蔚蓝色的建筑已然失去原本的色彩，变成了被白色迷雾笼罩的一团灰影。

一楼大厅空荡荡、冷冰冰的，连学生公用休息室的拉门都被关上了。我掸掉鞋上的雪，大步流星地上了楼。在走廊里，我敲了好几下雯卡的房门。由于一直没有回应，我便推开门走了进去。明亮的房间里散发着香草和安息香的味道，那是亚美尼亚熏香纸特有的香气。

雯卡躺在床上，双眼紧闭，红棕色的长发完全被棉被遮住了。被子上反射出乳白色的光，那光来自飘雪的天空。我走近她，轻轻亲吻了她的脸颊，把手放在她的额头上。好烫。在半睡半醒中，雯卡咕哝了几个字，眼睛一直没有睁开。我决定不叫醒她，走进浴室，想给她找片退烧药。医药箱里堆满了安眠药、镇静剂、止疼药等药物，但我没找到扑热息痛。

---

① 西部剧情片《杰里迈亚·约翰逊》中的人物。

我走出房间，敲响了走廊尽头的房门。范妮·卜拉希米的脸庞出现在门口。我知道自己可以信任她。虽然自这学期开学以来，由于彼此学业繁重，我们很少见面，但她依然是个忠实的朋友。

"嘿，托马斯。"她边说边摘掉卡在鼻梁上的眼镜。

她穿着撕裂款牛仔裤和加大号的马海毛毛衣，踩着破旧的匡威鞋，烟熏眼妆几乎令她眼里的优雅与光亮消失殆尽。不过这妆容和她正在播放的治疗乐队（The Cure）的唱片很搭。

"嘿，范妮，我需要你帮忙。"

我跟她讲了是怎么回事，问她有没有扑热息痛。就在她去帮我找药的时候，我打开了房间里的小煤气炉烧水。

"我给你找到了多利潘①。"她走过来对我说。

"谢谢。你能给她沏点儿茶吗？"

"好的，交给我吧。我会多加糖，免得她脱水严重。"

我回到雯卡的房间。她睁开眼，坐起来靠在枕头上。

"把药吃了，"我递给她两片药说，"你烧得太厉害了。"

她神志依然清醒，但情况很糟糕。当我问她为什么打电话叫我过来时，她泣不成声。尽管发着烧，尽管面容憔悴、布满泪痕，她还是散发着一种不可思议的吸引力，一种难以名状的、空灵的、梦幻的气质，宛如二十世纪七十年代民歌里的钢片琴声，纯净、清澈。

"托马斯……"她吞吞吐吐地说。

"怎么了？"

"我就是个恶魔。"

"胡说。干吗这么说自己？"

---

① 法国的一种常用退烧止疼药。

她向床边桌欠了欠身，拿起一样东西。起初我还以为是支钢笔，后来才意识到那是根验孕棒。

"我怀孕了。"

看着那代表阳性检测结果的小竖杠时，我想起了亚历克西斯的信，想起了那些让我心碎的句子："不久后，我们就会组建自己的家庭。我们的孩子将把你我的命运封印成永恒。他会拥有你天使般的笑容和银色的眸子。"

"你得帮帮我，托马斯。"

我心乱如麻，完全不知道能给予她怎样的安慰。

"我不想的，你知道……我不想。"她含混不清地说。

就在我坐到她身边时，她哭着向我道出了隐情：

"不是我的错！我是被亚历克西斯强迫的。"

我震惊不已，让她再说一遍。她明确地说：

"我是被亚历克西斯强迫的。我没想和他上床！"

这句话，一字一字，我听得清清楚楚——"我没想和他上床。"亚历克西斯·克雷芒这个混蛋，竟然强迫她做不愿做的事。

我站起身，下定决心采取行动。

"我会把一切都处理好。"我一边向她保证，一边朝门口走去，"我晚点再回来看你。"

然后，我就走出房门，还撞上了正端着茶盘往里走的范妮。

那时的我还不知道，自己说的最后几句话里藏着两个谎言。第一，我并没有把什么都处理好，而是恰恰相反。第二，我没有回来看雯卡。或者，更准确地说：当我回来时，她已经永远消失了。

外面，雪已经停了，但在金属质感的乌云的笼罩下，到处都灰蒙蒙的。天很低，用沉重的压迫感为即将到来的黑夜拉开了序幕。

我心乱如麻。走出房间时，我因为雯卡的哭诉而怒火中烧，愤愤不平，同时又带着某种决绝。突然，一切都明了了：亚历克西斯是个骗子，一个强奸犯。我对雯卡来说依然重要，需要帮助时，她找的人是我。

教师公寓楼离这儿并不远。亚历克西斯·克雷芒的母亲是德国人，父亲是法国人。他毕业于汉堡大学，以当地雇员的身份在圣埃克苏佩里国际中学任教。作为住校老师，他在湖边的一座小楼里有间教工公寓。

为了去他的公寓，我从体育馆的工地抄了近路。水泥板、地基、混凝土搅拌机、砖墙已然消失，统统被掩埋在厚厚的白雪之下。

我精挑细选，最后选中了一根铁棍做武器。那根被工人们丢弃的铁棍就躺在沙堆旁的手推车里。自此，我不得不承认，自己的行为早有预谋。我身体里的某样东西被唤醒了。一种原始的暴力裹挟着我、刺激着我。那种状态，我此生只经历过一次。

我至今还记得当时的空气，它既冰冷又炽热，既纯净又肮脏，令我极度兴奋。那时的我，不再是个在数学题面前唉声叹气的孱弱学生，而是个斗士，一个勇往直前、冲锋陷阵的勇士。

当我来到教师公寓楼前时，夜幕已然降临。远处的灰色湖面上，天空的银光在微微颤抖。

白天（包括周末在内），进入一层大厅既不需要按铃也不用钥匙。和学生公寓一样，这座楼冰冷寂静、毫无生气。我脚步坚定地爬上楼梯。我知道我们的哲学老师就在房间里，因为早上我听到他打电话给我母亲说，由于天气恶劣，飞往慕尼黑的航班被取消了。

我敲响了他的房门，门的那一边传来收音机的声音。亚历克西斯·克雷芒给我开了门，没有丝毫戒心。

"呀，你好，托马斯！"

他很像网球运动员塞德里克·皮奥林：古铜肤色，身材魁梧，鬓发一直到后颈下。他比我高十厘米，也比我健壮得多，但此刻的我对他没有丝毫畏惧。

"你瞧这天气！"他大声说，"我本来打算去贝希特斯加登滑雪的。我敢肯定，咱们这儿的雪比那里还多！"

房间很暖，门口放着一个大旅行包。迷你电台里传来一个甜甜的声音："今天的《幻象天地》节目就到这里了，但请您继续留在法国音乐电台，倾听阿兰·热尔贝和他的爵士乐……"

就在把我请进门的那一刻，克雷芒发现了我手里的铁棍。

"你这是……"他睁圆双眼说。

犹豫和寒暄都该终结了。

第一击是自动落下的，就好像有人替我挥出去了一样；它落在了哲学老师的胸口上，令他摇摇晃晃，惊诧不已。第二击打爆了他的膝盖，让他发出一声惨叫。

"你这个变态，为什么要强奸她！"

亚历克西斯·克雷芒试图抓着分隔卧室和小厨房的吧台站起来，却把它推倒了。一摞碟子和一瓶圣培露气泡水在瓷砖地面上摔得粉碎，但依然无法让冲动的我停下手来。

我已经完全失控了。哲学老师已然倒下，而我却仍在暴打他，不给他丝毫喘息的机会。我被一种无法控制的力量裹挟着，有节奏地挥动着铁棍。在一顿乱棍后，我开始用脚狠狠踢他。我的脑海里不断出现这个坏蛋侵犯雯卡的画面，这让我变得越发愤怒和狂躁。我看不见克雷芒了。我已身不由己。我清楚自己正在做一件无法挽回的事，却无力恢复镇静。我被死死困住，变成了造物主手中的木偶。

我不是杀人犯。

脑海里不断回响起这句话。轻轻地。唤我逃脱。走入绝境前的最后一次召唤。我突然间扔下铁棍，凝固不动了。

趁我犹豫之时，克雷芒使出全身气力，拽住我的小腿肚。由于鞋底太滑，我失去了平衡。这次轮到我躺倒在地了。他虽然伤得很重，却如闪电般蹿到我身上，从猎物变成了进攻者。他用全身的重量压住我，两只膝盖像钳子一样将我紧紧夹住，使我动弹不得。

我张开嘴大叫，但克雷芒已经抓起一块玻璃瓶的碎片。我无力地看着他举起胳膊，用长长的玻璃片刺向我。接着，时间静止了，我觉得自己的生命正在消散殆尽。那时的每一秒，过得比几分钟还长。那几秒钟，已然颠覆了诸多存在。

突然，一切又都加速了。一股温热的、浅棕色的血，喷溅到我的脸上。克雷芒的身体渐渐瘫软，我趁机抽出胳膊擦了擦眼睛。当我睁开双眼时，我的视线是模糊的。但在哲学老师灰暗的身影上方，我恍惚看见了马克西姆的轮廓，看见了他的浅色头发，挑战者运动衫，还有那件拼接灰色羊毛的泰迪红皮夹克。

马克西姆只刺了一刀。动作迅速。刀片锋利，只比切纸刀长那么一点点，只轻轻吻了吻亚历克西斯·克雷芒的喉咙。

“快叫救护车！”我起身大叫道。

可是，我清楚得很，太晚了。克雷芒死了。而我，浑身上下都是血。脸上，头发上，毛衣上，鞋上。甚至还有嘴唇和舌尖上。

有好一会儿，马克西姆和我一样，瘫软，颓唐，绝望，不发一语。

我们该通知的，不是消防员也不是救护车，而是警察。

"等下！我爸爸可能还在那儿！"醒过神来的马克西姆叫道。

"在哪儿？"

"保安值班室附近！"

他走出克雷芒的公寓，冲下楼梯，把我一个人留在尸体旁，我们刚刚杀死的男人的尸体旁。

我独自待了多久？五分钟？一刻钟？被寂静完全笼罩的我，再一次觉得时间已然静止。我记得，当时为了不看尸体，我紧紧靠在窗前。窗外，微微颤动的湖面向黑暗深处延展，仿佛有人按动了开关，熄灭了所有亮光。我尽量把注意力集中在某件东西上，思绪却沉浸在了茫茫雪光里。

那深渊一样的白，让我不禁想到我们以后的生活。我知道，平衡已被完全地、永久性地打破了。那既不是可以抹去的一页，也不是一个时代的终结。那是在大雪之下突然现身的地狱之火。

这时，楼梯上传来声音，门被砰的一声关上了。弗朗西斯·比安卡尔蒂尼带着儿子和工头出现了房间里。这个建筑公司老板依旧是老样子：散乱的花白头发，溅了油漆点的皮大衣，过分前挺的胸脯，超重导致的笨拙。

"孩子，你还好吗？"他一边问我，一边寻找着我的目光。

我已无法回答他的问题。

他的大身板让人觉得整个房间都被他占据了，然而，他轻柔且坚定的步伐却与这厚重的体形形成了强烈反差。

弗朗西斯站定在房间中央，认真思考了整件事情，令人捉摸不透的脸波澜不惊，仿佛他早就知道这一天终将到来，仿佛这并不是他第一次面对如此悲剧。

"从现在开始，一切都交给我了。"他宣布道，目光交替落在我和马克西姆身上。

我想，就是在听到他沉着冷静的声音后，我终于明白，他示人的法西斯分子形象不过是张面具，那并不是真实的他。在这灰暗的时刻，我面前的这个男人更像是个冷血的黑帮老大。对我来说，弗朗西斯就像"教父"，如果他真能解救我们，我愿意什么都听他的。

"咱们把这儿清理下，"他一边说，一边转向工头艾哈迈德，"不过，你得先去小卡车里把篷布拿来。"

这个突尼斯工头脸色苍白，目光惊愕。在动手前，他不禁开口问道：

"老板，您打算怎么办？"

"把他扔进墙里。"弗朗西斯抬了抬下巴，指向那具尸体。

"什么墙？"艾哈迈德问。

"体育馆里的那面墙。"

5.雯卡·罗克维尔的最后几天

最能使过去变得鲜活的，是我们曾经赋予它的味道。

——弗拉基米尔·纳博科夫，美国作家

今天

2017年5月13日

　　"我再没和我爸提起过这件事。"马克西姆点燃了一支烟说道。

　　一缕阳光把他的芝宝打火机照得闪亮，漆壳机身上刻着日本版画《神奈川冲浪里》。我们告别体育馆令人窒息的氛围，来到高处的"鹰巢"，那是一块悬在湖面上的、开满鲜花的岩丘。

　　"我甚至都不知道他把尸体放在墙的哪个位置了。"我的朋友接着说。

　　"也许现在该问问他了，你觉得呢？"

　　"我爸去年冬天去世了，托马斯。"

"妈的。抱歉。"

弗朗西斯·比安卡尔蒂尼的影子在我们的对话中变得越发清晰起来。在我眼里，马克西姆的父亲一直是坚不可摧的。他就像一块岩石，所有那些自不量力向他发起进攻的人，都会在他身上摔得粉身碎骨。然而，死神是个特别的对手，永远是最后的胜者。

"他是怎么去世的？"

马克西姆深深吸了口气，眨了眨眼睛。

"这事听起来会让人很难受，"他提醒我说，"这几年，他常常住在奥蕾莉亚庄园。你知道是哪儿吧？"

我点头表示知道。那片位于尼斯高处、戒备森严的豪宅区，我怎么会不知道。

"年底的时候，那一带发生了多起入室盗窃，有时非常暴力。即使别墅里有人，那些混混也照闯不误。当时有过几起非法监禁和捆绑案件。"

"弗朗西斯是其中的受害者？"

"是的，就在圣诞节期间。他在家里一直放着武器，可是没来得及用。劫匪们把他捆了起来，拳打脚踢。被袭击后，他心脏病突发，就这么走了。"

入室盗窃，和沿海地带的混凝土建筑、道路的经常性拥堵、大众旅游导致的人口过剩，同为蔚蓝海岸的几大顽疾……

"凶手抓到了吗？"

"抓到了，是一群马其顿盗匪。有组织的一伙人。警察抓住了两三个，现在关着呢。"

我把臂肘支在栏杆上。从半月形的平台望去，可以看到绝美的湖景。

"除了弗朗西斯外，谁还知道克雷芒被杀的事？"

"你和我，没了。"马克西姆肯定地说，"你是了解我爸的：他的嘴严得很……"

"你丈夫呢？"

他摇了摇头。

"妈的，我可不想让奥利维耶知道这件事。这么多年了，我从没和任何人提起过这桩杀人案。"

"还有工头艾哈迈德·加祖阿尼呢！"

马克西姆质疑道：

"他是最不会开口的人。这桩杀人事件，他是共犯，和别人说对他有什么好处？"

"他还活着吗？"

"没有，已经被癌症折磨死了。快不行的时候，他回到了比塞大，在那边走的。"

我戴上太阳镜。时间已近正午，太阳高悬在空中，把我们所在的鹰巢烤得火热。这里只围了一圈木栅，既危险又令人神往。一直以来，鹰巢地带都不准学生进入。但作为校长的儿子，我有些特权。我和雯卡曾在明月当空的夜晚，对着湖面的月光在这里抽烟，喝橘子甜酒，那真是段美妙的回忆。

"给我们留字条的人肯定知道我们干了什么！"马克西姆恼火地说。

他吸了最后一口烟，直到把烟吸得只剩下过滤嘴。

"那个家伙，克雷芒，他有家人吗？"

我对那个哲学老师的家庭情况了然于心：

"克雷芒是独生子，他父母在当年就已经很大岁数了，现在应该也撒手人寰了吧。总之，威胁不是从那边来的。"

"那是从哪儿来的？斯特凡纳·皮亚内利吗？他已经烦我好几个月了。自从我公开支持马克龙以来，他就对我展开了全面调查，甚至翻出了我父亲的所有旧账。还有，关于雯卡，他还写过一本书呢，你记得吧？"

也许是我过于天真，不过我真不认为斯特凡纳·皮亚内利会这么费尽心机地逼迫我们暴露。

"他的确很八卦，"我对这点表示认同，"但我不认为匿名信是他写的。如果他有所怀疑，会直接向我们发难。恰恰相反，他告诉了我一件事，让我很担心，就是在旧储物柜里找到的那些钱。"

"你说什么？"

原来马克西姆不知道这件事。我简要向他说明了情况：发大水，在一个包里发现了十万法郎，提取出两枚指纹，其中一枚是雯卡的。

"问题是，存放那笔钱的储物柜，是我的柜子。"

马克西姆有些发蒙，皱起了眉头。我继续对他解释说：

"我父母在圣埃克苏佩里任职前，我曾跟学校申请了一间宿舍，上高一的时候住了一年。"

"我记得。"

"成功调任并且分到教工公寓后，他们让我退掉宿舍，留给别的学生。"

"你这么做了？"

"是的，只不过那家伙不用储物柜，而且从没找我要过钥匙，所以我就一直留着。那柜子我几乎没怎么用过，直到雯卡要走了钥匙。在她失踪前几星期。"

"但她没有告诉你是为了放钱？"

"完全没有！储物柜这件事，我根本就没放在心上。就连雯卡失踪时，我都没想到两者间会有丝毫的关联。"

"直到现在都没人找到过雯卡的踪迹，这一点还是很蹊跷的。"

马克西姆扶着一面矮石墙，向前走了几步，和我一起站在了阳光下。这回，连他也唱起了我听了一上午的老调。

"我们从没真正了解过雯卡。"

"不，我们很了解她。她是我们的朋友。"

"我们认识她，但不了解她。"他坚持说。

"你什么意思？"

"所有的一切都证明她很爱克雷芒：你找到的那些信，他们俩在一起的照片……你记得那张照片吧？就是期末舞会上，她深情注视克雷芒的那张。"

"那又怎样？"

"怎样？为什么几天后，她要说是那家伙强奸了她？"

"你认为我对你撒了谎？"

"没有，但是……"

"你到底想说什么？"

"如果雯卡还活着呢？说不定那些字条是她写给我们的。"

"我也想到这儿了，"我承认道，"但她为什么要这么做？"

"为了复仇。因为我们杀了她的心上人。"

我被气得发了疯：

"妈的，她怕他，马克西姆！我向你发誓。这是她对我说的，甚至是她对我说的最后一句话：'我是被亚历克西斯强迫的。我没想和他上床！’”

　　“她也许是在胡说呢。那时候，她常常处于神情恍惚的状态。什么该死的药她都敢拿来吃。”

　　我终止了这场争论：

　　“不是的，她跟我重复了这句话。那家伙就是个强奸犯。”

　　马克西姆的脸沉了下来。有那么一会儿，他失神地注视着湖面，随后转向了我。

　　“她当年真的怀孕了？你一直是这么跟我说的。”

　　“是的，这是她告诉我的，千真万确。”

　　“如果这是真的，而且她生下了那孩子，小孩今年应该已经二十五岁了。也许是克雷芒的儿子或女儿要为死去的父亲复仇吧。”

　　我的脑子里也曾闪现过这种想法。这种可能性的确存在，但于我而言，与其说它合理，不如说它传奇。类似于侦探小说里老掉牙的情节转折。我如是回答马克西姆，但没能完全说服他。接着，我决定和他谈谈目前我认为最紧要的事。

　　“还有件事我得跟你说，马克西姆。二〇一六年初，我回法国做新书宣传时，和鲁瓦西机场的边检工作人员吵了一架。那个白痴故意侮辱一个变性人，管那人叫‘先生’。那件事闹得挺大的，我被拘留了几小时，然后……”

　　“他们记录了你的指纹！”他猜测道。

　　“是的，我的指纹被收录进了国家数据库。也就是说，时间紧迫，我们已经无路可退了。一旦尸体和铁棍被发现，如果上面还留有一个指纹，我就会被查出来，接着被逮捕和审讯。”

　　“那会改变什么吗？”

　　我把前一天夜里在飞机上做的决定告诉了他：

"我不会把你们扯进来，你，还有你爸爸。我会把一切都揽在我自己身上。我会说是我一个人杀了克雷芒，然后让艾哈迈德帮我处理了尸体。"

"没人会相信你。还有，你为什么要这么做？为什么要牺牲你自己？"

"我没老婆，没孩子，也没有所谓的生活。我没有什么害怕失去的。"

"不行，这没道理！"他一边眨眼一边吼道。

马克西姆眼圈乌黑，面色憔悴，看起来像两天没合眼似的。我的提议非但没能安抚他的情绪，反倒让他更紧张了。经过一再的坚持，我终于明白了其中原因。

"警察已经查出些东西了，托马斯。我确定，你没法把我择出去。昨天晚上，我接到昂蒂布警局的一通电话，打电话的是局长本人，樊尚·德布鲁因，他……"

"德布鲁因？和以前那个法官是一家的？"

"对，是他的儿子。"

这显然不是个好消息。二十世纪九十年代，若斯潘政府曾任命伊万·德布鲁因为尼斯大审法院院长，决心给蔚蓝海岸地区的官商勾结现象致命一击。可怕的伊万（他喜欢人们这么称呼他）前来赴任时，仿佛白色骑士一般高调。他在这里一待就是十五年，始终致力于打压共济会网络和民选代表的贪污受贿行为。这位法官最近退休了，让某些人松了口气。说实话，在这一带，虽然很多人都讨厌德布鲁因和他的达拉·基耶撒①做派，但即便是诋毁他的人也不得不认可他那股韧劲。如果他的儿子遗传了他的这些"优点"，那么紧紧咬住我们不放的，将是一个有手

---

① 达拉·基耶撒将军，巴勒莫行政长官，致力于打击黑手党，在被任命几个月后被暗杀，其妻子和贴身警卫也没能逃脱厄运。

腕的警察。民选代表以及所有和名流显贵沾边的人都是他的敌视对象。

"德布鲁因具体和你说了什么？"

"他让我赶紧去警局见他，说有事要问我。我跟他说今天下午过去。"

"那你快去吧，这样我们就能心里有数了。"

"我害怕。"他向我坦白。

我把手放在他的肩膀上，尽力安慰他说：

"这又不是个正式的问询。德布鲁因可能是受了什么人的蛊惑，应该是想从你这儿钓些信息。要是真知道了什么具体情况，他就不会这么行事了。"

马克西姆皮肤上的每个毛孔都散发着焦躁不安。他又解开衬衫的一粒扣子，随后擦了擦额上的大颗汗珠。

"头上顶着这把达摩克利斯之剑，我再也没法生活了。也许，我们可以把这些都说出来……"

"不，马克西姆！努力坚持住，至少这个周末要挺住。我知道这很难，但有人正在想办法吓唬我们、动摇我们。不要上当。"

他深吸一口气，努力调整了自己的状态，似乎恢复了平静。

"我这边会去调查。你也看到了，现在情况很乱。给我点儿时间，我得查清楚雯卡到底发生了什么。"

"好吧，"他表示同意，"我这就去警局。等我消息。"

我看着好朋友走下石阶，踏上薰衣草地里的蜿蜒小径。马克西姆越走越远，他的身影也越来越小，渐渐变得模糊，直到被那片淡紫色吞没，消失不见。

离开校园前，我在阿格拉大楼前停了下来。在这座碟形玻璃建筑的中心，矗立着学校历史悠久的图书馆。在圣埃克苏佩里国际中学，没有一个人会使用"资料信息中心"这个官方叫法来指代如此具有象征意义的地方。

中午的下课铃声刚刚响过，解放了一大群学生。如今，进阅览室需要刷门禁卡，可我却潇洒地跳过了闸机：在地铁里，我见过流氓、穷学生和共和国的总统们这样做。

走到前台时，我认出了埃莉纳·布克曼，学校里的人都叫她泽莉。这位足够自负的荷兰裔知识分子对任何事情都持有一种决定性的看法或基本在理的观点。当年我最后一次见到她时，她还是个四十多岁的女人，装腔作势，喜欢显摆自己的健美身材。随着年龄的增长，这位图书管理员如今看起来像极了不修边幅的诺瓦奶奶[1]：圆边眼镜、方形脸、双下巴、灰色发髻、臃肿的娃娃领毛衣。

"你好，泽莉。"

多年来，除了管理图书馆外，她还负责校园的电影放映、广播节目以及索菲亚·莎士比亚公司的运营。后者的名字有点夸大其词，其实就是学校的戏剧俱乐部，我母亲管理预科班时曾为这个俱乐部花了不少心血。

"嘿，大作家。"她张口就来，好像我们昨天刚说过话似的。

一直以来，我都很难看懂这个女人，甚至怀疑过她是我父亲的情妇（时间很短的那种），可是在我的记忆里，母亲似乎很欣赏她。我在圣

---

[1] 一个法国品牌，生产酸奶、奶酪、奶油、蛋糕等食品，其商标形象是个白发老奶奶。

埃克苏佩里上学时，大部分学生都盲目地信服她，泽莉这、泽莉那的，一个个都把她当成知心密友、社会工作志愿者以及潜意识的启发者。而泽莉（我觉得这个昵称很可笑）呢，则善于利用甚至滥用这个角色。"强势面对弱者，弱势面对强者"，她从不一视同仁，喜欢过度关注某些学生，往往是最受宠或最外向的学生，无视其他学生。我记得她特别喜欢我的哥哥和姐姐，却对我视而不见，仿佛我不值得获取她丝毫关注似的。正合我意：我对她也像她对我一样反感。

"什么风把你吹来了，托马斯？"

从上次我们对话到现在，我已出版过十几部小说，作品被译成了二十多种文字，在全世界销量几百万册。对一个看着我长大的图书管理员来说，这些理应具有一定的意义。当然，我并不是非要她夸赞我，可她至少应该表现出些许关注吧。没有，永远没有。

"我想借本书。"我回答说。

"我得先看看你的借书卡是不是还有效。"她信口说道。

玩笑开得似乎有点大，她开始在电脑存档里找寻一张二十五年前的、可能已经不存在了的图书馆登记卡。

"有啦，我找到了！我就说嘛，你有两本书一直没还：皮埃尔·布尔迪厄的《区分》，还有马克斯·韦伯的《新教伦理与资本主义精神》。"

"你是在开玩笑吗？"

"对，我是在开玩笑。说吧，你要找什么书？"

"斯特凡纳·皮亚内利写的那本书。"

"他参与编写了《新闻学教程》，出版社是……"

"不是那本，是他对雯卡·罗克维尔事件的调查，书名是《少女与死神》。"

她在电脑上敲出书名。

"馆里没有那本书。"

"怎么会没有？"

"那本书是2002年在一家小出版社出版的。首印卖空后就没再重印了。"

我平静地看着她。

"你是在逗我吗，泽莉？"

她显出不快的神情，把电脑屏幕转向我。我朝显示器看了一眼，发现馆里确实没有这本书的信息。

"这说不通啊。皮亚内利是圣埃克苏佩里的校友。他的书，你们当年一定买了好多册。"

她耸了耸肩膀。

"别告诉我你以为我们买了好多册你写的书。"

"请你回答我的问题！"

她有些尴尬地在宽大的毛衣里扭了扭身子，摘下眼镜说：

"皮亚内利的这本书从图书馆里下架了，是学校最近的决定。"

"什么原因？"

"因为这个姑娘在失踪二十五年后，变成了一些在校学生的崇拜对象。"

"这个姑娘？你是说雯卡吗？"

泽莉点了点头。

"三四年来，我们发现皮亚内利的这本书一直处于外借状态。馆里明明有很多册，但预约读者的名单比我胳膊还长。学生们常常说起雯卡。去年，离经叛道的少女的成员甚至拍了一部关于她的剧。"

"离经叛道的少女？"

"是个学生团体，成员们都是些优秀的精英女学生、女权主义者，类似于二十世纪初纽约的一个女权主义团体的姐妹会。里面有些人就住在尼古拉-德-斯塔埃尔公寓，还文了雯卡当年脚踝上的文身。"

我记得那个文身。"GRL PWR"，低调地纹在她的皮肤上。Girl Power，女性力量。泽莉一边继续说明情况，一边在电脑里打开一个文档。那是一部音乐剧的海报——"雯卡·罗克维尔的最后几天"。海报让我想起了贝儿与塞巴斯蒂安乐团的唱片封套：黑白照片、淡粉色的透明覆膜、雅致艺术的字母。

"学生们还在雯卡当年住的房间里举行集会，病态地祭拜她的一些遗物，为她的失踪组织周年纪念活动。"

"这些〇〇后对雯卡的狂热崇拜，你觉得原因何在？"

泽莉抬眼看向上空。

"我猜想，在雯卡以及她与克雷芒的浪漫爱情里，那些女生也许看到了自己吧。她是对自由的理想诠释。在十九岁突然失踪，更让她的光辉形象多了些永恒的色彩。"

泽莉一边说，一边离开椅子，在前台后长长的金属书架上翻找起来。最后，她拿着皮亚内利那本书回来了。

"我留了一本。你如果想翻翻看，就拿去吧。"她叹了口气。

我用掌心摩挲着书的封面说：

"真是不敢相信，你们竟然会在二〇一七年禁读这本书。"

"这是为学生们好。"

"说得真好听！在圣埃克苏佩里禁读某本书，我父母在校那会儿可没这么做过。"

泽莉静静地看了我好一会儿，随后嘲讽道：

"'你父母在校那会儿'，学校里出了不少事，如果我没记错的话。"

我的怒气在血脉里偾张开来，但最终还是保持住了表面上的平静。

"你想说什么？"

"没什么。"她谨慎地答道。

我当然知道她指的是什么。一九九八年，我父母突然在圣埃克苏佩里国际中学下台，两人被卷进一桩不光彩的事件，因违反公共采购规范而被双双调查。

那是个"殃及池鱼"的典型事件。当时的共和国法官伊万·德布鲁因（他的儿子就是即将询问马克西姆的警察），一心想要扳倒当地的几个民选代表，他怀疑他们收受了不少贿赂，尤其是来自弗朗西斯·比安卡尔蒂尼的。所以一直以来，弗朗西斯都是这位法官的打击目标。关于弗朗西斯，大部分谣言都不太靠谱，比如有人说他给卡拉布里亚黑手党洗钱，但有些却很容易坐实。为了拿到公共工程项目，他很有可能买通了一些政客。在想方设法对付弗朗西斯时，法官在一份文件中看到了我父母的名字：弗朗西斯在圣埃克苏佩里国际中学做了不少项目，有些不太符合招标规范。被调查期间，母亲被关在尼斯西北部奥瓦尔警局一座肮脏的营房里，在一个小板凳上坐了二十四小时。第二天，我父母的照片被刊登在当地报纸的头条。画面的黑白剪辑风格即便用在连环杀人夫妇身上也不会让人觉得奇怪。那形象，类似于犹他州的嗜血情侣，也有点儿像肯塔基州的农民杀手。

面对这突如其来的打击，我的父母无所适从，双双从国家教育系统辞职。

虽然那时我已不在蔚蓝海岸生活，但这一事件仍让我觉得忧心。我的父母的确有各自的缺点，但他们都是诚实的人。他们恪尽职守，始终以学生利益为重，实在不该落得个臭名昭著的下场，令他们曾经的所有业绩都遭到质疑。一年半后，调查毫无结果，以"不予起诉"终结。但创伤已然留下了。直到今天，埃莉纳·"泽莉"·布克曼这类蠢货和小人还在拿这桩破事嚼舌根，看似轻描淡写一语带过，却含沙射影。

我用挑衅的目光盯着她，直到她垂下视线，看向键盘。即便她已一把年纪，即便她长着一张慈祥的奶奶脸，我还是想举起键盘，砸烂她的脑袋。（不管怎么说，我毕竟是个真正的杀人犯。）但我什么也没做。我强压住怒火，得为接下来的调查储备力量。

"我能把它带走吗？"我指着皮亚内利的书问道。

"不行。"

"下星期一前还给你，我保证。"

"不行。"泽莉态度坚决地反对，"这是图书馆的书。"

我才不管她怎么说，把书夹在胳膊下转身就走，边走边给她扔下一句话：

"我想你是搞错了，在系统里确认下吧，馆里根本就没有这本书的信息！"

我走出图书馆，绕过阿格拉大楼。像马克西姆一样，我也穿过薰衣草地，抄近路离开了校园。今年的薰衣草，花开得极其早，但那绽放的花海远不是我记忆中的模样，好像有什么东西失常了似的。一股金属和樟脑味随风飘来，我却闻到了一股令人眩晕的血腥味。

6.雪景

> 速度、大海、午夜，一切灿烂的东西，一切黑色的东
> 西，一切使人失去自我、也能让人找回自我的东西。
>
> ——弗朗索瓦兹·萨冈，法国作家

1992年12月20日星期日

谋杀发生的第二天，我醒得很晚。前一天晚上为了睡着，我吞了两片在家里浴室找到的安眠药。今天早上，屋子里空荡荡的，冰冷刺骨。母亲天亮前就出发去朗德了，熔断的保险丝切断了暖气。依然昏昏沉沉的我，用了整整一刻钟才把电表鼓捣好，给家里通上了电。

我走进厨房，看到了母亲留在冰箱上的暖心字条，她给我准备了吐司。窗外，阳光照耀着白雪，让我觉得仿佛置身于伊索拉二〇〇〇滑雪场。弗朗西斯在那里有座木屋别墅，几乎每年冬天都会邀请我们去玩。

我机械地打开收音机，调到法国新闻广播电台。从昨晚起，我变

成了一个杀人犯，但太阳照常升起，地球依旧转动。萨拉热窝恐怖事件，忍饥挨饿的索马里儿童，血源感染丑闻，巴黎圣日耳曼和马赛足球俱乐部的血腥对战。我冲了杯黑咖啡，吃掉了吐司。我是个杀人犯，但我真的好饿。在浴室里，我在淋浴头下待了半个小时，吐掉了刚刚吃下的东西。接着，像前一晚那样，我用马赛皂刷洗身体，但我觉得亚历克西斯·克雷芒的血已然渗透进了我的脸颊、嘴唇和皮肤，而且永远留了下来。

　　过了一会儿，蒸腾的雾气令我头晕目眩，险些昏倒。我焦躁不安，脖子僵硬，双腿颤抖，胃部酸灼痉挛。我的意志已彻底沉沦。由于难以面对现实，我甚至产生了灵魂出窍的感觉。必须终止这种状态。假装什么都没发生然后正常地生活下去，可我永远都做不到。我走出浴室，决定去警察局自首。然而，几乎就在下一分钟，我改变了主意：如果我说出真相，那么马克西姆和他的家人也完了。他们是帮过我、为我冒险的人。最后，为了不被焦虑吞没，我套上运动服，准备出门跑步。

❦

　　我环湖跑了三圈，全速奔跑直到精疲力竭。眼前都是白色和冰霜。我被这景色迷住了。在飞奔之时，我感觉自己的身体融入了大自然，仿佛树、雪和风把我吸入了它们晶莹剔透的世界。在我周围，只有光与纯粹。那一方冰天雪地，纯净得几乎不真实。我再次相信，在那张白纸上，自己可以书写未来生活的篇章。

　　回家的路上，我拖着跑软的双腿，绕道去了尼古拉-德-斯塔埃尔公寓。那座空荡荡的楼房看起来就像一艘幽灵船。我白白敲了门，范妮和雯卡都不在自己的房间里。范妮的房门紧闭着，而雯卡的房门是敞开的，让人觉得她很快就会回来。我走了进去，在这间温暖舒适的小屋里待了好久。房间里散发出忧郁、隐秘甚至超越时空的气息。被子没有叠，床单上依然留有古龙水和青草的清香。

这十五平方米承载着那个少女的整个世界。墙上用图钉钉着《广岛之恋》和《朱门巧妇》的电影海报，以及科莱特、弗吉尼亚·伍尔芙、兰波和田纳西·威廉斯等作家的黑白肖像，还有一张杂志彩页，上面是曼·雷拍摄的李·米勒的色情照片。一张明信片上摘抄了弗朗索瓦兹·萨冈的一句话，里面提到了速度、大海和灿烂的黑色。窗台内侧，是一盆万代兰和一尊布朗库西雕像的复制品——《波嘉妮小姐》，那是我之前送给她的生日礼物。书桌上胡乱堆放着一叠CD：萨蒂、肖邦、舒伯特的古典音乐、罗西音乐乐队、凯特·布什和普洛柯·哈伦的老派流行乐，还有她珍藏的皮埃尔·舍费尔，皮埃尔·亨利和奥利维埃·梅西安等人的作品录音。她给我听过，但我却觉得这些录音糟糕透顶。

在床头桌上，我发现了那本前天就看到过的书——俄国女诗人玛琳娜·茨维塔耶娃的诗集。扉页上有亚历克西斯·克雷芒写的题记，不错的文笔让我陷入了深深的煎熬。

致雯卡：
我想成为一个没有躯体的灵魂
只为永伴你左右。
爱你，即生。
亚历克西斯

我又等了雯卡几分钟，内心焦虑不已。为了平复心情，我打开激光唱片机，开始播放里面的CD。《星期日早晨》是地下丝绒乐队那张传奇唱片中的第一首歌。那曲子和现在的情境不谋而合，苍白、空灵、有毒。我等了又等，直到模糊地意识到雯卡回不来了。她再也不会回来了。我继续待在房间里，像个吸毒者一样，乞讨般地嗅着她留下的碎片。

这么多年来，我一直在问自己，雯卡对我的强大支配力，以及她给予我的醉人又痛苦的眩晕感，到底是什么。我的答案始终是毒品。即便我们正待在一起，即便她只属于我一个人，那种缺失感仍不曾消失。我们曾经历过一些神奇的时刻，那是有如某些流行歌曲般完美的片段，是极富旋律感的琴瑟和鸣。然而，这份轻盈之感总是那么短暂。就连身处快乐之时，我也清楚地知道，它们就好比肥皂泡，随时都有可能破裂。

就这样，雯卡离开了我。

为了能接到父亲打来的电话，我回了家。他说会在结束长途旅行到达塔希提后打电话给我，时间定在下午一点前。由于电话费过于昂贵，加上父亲跟我的话并不多，我们的对话很简短，甚至有些冷淡，一如我们一直以来的父子关系。

接着，我吃掉了母亲留下的咖喱鸡，这次没有吐。下午，我一边吃力地驱赶着脑海里的念头，一边做着我该做的事：写数学和物理习题。解开了几个微分方程式后，我很快就泄了气，不再强迫自己集中注意力做题。我甚至开始恐慌，脑中全是谋杀现场的画面。傍晚刚过，情绪失控的我接到了母亲的电话。我原本下定决心向她和盘托出，可她却没有给我说话的机会，她提议我第二天去朗德找她。思考一番后，她觉得把我一个人留在家里半个月不是个好主意，觉得会影响我的学习状态。

"有家人的陪伴，你复习功课会轻松些。"她解释说。

为了避免彻底崩溃，我接受了她的提议。于是，星期一清晨，我在天亮前就踏着积雪上了火车。我先从昂蒂布坐车到马赛，接着乘坐挤满了人、晚点了两小时的珊瑚城际列车到了波尔多。此时，最后一班去达克斯的火车已经开走了，国家铁路公司不得不租用几辆大巴载乘客前往目的地。等我到达加斯科涅时，已经过了午夜十二点——真是寻常又糟糕的一天。

姨母吉奥瓦娜住在乡下的一座老房子里。由于年久失修而四处漏雨的房顶上盖满了常春藤。一九九二年年底，朗德地区几乎一直在下雨。从下午五点起天就开始黑了，而且似乎从没真正亮过。

关于和姨母还有母亲共度的这两星期，我没留下什么清晰的记忆。整座房子被一股奇怪的氛围笼罩。日子一天天过去，短暂、寒冷、凄凉。我觉得好像我们三个人都处于病后的康复期。母亲和姨母照看着我，我也同样照看着她们。有时，在毫无生气的午后，我们会坐在沙发上，一边无精打采地吃着母亲做的可丽饼，一边看《神探科伦坡》《纨绔双侠》等老掉牙的电视剧，或者看《圣诞老人谋杀案》的第N次重播。

整整两个星期，我从未打开过数学和物理作业本。为了驱走焦虑、逃避现实，我继续做着一直都在做的事：读小说。对这两个星期的生活，我印象模糊，却清楚地记得当时读过的每一本书。一九九二年年底，我为《恶童日记》里的双胞胎感到心痛，在被战争蹂躏的土地上，他们忍受着人性的残暴。在法兰西堡，我走遍《德士古》中的克里奥尔街区，跟随《读爱情故事的老人》穿过亚马孙森林。在布拉格的春天，我身处坦克迷阵，思索着《不能承受的生命之轻》。小说不能治愈我，却能让我从"生而为我"的沉痛中解脱出来，喘息片刻。它们给我提供了一个减压的出口，如堤坝般为我挡住了汹涌而来的恐惧。

在这段没有阳光的日子里，每天早上，我都肯定地以为自己即将失去自由。每当路上有汽车开过时，我都觉得那是来逮捕我的警察。唯一一次，当有人敲门时，我下定决心决不入狱，所以为了争取时间爬上了房顶，好在迫不得已时跳下去。

然而，并没有人来抓我。在朗德没有，在蔚蓝海岸也没有。

一月，圣埃克苏佩里的新学期开始了，生活恢复了正常的节奏，确切地说是基本正常的节奏。大家之所以开口闭口亚历克西斯·克雷芒，不是在为他的死难过，而是为了盛传的谣言：雯卡和她的老师好了很久，一起私奔了。和所有绯闻事件一样，这件事在学校里引发了热议，每个人都在添油加醋地品头论足。人多嘴杂，大家凑在一起，就是喜欢诋毁他人的名声。人们越说越起劲，结果就变成了满城风雨。就连我之前敬仰的几个老师也说三道四起来，竞相说些令我作呕的所谓的善言。也有几位老师做到了为人师表，比如我的法语老师让-克里斯托夫·格拉夫，还有在文学预科一年级教英美文学的德维尔小姐。我没上过她的课，却在母亲的办公室里听她说过这样的话："我们不能自降身价和那些庸人为伍，因为平庸是一种传染病。"

我从她的这句话里得到了慰藉，并且在很长一段时间里，都在需要做出抉择时以此为镜。

第一个真正为雯卡的失踪担心的，是她的祖父和监护人，老阿拉斯泰尔·罗克维尔。在我面前，雯卡总是把她的祖父描述成一个专制独裁、不苟言笑的大家长。这位典型的白手起家的实业家，把孙女的失踪看成一起绑架事件、一种对自己家族的报复行为。亚历克西斯·克雷芒的父母也开始担忧起来。儿子本来说好要去贝希特斯加登和朋友滑雪一星期，但却没有出现，也没有像往年一样去父母家共度新年。

虽然两起失踪事件让失踪者的家人们忧心忡忡，但警方却在很久后才开始调动人力展开严密调查。首先是因为雯卡已是成年人，其次是因为司法部门对立案侦查一事犹豫再三。在司法权限层面，这个事件非常复杂。雯卡是法国人也是美国人，亚历克西斯·克雷芒是德国籍。他们失踪的地点也无法确认。也许他们两人的其中一个就是行凶者？或者二人已双双遇难？

因此，直到开学一星期后，警方才出现在圣埃克苏佩里国际中学。而且，他们的询问对象仅局限于和雯卡及哲学老师有密切交往的人。他们粗略地搜查了两个房间、贴上了封条，却没有动用刑侦技术警力。

再晚些时间，也就是二月末，直到阿拉斯泰尔·罗克维尔来到法国，事情才有了进展。这位商界大亨动用了他在当地的关系，并在媒体上宣称自己已经雇用了私家侦探寻找孙女的下落。于是，警察再次来到现场展开侦查——这次出动的是尼斯地区司法警察局的警员。他们询问了更多人（包括我、马克西姆和范妮），在雯卡的房间里进行了多次DNA提取。

渐渐地，通过采集到的证词和资料，警方得以较为清晰地还原出十二月二十日星期日到十二月二十一日星期一之间发生的事件。雯卡和克雷芒就是在那两天人间蒸发的。

星期日，早上八点左右，学校的保安帕维尔·法比安斯基确认曾打开过校门口的栏杆，让克雷芒驾驶阿尔卑斯A310跑车通过。法比安斯基非常肯定：雯卡·罗克维尔坐在副驾驶的位置上，打开车窗向他招手致谢。几分钟后，在上萨尔图圆形广场，两位扫雪的路政局工作人员看见克雷芒的车在路口轻微打滑，随后驶向了昂蒂布方向。接着，在昂蒂布火车站附近的解放大道，有人看见克雷芒的阿尔卑斯跑车停在了一家自助洗衣店门前。在开往巴黎的列车上，多名乘客都记得见过一个年轻的棕红发女子，与其同行的是个头戴门兴格拉德巴赫（那是克雷芒最喜欢的足球俱乐部）鸭舌帽的男子。星期日晚间，圣克罗蒂德圣殿酒店（位于巴黎第七区的圣西门路）的夜班工作人员也确认说，雯卡·罗克维尔小姐和亚历克西斯·克雷芒先生曾在其酒店下榻了一夜。他复印了两人的护照。房间是前一天电话预订的，房费则是在现场支付的。房间消费包括一瓶啤酒、两包品客薯片和一杯菠萝汁。值夜班的人甚至还记得，那位小姐曾询问前台有没有樱桃可乐，酒店的答复是没有。

　　至此，私奔的假设依然成立。但接下来，警方便无从查找这对恋人的踪迹了。雯卡和克雷芒既没在房间里，也没在公共餐厅吃早饭。一个女清洁工一早在走廊里见过他们，但没人清楚地记得他们退房离店。工作人员在浴室发现了一些梳妆用具（包括化妆品、一把梅森·皮尔森梳子和一瓶香水），并将它们放在酒店专门用来存放客人遗失物品的房间里。

　　调查就此没了下文。此后没有任何可靠的证据证实雯卡和克雷芒出现在了另一个地方。当时，大部分人都认为，两人会在爱火熄灭后重新出现在校园里。然而，阿拉斯泰尔·罗克维尔的律师们却坚持要调查下去。一九九四年，他们获得司法准许，对在酒店房间里发现的牙刷和梳子进行了DNA检测。结果表明，这些物品上确实有雯卡的DNA。但调查没有取得任何进展。也许，此后，某个固执、神经质的警察一直在开展象征性的调查，以免这个案子超过时效，但据我所知，那次DNA检测是最后一项实质性的调查行为。

　　后来，阿拉斯泰尔·罗克维尔身患重病，于二〇〇二年去世。我记得曾在二〇〇一年九月十一日前几星期见过他。那是在世贸大厦五十层，他公司的纽约分部所在地。他告诉我，雯卡常常向他提起我，说我是个善良、风雅、温柔的男孩。这三个形容词从一个老头嘴里说出来，真不像什么夸人的话。我当时特别想反驳他，我的确温柔，温柔得曾用一根铁棍打死了比我高一头的家伙，但我当然什么也没讲。我之所以约他见面，是想知道他雇用的侦探有没有查到关于雯卡失踪的新线索。他给了我一个否定的回答，不过我不知道他说的是不是真话。

时光飞逝，一年又一年过去了，再没有人真正在意雯卡·罗克维尔遭遇了什么。我是唯一一个对此难以释怀的人。因为我知道，官方的说法是假的。因为一个疑问始终在无休止地困扰着我。雯卡的逃离和亚历克西斯·克雷芒被杀有没有关联？这个我曾深爱过的女孩，她的失踪到底是不是我的过错？为了解开这个谜团，我已努力了二十多年，至今仍一无所获。

与众不同的男生 //

7.在昂蒂布街头

这本书也许是部侦探小说，但我本人却不是个警探。
——杰西·凯勒曼，美国小说家

到达昂蒂布后，我像以前一样，把车停在沃邦港。港口停泊着世界上最贵的几艘游艇。一九九〇年七月，那时我即将年满十六岁，我就是在这儿打了第一份夏季零工。那是份很可笑的工作：从游客腰包里要出三十法郎后，拉起停车场的升降栏杆，让他们把车停在大太阳下。就是在那个夏天，我读了《在斯万家那边》，口袋书版本，封面是克劳德·莫奈画的鲁昂大教堂；爱上了一个巴黎姑娘，她有着一头金色卷曲的齐耳短发，还有和她本人一样美的名字：贝蕾妮丝。每次去海滩，她都会在停车场岗亭待一会儿，和我聊聊天，但我很快就发现，和查尔斯·斯万还有奥黛特·德·克雷西的苦痛相比，她更感兴趣的是格莱恩·梅德罗斯和新街边男孩。

　　如今，自动升降栏杆取代了夏季零工。我拿好停车小票，在岸边的港务办公室旁找到了个停车位。二十年过去了，这里发生了很大的变化：港口入口焕然一新，车行道被加宽，人行道也增多了。但景色依旧。对我来说，沃邦港是蔚蓝海岸最美的地方之一。眼前是蓝色的大海，然后是隐映在船桅丛后的方堡，厚重、坚实，还有凌驾于一切之上的蔚蓝天空和朦朦胧胧的远山。

　　密史脱拉风迎面吹来。我喜欢这风。所有的一切都在帮我找回从前的记忆，体会落叶归根之感，这里是我曾经深爱着的地方，是我迫不得已离开的地方。我没有凭空臆想：的确，这里已不再是我少年时代的那座城，但我仍然爱着我心中的那个昂蒂布，一如我爱着心中的纽约一样。这座与众不同的城市，逃离了蔚蓝海岸某些地方一贯的浮华。它是爵士乐之城、"迷惘一代"的美国作家之城，是我带着雯卡用脚步丈量过的城市，也是对我影响深远的大部分艺术家生活过的城市。莫泊桑曾将自己的"漂亮朋友"号游艇停泊于此，菲茨杰拉德和他的妻子塞尔达曾在战后宿于"美丽河岸"酒店，毕加索曾将画室搬入格里马尔迪城堡中，在距离城堡两步之遥的公寓里，尼古拉·德·斯塔埃尔曾画出最美的作品。还有凯斯·杰瑞特（我所有作品的电影原声乐都是他创作的），至今仍定期来松林公园附近度假。

　　我穿过海岸城门，那是港口和老城的分界线。春日的周末，城里比较热闹，但好在还没有出现让老城变味的游客潮。在奥贝侬街头，游人虽多，却也还走得开，不至于摩肩接踵。在马塞纳的普罗旺斯市场，虽然菜农、花农、奶酪商贩，以及来自普罗旺斯的手工艺人正在收拾东西准备离开，但顶棚下的市场仍然多姿多彩、生气勃勃。商贩们操着方言，上演了一场味觉交响乐：黑橄榄、糖渍柑橘、薄荷、干番茄酱料……在市政广场，人们正在庆祝今天上午的最后一场婚礼。伴着欢笑、喝彩声和玫瑰花瓣雨，一对满脸洋溢着幸福的新人走下台阶。我虽与眼前的热闹场面相隔甚远（如今，结婚对我而言已毫无意义），却仍把自己沉浸在这喜悦的欢呼和灿烂的笑靥中。

　　我顺着狭窄的萨德街——父亲的童年是在这里度过的——向下走到国家广场，接着又逛到了米开朗琪罗餐厅，那是昂蒂布城最具标志性的餐厅之一，当地人都用餐厅老板的名字称呼它为"马莫"。露台上还有位置。我坐在一张餐桌前，点了他家的特色饮品：罗勒柠檬茴香酒。

🌿

　　我从没有过写字台。从小学一年级有作业起，我就一直喜欢在开放式的环境里学习和工作，比如家里的厨房、图书馆的自习室、拉丁区的咖啡厅等等。在纽约，星巴克、酒店的餐吧、公园、餐厅都是我写作的地方。似乎在一个能闻听人语响、嗅见烟火气的流动环境里，我才能更好地思考。我把斯特凡纳·皮亚内利的书放在餐桌上，一边等开胃酒，一边拿起手机浏览短信。只有一条信息，是我母亲发来的，她一定很恼火，句子写得很不客气："泽莉告诉我你回圣埃克苏佩里参加五十周年校庆了。你怎么回事，托马斯？回法国了都不告诉我一声。今晚来家里吃饭。我们邀请了佩莱格里诺一家，他们见到你一定很高兴。""妈妈，我晚点给你打电话。"我回复了她一条简短的消息，随后用手里的苹果手机下载了《尼斯早报》的应用，并且购买了四月九号到十五号的电子刊。

　　浏览后，我很快就发现了想要找的文章，斯特凡纳·皮亚内利写的那篇有关高中生在废弃储物柜中发现巨款的报道。文章的内容没能给我提供任何实质性的新线索，配图里没有运动包的照片，这更令我感到失望。文章只附了两张图片，一张是校园的航拍图，一张是锈迹斑斑的储物柜。但是，报道中提到："有些学生还在社交网站上挂出了战利品的照片，直到警方为了顺利展开侦查，要求他们将其删除。"

我思索着。在某些地方肯定留有什么线索，只不过，我现在无法迅速找出它们。《尼斯早报》在昂蒂布的报社近在咫尺，就在国家广场的公交车站旁。犹豫了一会儿后，我直接打通了皮亚内利的电话。

"嘿，斯特凡纳，我是托马斯。"

"你已经离不开我了吗，艺术家？"

"我正在马莫吃饭。如果你也在附近，就过来吧，我请你吃羔羊肩排。"

"现在就点上吧！我写完手里的文章就去找你。"

"你写的文章是关于什么的？"

"刚刚在议会厅结束的老年沙龙。好吧，我承认，写这种文章肯定没法让我拿到阿尔伯特·伦敦新闻奖[①]。"

我一边等皮亚内利，一边拿起他的书。正如每次翻看这本书时一样，我再次被那张封面照片牢牢吸引，那是舞池里的雯卡和亚历克西斯·克雷芒。照片是在十二月中旬的期末舞会上拍的。一星期后，哲学老师被杀，雯卡失踪。每每看到它，我的心中都会涌起一阵痛楚。极致美艳的雯卡，用炽烈的目光注视着她的骑士。那目光里，溢满了爱恋、欣赏和欢愉的欲望。他们跳的是一种摇摆舞步，摄影师用一个优雅、性感的造型，将那舞步定格成了永恒——宛若罗伯特·杜瓦诺《油脂》的再现。

是谁拍了这张照片？我之前从没想过这个问题。是学生，还是老

---

① 法国新闻界的最高奖项。

师？我在书的背面试图查找图片版权声明，却只看到了"所有版权归《尼斯早报》所有"的字样。我用手机拍下封面，通过短信传给了拉斐尔·巴尔托莱蒂。拉斐尔是个出场费极高的时尚摄影师，和我住在翠贝卡的同一条街上。他是位真正的艺术家，对图像的意蕴深有研究，善于抓住一切细节，分析独到且往往恰切入理。多年来，我所有的宣传照片还有小说封底的图片都是他拍的。我喜欢他拍的照片，因为他总能在我身上找到些许光亮，那也许是我在许久以前拥有的光彩，但如今它们已离我远去。他给我拍摄的肖像照，呈现出来的是一个更好的我，多了些阳光，少了些焦虑。如果生活恬静似水，我应该会成为那样一个人。

拉斐尔马上就给我打来了电话。他说的法语略带意大利口音，散发着难以抵挡的魅力。

"嘿，托马斯。我现在在米兰，做芬迪新品发布的摄影。你发给我的照片里的漂亮姑娘是谁？"

"很久以前我爱过的女孩。雯卡·罗克维尔。"

"我记得，你跟我说起过她。"

"你觉得这张照片怎么样？"

"是你拍的吗？"

"不是。"

"从技术上来说，照片有些模糊，但拍照的人懂得定格瞬间。只有这一点是最重要的。决定性的瞬间。你知道，卡蒂埃–布列松曾说过：'摄影，应该在动作中抓住富有表现力的平衡。'是的，拍照的这个家伙就是这么做的。他抓住了一瞬，并将这一瞬间变成了永恒。"

"你一直都说，没有什么比一张照片更能欺骗人、迷惑人的。"

"没错！"他大声说，"但这并不矛盾啊。"

电话那端响起音乐声。我听到一个女人正在催促他挂断电话。

"我得挂了。"他抱歉地说，"回头打给你。"

我打开那本书，开始浏览起来。书里的信息非常多。皮亚内利搞到了警方的报告，交叉使用了调查人员搜集来的大部分证词。这本书刚一出版我就读过，我甚至还在巴黎展开过类似的调查，询问过所有可能的、可以联想到的证人。我用二十分钟快速浏览了这本书。不同证人的回忆被聚集在一起，他们都讲述了一个同样的故事，久而久之，这个版本也成了官方说法：这对恋人驾驶一辆阿尔卑斯跑车离开了圣埃克苏佩里国际中学，"头发火红的年轻女子"乘着火车前往巴黎，同行的老师"戴着一个德国足球俱乐部的棒球帽，那俱乐部的名字简直拗口得读不出来"，他们走进了位于圣西门路的酒店，"年轻姑娘想喝樱桃可乐"，两人曾出现在走廊上，第二天一早消失不见了——"酒店接待员换班时，发现前台放着房间钥匙。"这本书虽然提出了一些问题和疑点，却没能拿出有力证据，另辟蹊径地找出真正的线索。和皮亚内利相比，我有一个优势：他只是通过直觉判断这种说法是假的，而我，却清楚地知道这一点。克雷芒已经死了，之后两天陪在雯卡身边的肯定不是他。雯卡和另一个男人跑了。我用了二十五年的时间都没能找到那个幽灵。

❧

"看来你读得很认真嘛！"皮亚内利一边说，一边坐到我面前。

我抬起头，把目光从书上移开，由于过度沉浸于曲折往事，仍然有些发蒙。

"你知道自己的书被圣埃克苏佩里的图书馆拉黑了吗？"

他从小杯子里抓起一粒黑橄榄。

"知道，都是那个可爱的老泽莉干的好事！这没什么用，想看的人可以从网上找到资源，并且自由转发！"

"你觉得现在的学生对雯卡的痴迷是怎么回事？"

"看看她。"他一边说，一边随手翻开他那本书中的相册集。

我甚至没去看那些照片。即便不看，我也完全记得雯卡的样子：形如杏核的双眼，犹豫的目光，梳得凌乱的头发，微微翘起的嘴唇，时而乖巧时而叛逆的动作。

"雯卡为自己塑造的形象很特别，"皮亚内利概括道，"那是一种法式的优雅和美好，介于碧姬·芭铎和莱蒂西娅·卡斯塔之间。更重要的是，她诠释了一种自由。"

皮亚内利喝了一杯水，接着说：

"如果二十岁的雯卡生活在今天，那她一定是社交网站上的网红，坐拥六百多万粉丝。"

老板亲自端来羊肉，并在我们面前切了起来。吃了几口后，皮亚内利继续总结道：

"而所有这些，显然都是她难以维持的。我并不想说自己比你更了解她，但是说真的，在她光鲜的外表下，隐藏着一个相当平凡的灵魂，不是吗？"

见我不回答，他继续挑衅地说：

"你之所以把她理想化，是因为她在十九岁就已香消玉殒。可是你想象一下，如果当年你们结婚了，现在会是一幅怎样的画面？你们会有三个孩子，她会比从前胖二十公斤，胸部下垂，而且……"

"闭嘴，斯特凡纳！"

我抬高了声调。他表示失言，向我道歉。在接下来的五分钟里，我们都在努力吃光羔羊肩排和配菜沙拉。最后是我再次挑起了话茬。

"你知道这张照片是谁拍的吗？"我指着封面问他。

皮亚内利先是皱了皱眉，接着，他的表情凝固了，好像他做了什么坏事刚刚被我抓了现行似的。

"呃……"他一边像我之前一样核对着版权声明一边说，"我估计报社的档案资料里能查到。"

"能麻烦你查一下吗？"

他从背心里掏出手机，编写起短信。

"我联系下记者克劳德·安热万。一九九二年的时候他跟过那个事件。"

"他还在你们报社工作吗？"

"开什么玩笑，他已经七十岁了！在葡萄牙养老呢。说真的，你为什么想知道是谁拍的那张照片？"

我避开他的提问继续说：

"说到照片，我看到你在文章里写道，在生锈的储物柜里找到巨款的孩子们把照片放到了网上。"

"是的，但都被警察清掉了。"

"不过，你把它们都下载下来了……"

"你真了解我。"

"能把照片发给我吗？"

他在手机里翻找起照片。

"我还以为你对这件事不感兴趣。"他略带嘲讽地说。

"我怎么会不感兴趣呢，斯特凡纳。"

"你的邮箱是什么？"

就在我告诉他邮箱地址时，我意识到了一个不争的事实。我在当地已经没有人脉和资源了，而皮亚内利却一直生活在这里。如果我真想查出雯卡遭遇了什么，查出是谁在恐吓我们，恐怕除了和皮亚内利联手外，别无他选。

"斯特凡纳，咱们合作吧，怎么样？"

"你什么意思，艺术家？"

"我们各自调查雯卡的失踪，然后再共享查到的信息。"

他摇着头说：

"你怎么可能这么做。"

我早就猜到了他的回答。为了说服他，我决定铤而走险。

"为了向你证明我的诚意，我会告诉你一件任何人都不知道的事。"

我觉察到他的整个身体都紧绷起来。我知道自己是在走钢丝，然而，我不是一直都在这种状态下生活吗？

"雯卡失踪时，肚子里怀了克雷芒的孩子。"

皮亚内利看着我，半是忧虑，半是疑惑：

"妈的，你是怎么知道的？"

"是雯卡自己告诉我的。她给我看了验孕棒。"

"当年你为什么没说？"

"因为这是她的隐私。而且这对调查毫无用处。"

"当然有用！见鬼！"他恼火地说，"调查会完全不一样。要救的就不是两个人，而是三个人了。事件中出现了胎儿，媒体也会大力报道。"

也许他是对的。不过说实话，面对一根塑料棒上的竖条，我并没有意识到那是个活生生的小生命。毕竟，当年我才十八岁……

我看着皮亚内利在椅子上躁动地苦思冥想。他打开记事本，潦草地记录着自己的推测，过了好一会儿才平静下来。

"既然你觉得雯卡那么普通，为什么还对她如此关注？"

皮亚内利笃定地说：

"我关注的不是雯卡。而是杀死她的人。"

"你真的认为她已经死了？"

"一个十九岁的学生，几乎孑然一身，没有什么资源，是不会这样凭空失踪的。"

"那你的推断是什么？"

"自从那笔巨款被发现后，我就确信，雯卡敲诈了某个人。那个被敲诈的人由于无法忍受被威胁而变成了威胁雯卡的人。也许是雯卡肚子里的孩子的生父，克雷芒，或者是别的什么人……"

当他合上本子时，从一个折页里掉出了几张票。他微笑着说：

"我有今晚赶时髦乐队的演出票！"

"在哪儿？"

"尼斯查尔斯-埃尔曼体育场。咱们一起去吧？"

"呃，我不太喜欢电音。"

"电音？看来你没听过他们新出的几张专辑。"

"我从没关注过他们。"

他眯起眼睛，陷入了回忆。

"二十世纪八十年代末，赶时髦乐队为他们的专辑《101》办了巡演，一举成为世界上最伟大的摇滚乐队。一九八八年，我去蒙彼利埃天顶音乐厅看了他们的演出。那声音，简直好听极了！"

他的瞳孔散发着光芒。我故意气他说：

"二十世纪八十年代末，皇后乐队才是世界上最伟大的摇滚乐队。"

"哎哟喂，你倒认真上了，这可真不得了！你还不如说是U2呢，但……"

在接下来的几分钟里，我们都放下了戒备，再次回到了十七岁。斯特凡纳努力说服我，戴夫·高瀚是他那个年代最伟大的歌手，而我却认为没什么可以超越《波西米亚狂想曲》。

这时，皮亚内利看了看手表，嗖地跳了起来。美好的瞬间戛然而止，开始得突然，结束得也突然。

"妈的，迟到了。我得马上赶去摩纳哥。"

"为了写报道吗？"

"是的，电动方程式赛车锦标赛大奖的试驾。"

他抄起布包，向我挥手道别。

"回头电话联系。"

我一个人坐在餐桌前，点了杯咖啡。我的脑子乱成一团，觉得自己没有谈好这一局。总之，最后的结果是，我把"弹药"给了皮亚内利，却什么也没换回来。

妈的……

我抬起手，准备结账。在等账单时，我拿出手机查收皮亚内利发给我的照片。这些照片，我是为了求心安才向他要的，并没有过多期待。

我错了。几秒钟后，我的手颤抖不已，以至于我不得不把手机放到餐桌上。

这个软皮包，我在家里经常看到。

噩梦在继续。

8.《碧海蓝天》之夏

一切都是回忆，除了我们正在经历的当下。

——田纳西·威廉斯，美国剧作家

护城墙前，普雷德佩舍尔广场上人头攒动，彩车穿梭。在一片狂欢节的氛围中，人们正在庆祝传统的鲜花大战。黑压压的快乐人群聚集在铁栅栏后，有在家长陪伴下的孩子、浓妆艳抹的年轻人，还有把滚球游戏抛在一边的昂蒂布老人。

当我还是个孩子时，鲜花大战遍布全城。现如今，为保障安全，每隔十米就有一个值守警察，彩车只在维尔登大街周围绕行。空气里弥漫着快乐和紧张的混合气息。市民们很想轻松畅快地大玩一场，然而，在每个人的脑海里，尼斯714恐怖袭击①的记忆仍挥之不去。看着被围在路

① 2016年7月14日，一辆大卡车撞向尼斯观看国庆日烟火表演的人群，造成重大人员伤亡。

障外的孩子们摇动着手里的石竹花束，我感到心痛、愤怒。恐怖袭击的威胁扼杀了人们的率真自然和无忧无虑。无须反驳，恐惧从未真正离开过我们，在快乐的上空，永远笼罩着一层抹不去的暗影。

我穿过人群，回到沃邦港的停车场。那辆迷你库珀还停在原位，只是一侧雨刷下多了个厚厚的牛皮纸信封。信封上没有名字，也没有地址。我打算坐进车里再看信的内容。当我拆开信封时，胃痉挛再次发作。很少有人会用匿名信来传递好消息。我的确很担心，却远远没有预料到等待我的将是怎样的天崩地裂。

信封里装着十几张因岁月久远而褪色发黄的照片。我看了第一张照片，顿时如坠深渊。照片上，我的父亲正在热烈地吻着雯卡。我的大脑开始嗡嗡作响，胃部抽搐紧缩。我打开车门，呕吐了起来。

真他妈的……

处于震惊中的我仔细观察起这些照片。每张照片都差不多。我完全不认为它们是被合成的。在内心深处，我相信这些令人过目不忘的画面的真实性。也许，在某种程度上，我甚至没有感到意外。那就好比一个秘密，它虽从未暴露在我面前，却始终静静隐藏在我潜意识的深处。

每张照片上都有我的父亲，里夏尔·德加莱，外号"狮心王里夏尔"，亲友们口中的"里克"。九十年代初，他和如今的我同岁。只是我长得并不像他。那时的他，英俊、精致、高雅。身材挺拔，头发半长，衬衫的领口开得很低。他帅气、健谈、引人注目，懂得及时行乐。这么看来，里克和亚历克西斯·克雷芒并没有太大差别，不过是年长了十五岁。他喜欢漂亮姑娘、炫酷跑车、亮闪闪的打火机和希巴杜外套。说来沮丧，照片中的雯卡和他的确般配。他们两个都是具有"王者风范"的人。那类人永远是生活里的主角，只要你和他们站在一起，就会自动变成配角。

整组照片的偷拍地点至少有两处。第一个地方很容易认出来——淡季的圣保罗-德旺斯小镇：广场咖啡厅、古老的油磨坊、田野上的城墙、马克·夏加尔的墓地。雯卡和我父亲，手牵着手漫步其中，一看就是一对亲密的恋人。第二组照片的抓拍地点，我看了许久才辨认出来。我先是认出了我父亲的奥迪80敞篷车，它停在一处临时的简易停车场里，周围全是白色岩石。然后，我看见了在岩石上凿出的台阶。远处是一座险峻的小岛，泛着花岗岩的光亮。看到这里，我恍然大悟。那是马赛海滩。这片小沙滩隐藏在一座堤坝后，是猴子湾的海滩。那里远离尘嚣，父亲曾带着我们全家去过两三次；不过，看来那儿也是他秘密约会的地方。

我的喉咙干涩难耐。即便心生厌恶，我还是尽可能地仔细查看着那些照片。它们透出些许艺术感，拍摄技法考究。给我送来这些照片的人是谁？摄影师又是谁？当时的镜头放大技术远不如今天完善。想拍出这样清晰的照片，摄影师应该离目标人物不远，我甚至在某一刻产生了这样的质疑：两个主角真的不知道有人在拍他们吗？我父亲肯定不知道，可是，雯卡呢？

我闭上眼睛，构思事件发生的经过。当年，这些照片应该是被用来勒索父亲的。这也解释了我几分钟前的发现。查看皮亚内利发给我的照片时，我认出了父亲曾经用过的仿鳄鱼皮旅行包——我对此非常确定。如果他给了雯卡一个装有十万法郎的包，那一定是因为受到了雯卡的威胁，害怕两人的关系被公之于众。

也许，怕被公之于众的，还有她怀孕的事实……

我需要呼吸些新鲜空气。我发动汽车，打开敞篷，向海边驶去。我恨不得马上冲到父亲面前。开车时，我很难把注意力集中在路面上。雯卡的照片深深地嵌入了我的脑海里。第一次，我在她的目光里捕捉到了忧伤和不安。令她恐惧的人，难道是我的父亲？雯卡到底是受害者还是操纵人心的魔鬼？或许，两者皆是……

我在昂蒂布最有名的迪厅"午睡"的路口停下车，那里的红绿灯调控着去往尼斯公路的全部车流。这里的红绿灯丝毫未变：等待，一如既往的漫长。十五岁时，我骑着轻便摩托车，只闯过一次红灯。倒霉的是那天有警察在，我因破坏交通规则被记录留名，并被罚款七百五十法郎。因为这七百五十法郎，我被家里人念叨了好几个月。好人就是容易遭殃。我驱走这段不光彩的回忆，却看到了另一幅我不愿看到的画面——咔咔，拿着徕卡相机的女孩；咔咔，即便脖子上没有挂着相机，仍用意念拍摄虚拟照片的女孩。有人冲我按响了喇叭。交通灯刚刚变成了绿色。我知道给父亲和雯卡拍照的人是谁了。我加足马力，飞速驶向芳多纳医院。

芳多纳街区位于昂蒂布的东部，曾是一片令这座小城闻名遐迩的园艺开采地。如果从地图上看，你会觉得它就在海边，但实际上并非这般美好。那一带确实有片海滩，但海滩上统统是鹅卵石，而且位于公路边，被国道和铁路与居民区分隔开来。八十年代中期，我在街区的雅克–普雷维尔初中上学，对那里的印象很糟糕：教学水平低下，环境有害身心，校园暴力频发。好学生在那儿很受罪。少数几个英勇无畏的老师勉强支撑着局面。如果没有他们，如果没有马克西姆和范妮的友情，我应该会很惨。被圣埃克苏佩里国际中学同时录取后，我们三人的生活发生了翻天覆地的变化：终于不必胆战心惊地上学了。

如今，雅克–普雷维尔中学的口碑好了不少，整个街区也模样大变。布雷吉耶尔（通往医院的一个入口）的温室大棚都已消失不见，取而代之的是一大片住宅和高档公寓。这片居民区没有丝毫的旅游氛围，周边商铺遍布，居住着大量就业人口。

我把车停在了医院的露天停车场里。从今早开始，不同的地点总会在一瞬间唤起我的某些回忆。关于这所医院，我的回忆有两个。一坏一好。

那是在一九八二年冬天，八岁的我追着姐姐跑时（她拿走了我的大吉姆人偶，把它变成了芭比娃娃的奴隶）不小心打翻了室外客厅里的一条金属长凳，凳子倒下，锋利的边缘割伤了我的脚趾。我在芳多纳医院接受缝合处理，一个业务不熟练的实习医生直接就把橡皮膏粘到了我的皮肤上，没放纱布。伤口严重感染，我有好几个月没法运动。

那道疤痕至今还在。

第二个记忆要令人愉悦得多，虽然开头很糟糕。一九八八年夏天，在我踢出一粒堪比克劳斯·阿洛夫斯的干脆进球后，瓦洛利混乱街区的一个家伙在球场上打伤了我。我的左臂被打断，由于遇袭时失去知觉，我被留院观察了两天。我记得马克西姆和范妮都来医院探望了我。在他们之前，还没人在我的石膏上写过字呢。马克西姆写得很简单："OM①加油！"和"进球！"。要知道，在我们那时的生活里，没有什么比这更重要了。范妮陪我的时间更长。当时的情景再一次清晰地出现在我眼前。那是学期末，或是暑假刚开始。一九八八年七月，电影《碧海蓝天》上映的那个夏天。我再次看到她逆光的身影：她倚在我的病床上，几绺金发浸润在阳光里。她给我写了一小段电影台词，那电影是我们半个月前一起看的。她写的是乔安娜在影片末尾对潜水员杰克·马约尔说的话。在此之前，杰克刚刚对她说，"我得去看看"；那一刻，我们知道，一旦他潜入大海就再也不会回来了。

"去看什么？杰克，那儿没什么好看的，下面又黑又冷，什么都没

---

① 指马赛足球俱乐部。

有！那儿一个人都没有。可我就在这里，活生生的，就在这里！"

虽已年逾四十，我却仍无法自已，每每想到这儿，我的心都会如撕裂般疼痛。而且，今天比以往更疼。

❧

医院里的建筑奇形怪状，构成了一组大迷宫。在众多指示牌的帮助下，我勉强辨别着方向。医院的主楼由方石砌成，建于二十世纪三十年代；在主楼旁，聚集着一座座建于不同年代的建筑。每座楼房都好似各自年代的建筑标本，代表着过去五十年来的建筑亮点和败笔：灰砖平行六面体、立于桩基上的钢筋混凝土结构、金属框架的立方体、绿化空间……

心脏科位于最新建成的大楼里，大楼呈椭圆形，外观巧妙融合了玻璃和竹子。

我穿过明亮的大厅，走向前台。

"先生，请问您需要什么帮助？"

烫染过的头发，破洞牛仔裙，超小号T恤，豹纹丝袜：前台的姑娘简直是黛比·哈利①的克隆版。

"我想见范妮·卜拉希米医生，心脏科的主任。"

金发美女拿起了电话。

"您是？"

"托马斯·德加莱。请告诉她，事出紧急。"

她让我在小会客室稍等片刻。我从饮水机里接了三杯冰水，一饮而

---

① 美国摇滚乐队金发美女（Blondie）的主唱。

尽，随后将自己摔进沙发里。我闭上眼睛，但父亲和雯卡的影子历历在目。噩梦来得如此突然，令我对雯卡的记忆变得更加复杂与黯淡。我想起了从今早起所有人都在重复的话："你并不了解雯卡。"他们错了。我从不觉得自己真正了解过某个人。我笃信加西亚·马尔克斯的那句话："所有人都有三重生活：展现在公众面前的生活、私生活和秘密生活。"然而，关于雯卡，我只能说，她的第三重生活正在一片我从未料想过的土地上铺展开来。

我没那么天真。我清楚得很。雯卡留在我心底的形象，是我用青少年时代的炽烈爱情构建出来的。我知道，这形象契合了我当时的渴望与憧憬：和从《美丽的约定》或《呼啸山庄》中走出来的浪漫女主人公谈一场恋爱。我想象出的雯卡，是我期待她成为的样子，而不是真正的她。在她身上，我加入了太多只存在于我想象中的东西。然而，我却不愿承认，自己全都错了。

"妈的，我忘了带烟。你能把我的包拿来吗？就在我储物柜里。"

就在我陷入沉思时，耳边传来了范妮的声音。她把一个钥匙包扔向黛比，那姑娘在空中接住了它。

"托马斯，咱们这么多年没说过一句话，怎么一下子，你就离不开我了？"她一边对我说，一边朝饮料贩卖机走去。

身为医生的范妮，我还是第一次见。她身穿淡蓝色棉布长裤、同样颜色的长袖上衣，头上的纸质帽子罩住了头发。她的表情比上午严肃得多。在她额前的几缕金发后，纯净的目光中闪着深沉却狂热的火焰——俨然一位对战病魔的光明战士。

范妮到底是谁？是我的同盟还是魔鬼的左膀右臂？也许，在曾经的朋友里，我看错的不只是雯卡一个人？

"范妮，我得给你看样东西。"

"我没多少时间。"

她把硬币投进机器，选了巴黎水。由于饮料出得太慢，心急的她用力拍了拍售卖机。她抬起手，示意我跟她走向室外的员工停车场。这时，她放下头发，脱掉罩衫，坐在一辆车的引擎盖上；那应该是她的车吧：一辆血红色的道奇挑战者，仿佛是从克莱普顿或斯普林斯汀的老唱片里开出来的。

"有人把这个放在了我的雨刷器下，"我把牛皮纸信封递给她说，"是你吗？"

范妮摇摇头，取过信封，掂了掂，并不着急打开它，好像已经知道里面装了什么似的。一分钟前，她的眼睛里还闪着光亮，而此刻却变得灰暗、忧伤。

"范妮，告诉我，这些照片是不是你拍的？"

听到我突如其来的质问，她从牛皮纸信封里抽出了照片。她垂下目光，只看了看最上面的两张，就把信封还给了我。

"托马斯，你知道你该做的是什么：买张机票，回纽约。"

"别指望我那么做。这些照片是你拍的，对吧？"

"对，是我。二十五年前拍的。"

"为什么？"

"因为雯卡，是她让我拍的。"

她拽起滑落的背心肩带，用胳膊揉了揉眼睛。

"我知道，一切都过去太久了，"她叹气道，"不过你我对那段时间的记忆真的不太一样。"

"你到底想说什么？"

"托马斯，面对现实吧。一九九二年年底，雯卡已经不正常了。她完全失控、堕落了。还记得吧，那会儿正是狂野派对刚刚兴起的时候，学校里到处都是麻醉剂。像雯卡一样吸毒的大有人在。"

的确，我想起来，我曾在雯卡的医药箱里看到过镇静剂、安眠药、迷幻药和兴奋剂……

"十月或者十一月的一天晚上，雯卡来到我的房间告诉我，她和你爸上床了，还让我跟着他们偷拍。她——"

前台接待员的脚步声打断了她的话。

"医生，你的包！"黛比说。

范妮向她道了谢。她掏出烟盒和打火机，把包放在了身边的引擎盖上。那是一款编织皮包，白色和米色交织在一起，蛇头形搭扣上面，玛瑙纹光泽仿佛蛇的目光，透着阴暗的恐吓。

"雯卡想用这些照片干什么？"

她一边点烟一边耸了耸肩。

"我猜，她是想敲诈你爸。你和他谈过这件事吗？"

"还没。"

愤怒和失望在我体内升腾。

"范妮，你怎么能帮她做这种事呢？"

她摇摇头，吸了一口烟，目光变得暗淡模糊。她眯起眼睛，好像是怕眼泪流出来似的，可我却依然穷追猛打道：

"你为什么要这么对我？"

我吼叫着，可她却从引擎盖上跳起来冲向我，比我叫得更凶：

"因为那时我爱你，妈的！"

她的皮包跌落在地上。范妮气得红了眼，继续对我吼道：

"我那时一直爱着你，托马斯，一直！你也是，你也爱过我，直到雯卡搅乱了一切。"

她怒火中烧，捶打着我的胸膛。

"为了她，你放弃了一切。为了取悦她，你放弃了成就你特质的全部东西，那些让你与众不同的全部。"

这是我第一次看见范妮失控。也许，我之所以把她打在我身上的拳头当成一种惩罚，是因为我知道她说的都是真的吧？

待到这惩罚持续了足够长的时间，我轻轻地抓住了她的手腕。

"范妮，冷静。"

她挣脱出去，把头埋进自己手里。我看见她两腿颤抖，浑身瘫软。

"我同意拍这些照片是因为我想把它们拿给你看，让你认清雯卡的真面目。"

"那你为什么没有那么做？"

"因为当年的你肯定承受不了这种打击。我怕你会做傻事，不管是对你自己，还是对雯卡或者你爸。我不想冒这种风险。"

她靠在车门上。我弯腰拾起她的皮包，小心翼翼地，以免被蛇咬到。包是开着的，里面的东西撒了一地：一个记事本、一个钥匙包、一支口红。就在我把它们放回包里时，我的目光落在了一张对折的纸上。那是马克西姆发给我的《尼斯早报》的那篇文章的复印件。纸上写着同样的字迹：复仇!

"范妮，这是什么？"我站起身问道。

她从我手里接过那张纸。

"一封匿名信。我在信箱里发现的。"

突然间，空气变得凝重、紧张起来。我意识到，我和马克西姆面对的威胁比预想的更凶险。

"你知道为什么会收到这个吗？"

此时的范妮，绵软无力，几近崩溃。我不明白她为什么会成为复仇的目标。她和亚历克西斯·克雷芒的死没有任何关系。对付我和马克西姆的人，为什么也对她采取了行动？

我把手轻轻放在她的肩膀上。

"范妮，请你回答我：你知道自己为什么会收到这封恐吓信吗？"

她抬起头来，我看到了她苍白、憔悴的脸。一团火正在她的瞳孔深处燃烧。

"妈的，我当然知道！"她冲我嚷道。

这回，轮到我发蒙了。

"呃……为什么？"

"因为体育馆的墙里有具尸体。"

❧

在接下来好长一段时间里，我一个字都说不出来。

情况已超出我的控制。我瘫软在地。

"你是从什么时候知道的？"

她站在那儿，精疲力竭，像个放弃挣扎、不再求生的溺水者。最后，她无力地低声说道：

"从一开始就知道。"

接着，她崩溃了。彻底崩溃了。她顺着汽车滑落下去，倒在地上大哭起来。我赶紧过去扶起她。

"范妮，你和克雷芒的死没有任何关系。是我和马克西姆干的。"

有那么一会儿，她抬起眼望向我，目光中满是讶异和惊恐。随后，她再次抽泣、颤抖起来，干脆坐到地上，把脸埋进双手中。我也蹲了下来，蹲在她身边，一边等她冷静下来，一边盯着太阳打在沥青路面上的硕大身影，我们两个人的身影。终于，她用手背擦了擦眼睛。

"到底是怎么回事？"她问，"他是怎么死的？"

既然事情已经到了这个地步，我干脆向她讲述了全部经过，把我们最骇人的秘密统统告诉了她。我再一次舔舐着当年的伤口：当年发生的事，把我永远定格成了杀人犯。

听我讲完后，她似乎恢复了些许平静。这一番坦白，平复了我们彼此的情绪。

"可范妮，你是怎么知道的？"

她站起身，深吸了一口气，点燃另一支烟，吸了好几口，仿佛烟草可以唤醒久远的记忆。

"暴风雪那天，也就是谁都记得的十二月十九日，那个星期六，我学习到很晚。那会儿，为了准备医学院的考试，我习惯了每天只睡四小时。严重的睡眠不足让我变得神志不清，尤其是，当时我手里一分钱都没有，已经吃不起饭的情况下。那天夜里，我太饿了，饿得睡不着觉。三个星期前，法比安斯基女士，就是门卫的太太，由于可怜我，把学校食堂厨房的备用钥匙给了我。"

范妮的口袋里传出呼机的叫声，她像没听到似的继续说：

"我在夜里走出宿舍楼。那会儿是凌晨三点。我穿过校园走向食堂。在那个时间段，所有门都是关着的，但我知道防火门的密码，打开防火门就能进到食堂里。天气太冷了，我赶紧进了屋。在厨房，我吃了一盒饼干，还带走了半袋软面包和一板巧克力。"

她的语调没有任何起伏，好像已处于催眠状态，好像有人正在替她说话。

"回宿舍的路上，我才注意到周围的景色有多美。雪已经停了。风吹走了云彩，留下璀璨的星空和圆圆的月亮。一切都太美了，以至于在回来的路上，我的目光都没离开过湖水。直到现在，我还记得双脚踩在雪上发出的咯吱声，还有月亮在水面上映出的蓝色光芒。"

她的话，唤醒了我对冰雪中的蔚蓝海岸的记忆。范妮继续说道：

"突然，我发现头顶上有一缕奇怪的亮光，这才从美景中醒过神来。那缕光来自体育馆工地。我越靠近，越确定那亮光不太正常。整个工地都亮着，甚至还有发动机的声音。是机器的轰鸣声。我本能地认为自己不该走过去，却最终败给了好奇心……"

"你发现了什么？"

"深夜里，我看到一台混凝土搅拌机正在运转。这让我很震惊。这么冷的天，竟然有人在凌晨三点浇混凝土！接着，我身后出现了一个人，把我吓了一跳。我转过身去，看见了艾哈迈德·葛祖阿尼，弗朗西斯·比安卡尔蒂尼的工人。他望着我，几乎和我一样惊恐。我大叫起来，接着马上撒开腿跑回了宿舍。一直以来，我心里都很清楚，那天晚上，我看见了不该看见的事情。"

"你是怎么猜到艾哈迈德正在把亚历克西斯·克雷芒的尸体砌进墙里？"

"不是我猜的，是艾哈迈德亲口告诉我的……那是二十五年后的事了。"

"怎么回事？"

范妮转过去，指了指身后的建筑。

"去年，他在这儿住院来着，就在四层，是胃癌。他不是我负责的病人，但有时，我会在晚上下班前过去看看他。一九七九年，我爸和他一起在尼斯商业港的工地上做过工，而且一直保持着联系。艾哈迈德知道自己的病情发展得很快。所以，在死之前，他想心里清净些，就把所有事都讲给我听了。和你刚刚做的一模一样。"

我顿时无比担忧起来。

"既然他跟你说了，就也有可能告诉了别人。你还记不记得，当时都有谁来看过他？"

"一个人也没有。他一直在抱怨没人来探望他。当时他只有一个愿望：回到比塞大去。"

我想起了马克西姆对我说过的话：艾哈迈德是在老家离世的。

"他这么做了，"我试探着说，"他离开医院回了突尼斯……"

"……几星期后就在那里过世了。"

范妮的呼机声再次回响在空旷的停车场里。

"这回我必须回去干活了。"

"嗯，快去吧。"

"等你和你爸谈完了，记得告诉我。"

我点了点头，向访客停车区走去。走到汽车旁，我不禁转过身去。我已走了二十米，可范妮却一步都没动，直直地望着我。逆光中，她的金发仿佛一盏神灯的熔丝。她的面容模糊不清，说她多大都不为过。

有那么几秒钟，我觉得，她还是《碧海蓝天》之夏的那个范妮。而我，则变回了那个"与众不同的男生"。

这辈子，我只喜欢过那样的托马斯·德加莱。

9.玫瑰的遭遇

家庭中的哪个位置可以让人觉得舒服些？在家庭以外的任何地方！

——埃尔韦·巴赞，法国作家

康斯坦斯街区的蜿蜒小路、橄榄树丛和修剪整齐的树篱，总会让我想起某些爵士乐的婉转流长。道路转角的幽雅景致，在田园诗般的自由对话中反复出现，相互呼应。

我父母住在苏盖特路，"苏盖特"源于奥克语，用来称呼小山丘，或者一般意义上的高地。这块山丘位于昂蒂布城高处，曾经是康斯坦斯城堡的所在地，如今是城东的一大片农田区。随着时间的流逝，城堡先后被改建成了诊所和私宅。大量的别墅和住宅楼也在周边地区拔地而起。我父母（还有马克西姆的父母）是在我出生后不久搬到这里来的；当年，这里还只有一条开满鲜花、人烟稀少的小路。我记得我和哥哥在那儿学会了骑自行车。周末，周边的居民会时不时地组织几场滚球比赛。如今，道路已被拓宽，车水马龙。虽然比不上第七号国道，却也相差不远。

行驶到七十四号时，我放下车窗，对着面前的紫色别墅按响了喇叭。没人应声，但电子门马上就开了。我加速驶上狭窄逶迤的水泥小径，驶向我儿时的家。

父亲只认奥迪这个牌子，他的车就停在门口，这样一来，他就可以随时做出决定，迅速采取行动，单枪匹马驾车上路。我觉得，这种行为完美地诠释了里夏尔·德加莱的为人。我把车停在稍远一些的地方，那是一片镶着石子的花圃，上面停着一辆奔驰敞篷跑车，估计是母亲的。

阳光下，我迈开步子，边走边整理思路，琢磨着今天午后要在这儿完成的事。房子位于小山丘的顶端，每每来到这里，我都会为眼前的景色迷醉：棕榈树的颀长身影、天与海的纯净无瑕、海平线的无垠宽广。阳光刺眼，我伸出手搭在眉上。转头时，我看见了母亲，她双臂交叉在胸前，正一动不动地站在走廊上等我。

我已有近两年没见她了。我快步跨上台阶向她走去，一边迎接她的目光，一边细细打量着她。面对她时，我总会有种模模糊糊的惶恐与羞怯。与她共度的童年是宁静、快乐的，但高中时代和成年生活却拉开了我和她之间的距离。安娜贝尔·德加莱（婚前名叫安娜贝尔·安托尼奥利）是个冰美人，典型的希区柯克女郎，不过少了些格蕾丝·凯莉的明艳照人和爱娃·玛丽·森特的千娇百媚。她面部棱角分明，身材细长高挑，外表上和父亲堪称绝配。今天的她，身穿剪裁时尚的长裤和配有拉链的外套。她的金发如今已几近灰色，可还没有变白。和上次见面相比，她老了一些。虽然我觉得她的风采没了往日的锐气，但她看起来仍比实际年龄年轻十几岁。

"嘿，妈妈。"

"你好，托马斯。"

我看到，她冰冷的目光从未如此清澈与锐利。和往常一样，我犹豫着，不敢去拥抱她。每次，我都觉得她会向后退。这一回，我决定干脆不去冒这个险。

我突然想起了"奥地利丫头"，她小时候在意大利上学时的外号。安娜贝尔之所以那般冷漠，我能找到的唯一理由就是她坎坷的童年了。"二战"期间，我的外祖父安杰洛·安托尼奥利，皮埃蒙特的一个农民，被强行征兵至意大利远征军。从一九四一年夏至一九四三年冬，意大利半岛共有二十三万士兵被派往东方前线：从敖德萨到顿河两岸，再到斯大林格勒。其中一大半人一去不复返，安杰洛就是其中之一。奥斯特罗戈日斯克-罗索什战役后，他被苏联人俘虏，在去往俘虏营的路上一命归西。一个出生在意大利北部的快乐孩子，就这样陷入了冰冷的俄国荒原，葬身于一场与他无关的战争中。这个家庭的不幸不止于此：在他远征期间，妻子怀了身孕，除了通奸之外，没有其他任何可能性。母亲是外祖母和一个奥地利季节工的禁忌之爱的结晶，她的出生在当时堪称丑闻。经历了这场火一般的洗礼，母亲变得出奇地坚强与冷漠。她永远给我这样一种感觉：没有任何事情能令她真正动容。这与我的敏感性格简直大相径庭。

"你生病的事为什么没告诉我？"

我这句话几乎是脱口而出的。

"告诉你了又能怎样？"她问我。

"我只是很想知道，没别的。"

我和母亲之间的这种距离感并非一直都有。在童年的记忆中，我找得到默契的亲子时光，其中很多都是围绕小说和戏剧展开的。这并不是我受伤后的情感重建：在我初中之前的相册里，好多张照片上都绽放着她的笑脸，显然，当时的她为有我这样的儿子感到幸福。接着，不知为何，我们之间的关系变得越来越糟。现在，她和我的哥哥姐姐相处得都很好，却明显与我处不来。这倒是让我变得很特别，当然是很糟糕的那种特别。至少，我拥有他们没有的一些东西。

"所以，你去参加五十周年校庆了？可你为什么要去那儿浪费时间？"

"见见老朋友挺好的。"

"你没有朋友，托马斯。你唯一的朋友就是书。"

这的确是事实，但我觉得她说话的方式很伤人。

"马克西姆是我的朋友。"

她一动不动、目不转睛地望着我。在太阳微闪的光晕中，她的身影酷似意大利教堂里的一尊大理石圣母像。

"托马斯，你为什么回来？"她接着说，"这段时间你并没有书要宣传啊。"

"其实你可以装出高兴的样子来，不是吗？"

"那你是装的了？"

我叹了口气。我们分明是在原地打转，双方都堆积着对彼此的怨恨。有那么一刻，我差点把真相告诉她。我杀了人，尸体就在学校体育馆的承重墙里，下星期一，我就会因为谋杀而被扔进监狱。**妈妈，你下次见到的我，要么是被两个警察押解着，要么是在监狱会客室的玻璃隔板后。**

我大概不会这么做，但不管怎样，她都没给我留这个时间。只见她径直走向通往一层的楼梯，甚至都没叫我跟上。显然，她已经受够了。我也一样。

在陶瓦方砖铺就的露台上，我独自待了一会儿。突然，我听到了响亮的说话声，便走向了布满常春藤的铸铁阳台。父亲正在那儿和亚历山大聊得火热。亚历山大是我们家的老园丁，也负责打理家里的泳池。泳池漏水了。父亲觉得是出水口的问题，可亚历山大却没那么乐观，已经打算挖开草坪找水管了。

"嘿，爸爸。"

里夏尔抬起头，朝我轻轻示意了下，算是打过招呼，就像他前一天刚见过我似的。我当然记得，这次回来的目的就是找他，不过，在等待亚历山大离开的工夫，我决定去阁楼看一眼。

所谓阁楼，不过是个叫法罢了。这房子并没有什么阁楼，只有一间巨大的地下室。地下室可以从外面直接进去，足有一百多平方米。我们把它当作储物间，从没真正收拾、布置过。

这座房子里的每一个房间都布置得完美无缺，窗明几净、家具考究，然而，地下室却杂乱不堪，灯光昏暗凄凉、摇摆不定。这正是我对紫色别墅的被压抑的记忆。我在乱七八糟的杂物里开辟出一条小路。在地下室最靠外的位置堆放着几辆旧自行车，还有一辆踏板车和几双轮滑鞋，应该是姐姐家的孩子们的。工具箱旁，在半掩着的篷布下，我发现了我当年的轻骑摩托。父亲是个机械迷，怎么可能忍住不去鼓捣它呢。只见车身被擦洗一新，漆色闪亮耀眼，轮圈被更换过，轮胎也是全新的：这辆103MVL简直漂亮得令人炫目。里夏尔甚至还找到了标致的原厂贴纸！稍远点的地方杂乱地堆放着玩具、行李箱和衣服。不管是父亲还是母亲，在服装上都从不吝啬。再远一些是成堆的书籍。这些书，我父母都曾读过，只是因为文学性不足而无法登上客厅书架的大雅之堂。有母亲酷爱的侦探小说和言情小说，还有父亲喜欢的、没那么知识分子气的文献及随笔。圣-琼·佩斯和马尔罗的作品裹着精装皮面，在书架上趾高气扬，而丹·布朗的书和《五十度灰》，则躺在杂物间里落满灰尘，也许，这才是真正的"幕后生活"之所在。

　　在最后一堆杂物里，我找到了想找的东西。那是放在乒乓球台上的两个纸箱，箱子上写着我的名字，里面盛满了回忆。我跑了两趟，把它们搬到楼上，拆箱分拣起来。

　　所有和一九九二年相关的东西，不管关联远近，我都放在了厨房的桌子上，它们可能对我的调查有用。一个被修正液毁掉的青绿色依斯帕背包中有一个装满方格纸的文件夹，纸上是密密麻麻的课堂笔记。成绩单上的评语证明我曾是一个听话的优等生——"学习态度非常积极""认真听讲，主动性强""适度参与课堂互动""思维活跃"。

　　我再次沉浸在那份曾令我印象深刻的作业里：《幽谷睡者》的读后感和《魂断日内瓦》开篇的阅读心得。我甚至还找到了几张亚历克西斯·克雷芒批改过的哲学作业。我高三的哲学是他教的。在一篇关于"艺术可否摒弃规则？"的论述里，他写了"思辨能力佳。14/20[1]"。在另一份关于"我们能否理解激情？"（这绝对是个大问题……）的作业里，他甚至过分赞扬了我："高质量作业。虽有些许粗心大意，却对概念掌握灵活，举例生动，不论在文学还是哲学层面，都具有深厚的文化功底。16/20。"

　　纸箱里还有其他宝贝：高三班的合影，以及我为雯卡精心录制的一套混音带。然而，出于种种原因，我一直没敢把带子交给她。我随手

---

[1] 法国中学是20分制。

拿起一个磁带盒，重温着上面写的歌单，那是我生命的原声带。当年的托马斯·德加莱被完完整整地诠释在歌词与音乐中。那时的他还是个与众不同的善良男生，有点和现实脱节，对时尚麻木迟钝。磁带里的曲子是他内心情感的真实写照——桑松·弗朗索瓦演绎的肖邦作品、让·费拉演唱的《艾尔莎的眼睛》、雷欧·费雷朗诵的《地狱一季》，还有范·莫里森的《月光舞曲》以及佛莱迪·摩克瑞的《爱会杀人》，后者恰恰预示了我的情感走向……

箱子里也有书，都是些当年陪伴我的口袋书，书页已经破旧泛黄了。我常常在采访中提起这些书的名字，接着再肯定地加上一句："书，让我在很小的时候就知道，自己将永生远离孤独。"

如果这一切真的如此简单该有多好……

在这些书里，有一本并不属于我。那是我在杀人后的第二天从雯卡的房间里拿出来的，玛琳娜·茨维塔耶娃的诗集，书中有亚历克西斯·克雷芒写的题记：

> 致雯卡：
> **我想成为一个没有躯体的灵魂**
> **只为永伴你左右。**
> **爱你，即生。**
> **亚历克西斯**

我不禁发出一阵冷笑。当年，我被这个题记震住了。如今，我已知道，这段话是那个龌龊的傻蛋从维克多·雨果写给朱丽叶·德鲁埃的信里剽窃来的。彻彻底底的伪君子。

"托马斯，你在这儿搞什么？"

我转过身去，只见父亲拿着整枝剪走进了厨房。

真是说伪君子，伪君子就到了……

父亲虽然不重感情，却没那么排斥拥抱一类的身体接触。然而这次，当他张开双臂时，想退后一步的却是我。

"在纽约过得怎么样？有没有被特朗普搞得很糟心？"他一边问，一边在水龙头下仔细洗手。

"我们可以去你的书房吗？"我无视他的提问，径直对他说，"我想给你看样东西。"

母亲正在旁边走来走去，我暂时还不想让她卷入其中。

里夏尔一边擦手，一边抱怨我的神神秘秘，接着便把我带进了他在楼上的一方小天地。那是一间藏书丰富的宽敞书房，布置得有点像英国的吸烟室：切斯特菲尔德沙发、非洲小雕像，还有各式老猎枪。两扇大玻璃窗让这里成为整座房子的最佳观景点。

一进门，我就把手机递给了他。屏幕上是《尼斯早报》的那篇文章，文中详述了发现装有十万法郎的运动包一事。

"你看过这篇文章吗？"

里夏尔抓起眼镜，但没有戴上，只是透过镜片迅速朝屏幕瞟了一眼，随后就把它放下了。

"看过了，这事太离谱了。"

他交叉双臂，站在一扇玻璃窗前，用下巴指了指泳池周围草坪上的黑点。

"现在咱们家到处都是这些该死的松鼠。它们甚至咬断了电线。真是不可思议。"

我把他拉回到文章上来:

"这笔钱被放在那儿时,差不多就是你在任的时候,对吧?"

"可能是吧,我记不清了。"他头也没回,装腔作势地说,"有一棵棕榈树必须得砍了,你看到了吗?都是红棕象甲虫给害的病。"

"你难道不知道这包是谁的吗?"

"什么包?"

"装着巨款的包。"

里夏尔发火了:

"我怎么会知道?你为什么要拿这事来烦我?"

"有个记者告诉我,警察提取了两枚指纹,其中一枚是雯卡·罗克维尔的。你还记得她吗?"

听到雯卡这个名字,里夏尔突然转过身来面向我,坐进了一把碎纹皮的扶手椅里。

"当然记得,那个失踪的女生。她……像玫瑰一样明艳。"

让我无比惊讶的是,这位曾经的法语老师,竟眯起眼睛,朗诵起了弗朗索瓦·德·马勒布的诗歌:

> ……可在她的世界里,最美的东西
> 都有着最悲惨的命运,
> 她如玫瑰般
> 遭遇着玫瑰们的遭遇,
> 在清晨时分……

里夏尔顿了几秒钟,第一次向我发问:

"你说有两枚指纹，是吗？"

"警察还不知道另一个指纹是谁的，因为没有记录。但我敢肯定，那绝对是你的，爸爸。"

"你在胡说些什么。"他惊讶地说。

我坐在他面前，把手机拿给他看，屏幕上是皮亚内利在社交网站上找到的照片。

"你还记得这个包吗？咱们两个去打网球时，你用的就是它。你喜欢这包柔软的皮质，还有它的颜色，那种近乎黑色的深绿色。"

为了看清我的手机，他再次拿起眼镜。

"我看不清。你这屏幕太小了！"

父亲抓起面前茶几上的遥控器，打开电视，好像我们的对话已经结束了似的。他来回切换着各大体育频道，看了一会儿环意大利自行车赛的转播，又转到了马德里大师赛的半决赛，纳达尔正在对战德约科维奇。

"我们真的很想念费德勒。"

可我依然穷追不舍：

"我还想让你看看这个。别担心看不清，都是特写。"

我把牛皮纸信封递给他。他取出照片，一边仔细看了看，一边关注着网球赛。我本以为他会乱了阵脚，没想到，他只是摇头叹气道：

"谁给你的？"

"那都无所谓！告诉我，这些照片是怎么回事？"

"你都看到了。难道还需要我再给你画幅画吗？"

他调高了节目的音量，我把遥控器从他手里抢过来，关掉了电视。

"别以为你可以这样混过去！"

他又叹了口气，从西装口袋里掏出从不离身的雪茄。

"好吧，我被耍了，"他一边说，一边用手指转动着那支哈瓦那雪茄，"这该死的小贱货想方设法地接近我，勾引我上了钩。接着，她开始勒索我。我真是个白痴，竟然给了她十万法郎！"

"你怎么可以做出这种事？"

"做出什么事？她已经十九岁了，而且睡完这个睡那个。我又没强迫她。是她主动向我投怀送抱的！"

我起身指着他说：

"你明知道她是我的朋友！"

"那又怎样？"他反驳道，"在这个世界上，人人为己。另外，讲句咱俩之间才能说的话，你没吃什么亏。雯卡就是个烂货，而且床上功夫差得很。她只知道要钱。"

在他的傲慢与恶毒间，我不知道自己更厌恶什么。

"你知道自己在说些什么吗？"

里夏尔冷笑着，远没有慌乱之感或无所适从。我猜想，在某种程度上他甚至有些享受这场对话。通过打击和侮辱儿子证明父权的强大，这应该让他觉得很过瘾吧。

"你真无耻。你让我觉得恶心。"

我这两句辱骂终于刺激了他。只见他从椅子里站起身来，走向我，在距我不到二十厘米的地方停了下来。

"这个姑娘，你根本就不了解！她是咱们的敌人，她威胁我要毁掉咱们的家！"

他指着散落在桌面上的照片继续说道：

"想想看，要是这些照片被你妈妈或者学生家长们看到了，会发生什么！你生活在一个浪漫的文学世界里，而真正的生活并非如此。生活，如战争般残暴无情。"

我真想用拳头砸他的脸，让他知道生活的确可以很残暴无情。但这样无济于事。而且，我还需要他给我提供信息。

"所以，你把那笔钱给了雯卡，"我尽量压低声音说，"后来又发生了什么？"

"那些勒索犯惯用的伎俩呗：她还想要更多的钱，不过我没让步。"

他一边继续揉捻着雪茄，一边眯起眼睛回忆道：

"她最后一次出现是圣诞假期的前一天，为了给我施压，她甚至还拿了根验孕棒。"

"她肚子里的孩子是你的！"

他气急败坏地说：

"当然不是！"

"你怎么知道不是？"

"那和她的生理期对不上。"

简直是无稽之谈。他怎么可能知道。不过，里夏尔说起谎来向来理直气壮。而且，更可怕的是，久而久之，连他自己都对自己的谎话信以为真了。

"如果孩子不是你的，那又是谁的？"

他肯定地答道：

"那个偷偷睡她的小杂种的。他叫什么来着，那个下流的哲学老师？"

"亚历克西斯·克雷芒。"

"对，就是这名字，克雷芒。"

我严肃地问他：

"关于雯卡的失踪，你还知道些别的事吗？"

"你想让我知道什么？你不会觉得我和这件事有关吧？她失踪时，

我和你哥哥姐姐在帕皮提。"

这是无法辩驳的证据，在这一点上，我是相信他的。

"那十万法郎，她没在失踪时拿走？对此你怎么看？"

"我对此一无所知，而且毫不在意。"

父亲再次点燃雪茄，拿起遥控器，房间里弥漫开呛人的烟味。他调高了音量。德约科维奇身陷失利的局面。纳达尔凭借六比二、五比四的比分，正在发一记有望让他挺进决赛的制胜球。

空气已经变得无法呼吸了，我恨不得马上离开这房间，但在我走出房门前，里夏尔执意给我上了人生的最后一课：

"托马斯，你该硬气起来了。你要明白，生存就是战争。既然你那么喜欢读书，就重温一下罗杰·马丁·杜·加尔的话吧：'生存就是一场战争。持久的胜利才是生活。'"

10.战斧

任何一个人都可能成为杀人犯，这只是个简单的环境问题，与性格没有丝毫关系。任何一个人，在任何时候。甚至是您的亲祖母。我知道是这样的。

——帕特里夏·海史密斯，美国犯罪小说家

与父亲的谈话让我觉得恶心，而且没有得到什么有用的新线索。当我回到厨房时，我看到母亲已经推开我的纸箱，开始做饭了。

"我给你做个杏肉水果馅饼，你一直都喜欢吃这个吧？"

她的忽冷忽热始终让我无法理解，但这却是她性格中不可或缺的一部分。有时，当安娜贝尔卸去那层保护罩时，她身体里的某些东西会放松下来。她会多些温和，少些棱角，展现出地中海的热情，就好像体内的意大利特质突然战胜了奥地利特质一般。在她的目光里，会闪现出类似于爱的光亮。我曾许久地依偎在这光亮旁，观察着它、挽留着它，以为这光会变成一团烈火，然而，那火花却总是在熊熊燃起前熄灭殆尽。久而久之，我学会了不再上她的当。我简短地答道：

"别费那个劲了，妈妈。"

"不，我很高兴能给你做好吃的，托马斯。"

我用双眼钳住她的目光，问道："你为什么要这么做？"她刚刚解开了发髻，发丝闪耀出的金色让我想到了昂蒂布海滩上的细沙。她的双眼明亮清澈，透出蓝宝石的光。我继续问道："你为什么要像现在这样？"然而，今天一如往常，她的目光既迷醉人心又让人捉摸不定。我的母亲，这个陌生的女人，竟然对我的提问付之一笑。我仔细盯着她，看她从碗橱里取出面粉和装馅饼的盘子。安娜贝尔向来是男人不敢调戏的那类女人。她全身上下都透着高冷、写着拒绝。她总会给人这样一种印象：她生活在别处，在另一个星球上，让人无法企及。就连从小在她身边长大的我，都觉得她太过了。对我们的小日子来说，她过于精致；对里夏尔·德加莱这个男人来说，她又过于优秀。似乎，她本该与天上的星宿同升同落。

大门口传来的铃声吓了我一跳。

"是马克西姆！"安娜贝尔一边说，一边按下了开门按钮。

母亲的语气里竟满是欢喜，真让人搞不懂。她走出去迎接我的朋友，我则来到了露台。戴上太阳镜后，我看见一辆波尔多红雪铁龙家用旅行车正穿过自动门，最后停在了母亲的跑车后。车门打开时我才知道，马克西姆把他的两个女儿也带来了。两个小家伙都是淡褐色头发，可爱得不得了。她们好像和我母亲很熟，亲切又自然地朝她张开了双臂。马克西姆应该去警局和文森·德布鲁因见过面了。既然他已平安返回，还带了两个孩子过来，说明两人间的谈话应该没那么糟。当他走下车时，我努力解读着他脸上的表情。我正要挥手跟他们打招呼，口袋里的手机就嗡嗡振动起来。我瞟了一眼手机屏幕，是拉斐尔·巴尔托莱蒂，我的"御用摄影师"。

"嘿，拉法①。"我接起电话说。

"嘿，托马斯。我打电话给你，是想说说你朋友雯卡的那张照片。"

"我就知道你会喜欢它。"

"那张照片吊足了我的胃口，我让助手把它放大了。"

"哦？"

"在仔细研究后，我终于找出困惑我的那个点了。"

我的腹部一阵抽搐、刺痛。

"快告诉我。"

"我几乎可以确定，她并不是在对她的骑士微笑。她正在看的人不是他。"

"怎么会？那她在看谁？"

"她左前方六七米远的某个人。我觉得，你的雯卡并没有在和那个家伙跳舞。是视觉偏差。"

"你是想说，那照片是假的？"

"不，我完全没那个意思，但它肯定被裁剪过。相信我，那女孩是在对另一个人微笑。"

另一个人……

我很难相信这番话，但仍向他道了谢，并且答应他有消息就会马上通知他。为了让自己心里有底，我给皮亚内利发了条短信，催问他有没有收到克劳德·安热万的回复，那位报社的前主编应该知道照片是谁拍的。

_____

① 朋友之间的叫法，把"拉斐尔"缩短成"拉法"。

随后，我走下楼梯，去草坪上找我母亲、马克西姆和他的女儿们。我马上注意到他胳膊下夹了一大沓文件，便用目光询问。

"回头跟你说。"他一边轻声对我说，一边从后排座椅上取出一个袋子，袋子里有只毛绒玩具狗和一只橡胶长颈鹿。

他向我介绍了孩子们，她们笑容灿烂，欢脱得像两个小能量球。有那么几分钟，在她们的欢声笑语中，我们忘却了心中的烦恼。埃玛和路易丝逗趣好笑，又可爱至极。看到我母亲的样子——还有我父亲的反应，他也过来了——我才知道，马克西姆是家里的常客。父母亲有如爷爷奶奶般慈祥，这让我觉得不可思议；有那么一会儿，我甚至在想，马克西姆在某种程度上取代了离家的我在这个家里的位置。但这并没有让我感到丝毫的心痛。相反，想要保护他不被过去牵连的愿望更加强烈了，那甚至成了我一种不可推卸的责任。

一刻钟后，母亲带着两个孩子去了厨房，让她们帮忙一起做杏肉水果馅饼——秘方是在水果上撒些薰衣草种子——里夏尔则回到楼上继续观看自行车赛。

"好了，"我对马克西姆说，"现在，咱们该开战略制订会了。"

❧

对我来说，这座泳池小屋是紫色别墅里最舒适的地方。刚住进来时，父母就让人用砖石和轻木建造了这片区域。这里有室外厨房和室外客厅，还有随风抖动的阳伞，仿佛是别墅中的另一座别墅。在这个地方，我度过了成千上万小时。我喜欢这里，喜欢蜷在那张浅米色的布面沙发里读书。

爬山虎爬满了藤架，下方阴凉处摆放了一张柚木桌。我坐在桌子的一边，马克西姆在我右边坐下。

我开门见山，直接把范妮告诉我的事说给了他：在快要离世时，为了减轻负罪感，工头艾哈迈德向她坦白了奉弗朗西斯之命处理克雷芒尸体的事。既然他告诉了范妮，也就很有可能还告诉了别人。对我们来说这不是个好消息，但是，至少我们拨开了重重迷雾，找到了"叛徒"。也许"叛徒"这个说法有些言过其实，但正因为他，过去的阴云才向我们压顶而来。

"艾哈迈德是在十一月份去世的。如果他跟警察说了，体育馆的墙早就被警察拆了。"马克西姆说。

虽然他的脸上仍写着担忧，但我却觉得和今天上午相比，他明显少了些煎熬，多了些情绪控制。

"我同意你的说法。他可能和其他人讲了这件事，但没有对警察说。你那边怎么样？去警局了吗？"

他抖了抖脑后的头发说：

"去了，我见了德布鲁因局长。你猜得没错，他并没有问我亚历克西斯·克雷芒的事。"

"那他想问什么？"

"他想跟我谈谈我爸的死。"

"具体谈什么？"

"我一会儿跟你说，不过在这之前，你得先看看这个。"

他把带来的文件放在我面前。

"和德布鲁因的这次谈话让我开始思考一件事，我爸的死会不会和亚历克西斯·克雷芒被杀有关系？"

"这回我完全听不懂了。"

马克西姆给我理了理他的思路：

"我认为，我爸是被那个寄匿名信的人杀死的。"

"可你上午才跟我说过，害死弗朗西斯的，是入室劫匪呀！"

"我知道，但我之前没想那么多。简单地说，从警察那儿了解到一些情况后，我心里开始有了疑虑。"

他伸出手，示意我打开文件。

"你先看看，然后我们再接着说。我去弄杯咖啡，你要吗？"

我点了点头。他站起身，走向放着咖啡机和全套咖啡用具的角落。

我埋头读起了这些文件。里面有大量的新闻简报，都是关于去年年底和二〇一七年年初涌现的抢劫潮的。五十多起案件，分别发生在阿尔卑斯滨海省、圣保罗-德旺斯和穆然村的各大富裕街区，以及戛纳和尼斯内陆地区的豪华住宅区。每次的作案手法都一样。四五个蒙面人冲入房间，释放催泪瓦斯后将房主捆绑监禁起来。劫匪持有武器，残暴凶险。他们的主要目标是现金和珠宝。为了获取银行卡和保险柜密码，恶棍们曾多次肆无忌惮地殴打被害人。

这些案件在当地引起了极大恐慌，并造成了两起死亡：一个是在劫匪入室时死于心脏骤停的女清洁工，另一个就是弗朗西斯·比安卡尔蒂尼。仅在弗朗西斯居住的奥蕾莉亚庄园内，就发生了三起入室盗窃案。作为蔚蓝海岸最安全的地方之一，这种案发率简直令人咋舌。这三起案件的受害人中，有沙特阿拉伯王室的一个远亲，还有位法国大老板、艺术品收藏家，后者资助过不少项目，与当局关系密切。案发时，这位大老板并不在家。然而，由于没能在别墅里找到钱财，蒙面匪徒们气急败坏，为了泄愤，大肆损毁了墙上的油画。然而他们却不知道，在这些油画中，有一幅《挖出战斧》价值连城，其创作者是倍受艺术市场青睐的当代画家西恩·洛朗兹。油画的损毁引起了轩然大波，甚至波及了美国。《纽约时报》和美国有线电视新闻网报道了这起入室盗窃案件，而昔日蔚蓝海岸的花魁地产"奥蕾莉亚庄园",如今已然沦为"不可去的地方"。仅在三个月时间里,这里的房价就陡降了百分之三十。为了消除民众的恐慌,安全部门成立了专案组,抓捕相关案犯。

自此,调查进度明显加快了——DNA提取,电话监听,全面警戒。二月初的一个清晨,警方在意大利边境的一座小村庄里展开突击调查,逮捕了十几个马其顿人,其中有些是黑户,有些是惯犯。警方搜查了多户人家,查获了珠宝、现金、手枪、弹药、电子器材和假证件,还找到了蒙面面具、刀具和一部分赃物。五个星期后,犯罪团伙的头目在巴黎市郊的一家宾馆里落网。他藏匿了大量赃物,并且已将其中的大部分在东欧转手卖掉了。匪徒们在尼斯被提起公诉,目前已关押入狱,等待开庭受审。他们对其他犯罪事实供认不讳,但拒不承认抢劫了弗朗西斯。这并不奇怪,因为一旦被指控故意杀人,他们将面临二十年的有期徒刑。

🌿

我全身战栗,既恐惧又激愤地翻阅着一页页新闻简报。接下来的内容全是关于弗朗西斯·比安卡尔蒂尼被抢劫和袭击的报道。马克西姆的父亲并不是被简简单单暴打了一顿,而是被拷打折磨以致死亡。有些文章提到了他严重肿胀的面部,伤痕累累的身体,还有被手铐割伤的手腕。我开始明白马克西姆说的话了,脑子里也构建出了事件的经过。有人从艾哈迈德那里知道了当年的事,随后控制并拷打了弗朗西斯。也许是为了让他承认某件事情?承认什么呢?难道是他对克雷芒之死该负的责任?还是我们为此该负的责任?

我继续读下去。《观察家》杂志社一位名叫安热莉克·吉巴尔的记者,似乎看到过警方的调查报告。她的文章主要写了西恩·洛朗兹那幅画的损毁，但也同时提到了奥蕾莉亚庄园的其他几宗入室盗窃案。据她所说，当行凶者离开时，弗朗西斯可能还活着。在文末，她还提到了奥马尔·拉达德事件的类似情节，声称比安卡尔蒂尼曾一度蹭到窗边，试图用鲜血在窗玻璃上写字，似乎他认识行凶者。

这段叙述让我的血液瞬间凝固。我一直都很喜欢弗朗西斯，在他帮我处理克雷芒被杀事件之前也是如此。他对我很好。一想到他在生命的最后时刻所遭受的痛苦，我就一阵心惊胆寒。

我从这堆文件里抬起头来。

"劫匪们从弗朗西斯那儿都拿了什么？"

"只有一样东西，他收藏的手表。不过，据保险公司估值，总价至少有三十万欧元。"

我还记得，弗朗西斯热衷于收藏手表，尤其对瑞士品牌百达翡丽情有独钟。他收藏了十几种款式，把它们视若珍宝。我十几岁时，他常常高兴地把手表拿给我看，还给我讲相关的历史，用他的热情感染着我。我还记得他收藏的Calatrava系列、超级复杂功能系列，还有杰罗·尊达设计的Nautilus系列。

从今天上午起，有个问题一直困扰着我：

"你爸爸是什么时候搬去奥蕾莉亚庄园的？我之前以为他一直住在这儿。就是旁边的房子。"

马克西姆的表情有些尴尬。

"我妈妈去世前，他有时住在这边，有时住在那边。奥蕾莉亚庄园算是他的一个地产项目，他投了钱。作为开发商，他给自己留了一座漂亮的别墅。说实话，我始终都懒得去那个地方，甚至在我爸离世后，我都是让保安打理房子的。我觉得，那里就是我爸胡搞的地方，他在那儿和情妇约会、叫应召女。有段时间，我甚至还听说他组织过性爱派对。"

弗朗西斯一直都有色鬼的名声。我记得他还大讲特讲过自己的猎艳经历，只不过我没怎么记住那些女人的名字。即便他行为出格，我还是很喜欢他。这种喜欢有些情不自禁，因为对我来说，他仿佛是个囚徒，被复杂、扭曲的人格所困的囚徒。他的法西斯式谩骂、大男子主义和反女权主义言论由于过于极端而显得不够真实，而且似乎和他的实际行为并不相符。他的大部分工人都是马格里布人，跟他关系很好。他是个作风老派的老板，当然，有些家长式的专制，但绝对是让手下靠得住的人。至于对待女性，母亲曾有一天对我说，他公司的所有要职都是女性员工担任的。

我的脑海里掠过一段记忆，随后是更为遥远的另一段。

那是在二〇〇七年的香港。我三十三岁。我的第三本小说刚刚出版。经纪人给我在亚洲安排了几场签售，地点分别是河内的法国文化中心、首尔的顶级高校梨花女子大学，还有台北的信鸽书店和香港的欧陆法文图书公司。在文华东方酒店二十六层的酒吧里，我和一名记者相向而坐，窗外是一望无际的香港天际线。我久久凝视着一个男人，他就坐在离我们十几米远的地方。那是弗朗西斯，但我当时并没有认出他来。他正在读《华尔街日报》，身上的西装剪裁完美，说着一口足够流利的英语，毫不费力地和服务生聊着日本威士忌和苏格兰调和威士忌的区别。过了一会儿，专栏记者发现我已走神许久，面露愠色。我赶紧回过神来，绞尽脑汁，用一个还算巧妙的回答回应了她的提问。而当我再次抬起头时，那人已离开了酒吧。

一九九〇年春天，我还没满十六岁。父母、哥哥和姐姐都去西班牙度假了，我独自在家复习语文。我喜欢这种独处的清静。从早到晚，我都沉浸在教学大纲罗列的书单里。每读完一本书，我就马上想要读下一本；那就好比一次次发现之旅，邀你深入探究字里行间的音乐性和画面感，反思其中蕴含的现代意义。一天，快到正午时，我出去取信，发现邮递员把弗朗西斯的一封信投进了我家的信箱。我决定马上把信给他送过去。由于我们两家房子间没有隔断，我直接从比安卡尔蒂尼家的后院走进去，穿过了草坪。有一扇落地窗是开着的。我没吱声就进了客厅，打算把信封放在桌上就走。突然，我发现了坐在扶手椅里的弗朗西斯。他没有听到我进来的声音，因为迷你收音机里正播放着舒伯特的即兴曲。这本身就很奇怪，要知道，在这座房子里，能被提到的音乐人往往只有米歇尔·萨尔杜①和约翰尼·阿利代②。更令人不可思议的是，弗朗西斯正在读书，而且不是随便一本什么书。我虽然没有走近，却能看到映在窗玻璃上的封面：玛格丽特·尤瑟纳尔的《哈德良回忆录》。我目瞪口呆。弗朗西斯一直大肆声称自己这辈子从未读过一本书。他四处宣扬对知识分子的鄙夷，说他们生活在泡沫里，而自己却从十四岁起就在工地上累死累活。我踮着脚尖走了出去，满脑子都是疑问。我曾见过无数个想把自己伪装成聪明人的傻瓜，却头一回看到一个想把自己塑造成傻瓜的聪明人。

❧

"爸爸，爸爸！"

叫喊声打断了我的回忆。草坪的另一头，埃玛和路易丝正向我们跑来，我母亲就在她们身后。我下意识地合上文件，以及文件里蕴藏的恐

---

① 法国知名歌手。
② 有"法国猫王"之称的摇滚歌手。

怖。当两个小姑娘跳进她们爸爸怀里时，母亲对我们说：

"孩子交给你们了。我去小超市再买些杏。"

接着，她在我眼前晃了晃手里的钥匙，那是我放在门口收纳盒里的迷你库珀车钥匙。

"托马斯，我开你的车去。我的车被马克西姆的挡住了。"

"等一下，安娜贝尔，我马上把车挪开。"

"不，不用，我还得去趟商场呢，来不及了。"

她一边看着我，一边坚持说道：

"这样一来，托马斯就没法像个小偷一样逃跑了，更不能对我的杏肉水果馅饼置之不理。"

"可我得出去一趟。我需要用车！"

"你开我的好了。钥匙就在车上插着呢。"

母亲就这样走了，完全没给我留任何反抗的时间。就在马克西姆从布口袋里掏出玩具哄孩子时，我的手机在桌上嗡嗡振动起来——一个陌生号码。我心存疑虑地接听了来电。是克劳德·安热万，《尼斯早报》的前主编、斯特凡纳·皮亚内利的良师益友。

那人还算热情，但太话痨了。他告诉我他住在杜罗河畔，用了足足五分钟向我吹嘘葡萄牙这个地方有多美。我把他拉回到雯卡·罗克维尔事件上来，想探探他是否相信官方的说法。

"肯定不是真的，但又没法证明。"

"您为什么这么认为？"

"直觉。我一直觉得所有人都没查到点子上，不管是警察、记者，还是她的家人。说白了，我甚至认为大家都搞错了调查方向。"

"怎么讲？"

"从一开始我们就没抓住重点。我想和你说的不是什么细节，而是很大的东西，一种没人看见、但又把调查变得无疾而终的东西。你明白我的意思吗？"

虽然他的话语很模糊，但我却听懂了，并且同意他的看法。这位老记者继续说道：

"斯特凡纳跟我说，你想知道是谁给那两个舞者拍的照片，对吗？"

"对，您知道是谁吗？"

"当然知道！①是个学生家长，伊夫·达拉纳格拉。"

我对这个姓有点印象。安热万帮我理清了记忆：

"我查了。他是弗洛朗丝和奥利维娅的父亲。"

听他这么一说，我模糊地忆起了弗洛朗丝·达拉纳格拉。那姑娘爱运动，个子很高，估计得比我高十厘米。我参加数理化会考那年，她正在读生物毕业班，但我们一起上过体育课，甚至还有可能在男女混合队打过手球。然而关于她的父亲，我却没有任何印象。

"是他自己拿着照片来找我们的，那会儿是一九九三年，就在我们发表了第一篇有关雯卡·罗克维尔和亚历克西斯·克雷芒失踪事件的文章后。我们毫不犹豫地买下了这张照片，后来使用了很多次。"

"是您对照片做了处理吗？"

"没有，至少在我的记忆里是这样的。我记得买来照片后，我们没做任何处理就直接刊登了。"

"伊夫·达拉纳格拉，您知道他现在住哪儿吗？"

"知道，我给你查到了，地址发你邮箱吧。你会大吃一惊的。"

我对他表示感谢，告诉了他电邮地址，还应他要求，答应随时告诉他我的调查进展。

---

① 原文为葡萄牙语。

"我们是不会就这么忘掉雯卡·罗克维尔的。"结束通话前，他对我说了这么一句话。

老爷爷，您也不看看这话是对谁说的！

当我挂断电话，马克西姆给我准备的咖啡已经凉了。我站起身，打算去接杯热的。确定孩子们玩得很好后，马克西姆也来到咖啡机这边找我。

"你还没告诉我德布鲁因为什么叫你过去呢。"

"他想让我辨认一样东西，那东西和我爸的死有关。"

"快告诉我，他让你看什么东西了？"

"星期三晚上，风特别大，海浪汹涌，卷来了大量海藻和垃圾。前天上午，市政卫生部门派了人去清洁海滩。"

他望向孩子们，目光闪烁模糊。喝了一口咖啡后，他继续说道：

"在拉萨里海滩，一名市政工作人员发现了一个黄麻布小口袋，是风浪卷到岸上的。你猜猜看，里面装的是什么……"

我摇摇头，完全摸不着头脑。

"袋子里装的是我爸的手表，他所有的收藏。"

我马上明白了这个发现意味着什么。那些马其顿劫匪和弗朗西斯的死没有任何关系。他遭遇的不是入室抢劫。为了掩盖罪行，凶手巧妙地利用了当时的入室盗窃风波。他之所以拿走了手表，就是为了伪装成抢劫案。随后，他又处理了"赃物"，以防留下证据或遭遇突击搜查。

我和马克西姆交换了眼神，随后同时把视线转向了两个小姑娘。我的身体瞬间冻结成冰。从此，危险无处不在。我们身后，始终尾随着一个一心复仇的敌人。那人并非如我最初所想的那样，仅仅是为了敲诈勒索或制造恐慌。

那是个凶犯。

是个走上战争之路的杀手，执行着无情的复仇计划。

与众不同的男生

我发动了母亲的汽车，敞开车篷，在灌木丛和蓝天间，驾车向内陆地区驶去。微风徐徐，景色如诗如画，和我内心汹涌的苦痛形成了鲜明的对比。

更确切地说，此时的我，很焦虑，却又异常兴奋。其实，我心生希望，即便目前我还不敢承认。在今天下午的几小时里，我真真切切地感知到，雯卡没有死，我就快找到她了。如果真能如此，我的生活会一下子找到意义，变得不再沉重；如果真能如此，我心中的负罪感将永远消散。

在那几小时里，我认为自己就要赌赢了——我不仅即将发现雯卡·罗克维尔事件的真相，还将幸福、活力满满地走出这场探寻。是的，我真的以为，我将带着雯卡冲出神秘牢笼的禁锢，而她，也将把我从忧伤和逝去的青春中解救出来。

一开始，我马不停蹄地寻觅着雯卡；后来，年复一年，我开始等待，等待她来找我。然而，我从未放弃过，因为我有一张别人不知道的底牌。那是另一段回忆。并非什么确凿的证据，而是内心深处的一种笃定。这种笃定，如若出现在陪审团中，可以毁掉一个生命，或者给予它绽放的希望。

　　那是几年前的事了。二〇一〇年，在圣诞节和元旦之间，纽约遭遇了百年不遇的暴雪，城市陷入了瘫痪状态。机场关闭，航班取消，曼哈顿被冰雪覆盖了整整三天。十二月二十八日，暴雪终结，阳光灿烂，照耀全城。接近正午时分，我走出公寓，去华盛顿广场附近遛弯。公园门口的小径是象棋棋友聚集的地方。我心血来潮，打算和谢尔盖下一盘棋。谢尔盖是个俄罗斯老头，我们碰见过几次。在二十美元一局的棋局里，他总是在最后关头赢了我。我在一张石桌前坐下，决定一雪前耻。

　　我清楚地记得当时的情景。我有步好棋可走——用我的马吃掉对方的象。当我从棋盘上拿起棋子时，视线也随之抬起。陡然间，我的心脏一阵剧痛。

　　雯卡就在那儿，在小径的尽头，在离我十五米远的地方。

　　她坐在一张长椅上，埋头读着一本书，双腿交叉，手里拿着一个纸杯。光彩照人。比高中时代更阳光、更甜美。她身穿浅色牛仔裤，芥末色麂皮外套，围着一条大围巾。虽戴了一顶毛线帽，我却可以感知到，她的头发比原来短了，也没了红棕色的光。我揉了揉眼睛。她手里拿的书，是我的。就在我想要开口叫她时，她抬起了头。那一瞬，我们的目光交汇在一起……

　　"喂，你他妈的到底还下不下棋啊！"谢尔盖质问我说。

　　几秒钟的工夫，我就看不到雯卡了，那会儿公园里正好来了一群中国人。我站起身，穿过人群，跑过去找她，可当我跑到长椅旁时，雯卡已经不见了。

　　这段回忆究竟是否可信？我看到的不过是瞬间的一幕，这一点我承认。由于害怕那画面越来越模糊，我在脑海里一遍又一遍地重温它，直到将它定格成永远。它能让我的内心获得平静，我再也离不开它了，即便我知道它是那般脆弱。所有的回忆都有虚构和重建的成分，而这段记忆却因为太美而显得那么不真实。

　　一年年过去，我开始怀疑那画面的真实性。也许，是我在胡思乱想吧。然而，如今，这段回忆却重新具有了特别的意义。我再次想到了《尼斯早报》前主编克劳德·安热万对我说的那段话："所有人都没查到点子上。说白了，我甚至认为大家都搞错了调查方向。从一开始我们就没抓住重点……"

　　安热万说得没错。然而，事情正在发生变化。真相离我们越来越近了。也许我正在被人追杀，但这并不令我恐惧。因为，是那个杀手让我再次靠近了雯卡。是他，给了我机会……

　　然而，独自一人，我是无法战胜他的。为了破解雯卡·罗克维尔的失踪之谜，我需要重新回到记忆里，探访曾经的我，那个与众不同的高中男生。那个男孩，积极勇敢，心灵纯粹，还有着些许优雅。我知道，我不可能让他复活，但他从未真正消失。即便是在生命中最灰暗的时刻，他仍然留存在我的身体里。一个微笑、一句话语、一抹灵光，时而闪现而出，提醒我不要忘却曾经的自己。

　　现在，我确信，只有他能够揭开真相。因为，在找寻雯卡的路上，我尤其需要拷问的人，正是我自己。

11.在她的微笑背后

摄影中不存在不确定，所以每张照片都是确定的，却没有任何一张照片是真实的。

——理查德·阿维顿，美国摄影家

伊夫·达拉纳格拉住在比奥高地的一座大别墅里。造访前，我给他打了个电话，号码是克劳德·安热万给我的。我运气不错。首先，他六个月以来一直住在洛杉矶，最近刚刚回到蔚蓝海岸；其次，他完全知道我是谁。他的两个女儿、我的高中校友弗洛朗丝和奥利维娅——我对她们的记忆虽然模糊，但绝对真实——读过我的小说，还很欣赏我。于是，他主动邀请我去见他，就在他位于维涅阿斯路的别墅兼工作室里。

"你会大吃一惊的"，安热万这样提醒过我。通过查阅达拉纳格拉的个人网站、他的维基百科页面还有网上关于他的文章，我了解到他已经是摄影界的知名人士了。他的个人经历非常奇特。四十五岁前，达拉纳格拉都在家里扮演着慈父的角色。他曾是尼斯一家中小型企业的监察员，二十年来只和卡特琳一个女人结过婚，有两个孩子。一九九五年，母亲的去世让他顿悟，自此开启了全新的人生。达拉纳格拉离了婚，辞了职，前往纽约放飞自我，投身到了自己最爱的行业——摄影中。

几年后，他在《解放报》最后一版上向读者坦言，在那段时间，他选择直面自己的同性恋倾向。让他一举成名的是一组裸体照，照片高调地模仿了摄影师伊文·潘和赫尔穆特·纽顿的摄影美学。之后，经过时光的洗礼，他的作品渐渐具有了个人风格。从此，他开始拍摄传统美学并不认可的人体形象：超重或身材矮小的女人、皮肤烧伤或截肢的模特、正在接受化疗的病患。达拉纳格拉成功地升华了这些特殊肢体。我一开始还持怀疑态度，如今却讶异于他的作品所展现出的力量。那些照片，既无败笔，也不扭曲。它们并非为身体多元化高唱赞歌的政治宣传，而是弗拉芒克①传统画风的锋芒再现。在精细的手法、创造性的背景，以及光的运用下，这些照片像极了经典的油画作品，把你带入一个美、欢喜、快感和愉悦相互交融的世界。

我开着车在小路上缓缓前行，道路两边是橄榄树和矮石墙。每块高地都通向更为狭窄的道路，道路前方是成群的住宅——翻新过的老庄园、现代化的房子，还有建于七十年代的普罗旺斯别墅群。驶过一处形如发卡的弯道，枝干粗壮、树叶婆娑的橄榄树不见了，取而代之的是一大片棕榈林，仿佛把马拉喀什②搬到了普罗旺斯。伊夫·达拉纳格拉已经给了我大门密码。我把车停在铸铁大门前，沿着布满棕榈树的小路向别

---

① 法国野兽派画家。画风狂野、描绘笔触有力，色调对比强烈，画面线条有激奋不安之感。
② 摩洛哥西南部古都，马拉喀什省首府。此地虽处撒哈拉沙漠边缘，却是一座气质温和，林木葱郁的绿洲。

墅走去。

突然，一个黑影狂吠着朝我扑来。是一只安纳托利亚牧羊犬，个头非常大。我怕狗。六岁那年，在给一个小伙伴庆祝生日时，他家的法国狼犬突然蹿到了我身上，无缘无故地咬了我的脸，让我险些瞎了一只眼睛。它留给我的不仅是鼻子上方的一个疤痕，还有对犬科动物深刻且无边的恐惧。

"安静，于利斯！"

在巨型牧羊犬身后，别墅的保安出现了。那是个手臂健壮的小个子男人，身穿海魂衫，头戴大力水手鸭舌帽，胳膊的长短似乎和身体不成比例。

"别这么凶！"他抬高了声调说。

短毛、大头、身高八十厘米的安纳托利亚牧羊犬对我怒目而视，让我不敢向前多迈一步。它大概已经感受到了我的恐惧。

"我来见达拉纳格拉先生！"我对保安解释道，"是他把大门密码给我的。"

男人丝毫没有怀疑我，但"于利斯"却已咬住了我的裤脚。我忍不住大叫了一声，保安不得不徒手和狗厮打起来，试图让它松开我。

"松开，于利斯！"

"大力水手"很恼火，向我连声道歉，说：

"我不知道它这是怎么了。它平常温驯得像只毛绒狗熊。可能是因为您身上的某种气味吧。"

恐惧的气味。我一边想，一边继续向前走。

摄影师为自己建造了一座别致的房子——用半透明的大块混凝土铸造而成的L形加州别墅。泳池里池水满溢，从那里向远处望去，小村庄和比奥山丘美不胜收。半开着的观景窗里传来一段歌剧二重唱，是理查德·施特劳斯的《玫瑰骑士》第二幕中最有名的唱段。奇怪的是，房子没有门铃。我敲了门，可没人应声。音乐声太大了。我像大部分南方人那样，绕过花园，向着乐声的源头走去。

达拉纳格拉透过玻璃看见了我，他挥了一下手，示意我从一扇大落地窗进入房间。

摄影师刚刚结束了一组拍摄。这座LOFT格局①的大房子已被彻底改装成了摄影工作室。镜头后，一个金发胖美人正在穿衣服。艺术家借用西班牙画家戈雅的名作《裸体的玛哈》的造型——我通过现场的布景如是推断——把她的美定格成了永恒。我确实在哪里读到过，达拉纳格拉眼下正痴迷于用肥胖的模特重拍大师名作。

布景略显俗艳，但不污秽：丝绒绿的长沙发、柔软的抱枕、锯齿花边的薄纱，还有朦胧轻飘的床单，让人联想到了浴缸里的泡沫。

我一进门，达拉纳格拉就对我以"你"相称了：

"嘿！托马斯？快来！②进来吧，我们拍完了！"

他长得有点像耶稣基督。如果要拿某幅名画做比较的话，他酷似阿尔布雷特·丢勒的自画像——垂到肩头的鬈发、瘦削有型的脸、精心修剪的短胡子、眼圈发黑、目光专注。从衣着打扮来看，则完全是另一种风格了——刺绣牛仔裤、流苏狩猎马甲、长及脚踝的牛仔靴。

"你在电话里跟我说的事，我一点也没听懂。我昨晚才从洛杉矶回来，时差完全没有倒过来。"

他邀请我坐在一张原木大桌旁，和模特道了别。望着贴得到处都是的照片，我突然意识到，达拉纳格拉的作品里从没出现过男人。他们被从版图上划去，彻底让位于女人，让后者在一个没有男性（邪恶）的世

---

① 一种建筑风格，主要讲求高大和宽敞的空间，以及开放性和透明性。
② 原文为英文。

界里自由发展。

摄影师走到我身边，先说起了他的两个女儿，然后是一名女演员，那演员曾出演过一部我的小说改编的电影，也曾走进他的摄影镜头。当再也找不出类似的话题时，他问道：

"说吧，我能为你做些什么。"

    ✿

"是我拍的这张照片。**当然！** ①" 达拉纳格拉肯定地说。

看到他很愿意帮助我，我便直奔主题，把皮亚内利那本书的封面拿给他看。他几乎是从我手里抢走了书，仔细瞧着那张照片，仿佛许多年没见了一般。

"那天是年级舞会，对吧？"

"是年末舞会，在一九九二年十二月中旬。"

他点了点头说：

"那时我是学校摄影俱乐部的负责人。当时在现场，我先给弗洛朗丝和奥利维娅速拍了几张，然后就投入工作中到处抓拍。不过，直到几星期后，我听到了大家谈论这个女生和老师私奔的事情，才开始整理那天拍的照片。这张照片是我拍的第一组中的一张。我拿着它去找了《尼斯早报》，他们马上就买下了它。"

"可是照片被裁剪过，不是吗？"

他眯起了眼睛。

"确实。你眼睛真尖。为了让构图更紧凑，我放大了照片，只留下

---

① 原文为英文。

了两个主角。"

"原版照片您还留着吗？"

"我把一九七四年后拍的胶片照片全让人做成了电子版的。"他说。

我本以为有希望了，可他却皱着眉说：

"所有照片都存在某个服务器上，或者用他们的话说是存在云端了。可我真不知道怎么把它们找出来。"

见我一阵慌乱，他让我用网络电话Skype联系他在洛杉矶的助手。他的电脑屏幕上出现了一个日本姑娘睡眼惺忪的脸：

"嘿，优子，能帮我个忙吗？"

她梳着松石蓝的长辫子，身穿洁白无瑕的衬衣，还系着一条学生领带，像是马上要去参加角色扮演大会的演员。

达拉纳格拉详细说明了他想找什么，优子说会尽快回复我们。

挂断Skype后，摄影师走到厨房的石质料理台后，抓出搅拌机，准备做点喝的。他将菠菜、香蕉块和可可奶放入一个玻璃碗中。三十秒后，他把暗绿色的奶昔倒进了两个大玻璃杯里。

"尝尝这个！"他边走向我边说，"对皮肤和胃特别好。"

"您家里没有威士忌吗？"

"抱歉，我从二十年前就不喝酒了。"

他喝了半杯饮料后又说起了雯卡：

"那个女孩根本用不着什么摄影高手给她拍照，"他一边说，一边把杯子放在电脑旁，"你只需要按下快门，等你冲洗照片时你就会发现，照片里的她比你看到的更美。我很少能遇到拥有那种气质的人。"

他的话让我很不高兴，就好像他拍过好多次雯卡似的。

"我就是拍过她很多次呀！"当我问起他时，他肯定地答道。

见我一头雾水，他给我讲了些我完全不知道的事。

"在失踪的两三个月前，雯卡曾找我给她拍照。我本以为她和我女儿的朋友们一样，是想当模特、拍本写真之类的。不过，后来她告诉我说，这些照片是拍给她男朋友看的。"

他拿起鼠标点了几下，打开了浏览器。

"我们拍了两组特别成功的照片，柔美，惊艳。"

"那些照片您都保存了？"

"没有，她找我拍照时要求我不要保存，我也就没再坚持。不过，奇怪的是，几星期前那些照片出现在网上了。"

他打开圣埃克苏佩里国际中学女权学生团体"离经叛道的少女"的社交网站账号，把电脑屏幕转向我。在她们的主页上，姑娘们放上了达拉纳格拉刚刚跟我提到的照片，一共二十几张。

"她们是怎么弄到这些照片的？"

摄影师摊开双手无奈地说：

"由于存在版权问题，我的经纪人联系了她们。她们声称什么也没做，只不过通过匿名邮件收到了这些照片而已。"

我怀着些许悸动，细看着这些从未面世的照片。它们简直是对美的赞歌，尽显雯卡的魅力所在。雯卡没有哪里是完美的，但她所有的小小的不完美，集结起来就是一个优雅、平衡的整体，这就是雯卡不同寻常的美。正如那句老话所说的：全部并非部分的总和。

在她的微笑背后，在那张略显高冷的面具之下，我看见了当年未曾察觉到的痛楚。至少，那是一种安全感的缺失。日后，当我接触其他女人时，也时常会有这样的感受：美，也是一种精神历练，一种脆弱的权力。有时，我们并不清楚，自己到底是在行使这种权力，还是在为它饱受痛苦。

"之后，"达拉纳格拉接着说，"雯卡让我拍的东西就很落俗套，甚至几近色情。我没有答应，因为我觉得那是她男朋友的意思，她自己好像并不太想。"

"她男朋友？是谁？亚历克西斯·克雷芒吗？"

"我估计是。现在看来似乎很正常。可当时我还是挺担心的。我可不想掺和进去。尤其是……"

他顿了顿，欲言又止。

"尤其是什么？"

"这不太好说。当时的雯卡，前一天可能还光彩照人，第二天就消沉沮丧、萎靡不振了。我觉得她的状态非常不稳定。还有，她的另一个要求让我心凉了一大截：她让我悄悄跟着她，偷拍她和一个老男人的照片，用来敲诈勒索，这真的很不光彩……"

一声清脆的电邮通知音响起，打断了达拉纳格拉的话。

"呀！是优子！"他看了一眼电脑说。

达拉纳格拉点开邮件，查收了年末舞会的五十多张照片。他戴上半月形眼镜，很快就找到了雯卡和亚历克西斯·克雷芒跳舞的那一张。

拉法看得没错，照片确实被裁剪过。没被放大的照片呈现出的是另一幅画面：雯卡没和克雷芒一起跳舞。她正在一边独自跳舞，一边望着另一个人。照片前景里的那个男人只有背影，轮廓模糊不清。

"妈的！"

"你到底在找什么？"

"您的照片在说谎。"

"和所有照片一样。"他心平气和地说。

"好啦，您就别拿话气我了。"

我从桌上拿起一支铅笔，指了指那个模糊的背影。

"我想知道这个男人是谁。他可能和雯卡的失踪有关。"

"那咱们看看其他照片吧。"他提议道。

我把椅子靠向电脑，贴在达拉纳格拉身边，和他一起查看一张又一张照片。他拍的主要是他的两个女儿，但在某些照片里，也能看到其他身影。这里有马克西姆，那里有范妮。还有我今天上午遇见的几个同学：埃里克·拉斐特、"雷吉斯是个白痴"、光鲜夺目的卡特琳娜·拉诺……就连我也出现在了其中一张照片上，即便我对那个舞会毫无印象。照片上的我有些拘束、目光游离，依旧穿着那件千年不变的天蓝色衬衫和学生西装外套。还有老师们，他们还是同样的"配置"。这边是几个抱团取暖的猥琐鬼：数学老师恩东，施虐狂，喜欢在黑板前虐待学生获得快感；物理老师莱曼，躁郁症患者；以及最邪恶的丰塔纳，维持不了课堂秩序，便在学期评估会上放阴招报复学生。另一边则是比较人性化的老师们：美丽的德维尔小姐，文学预科班的英美文学老师，因思辨敏捷而名声在外（她随便引用一句莎士比亚或爱比克泰德的名言，就能堵住任意一张臭嘴）；才华横溢的格拉夫先生，我曾经的良师益友，高一和高二教我法语的老师。

"妈的，照片都是从一个方向拍的！"看到最后一张照片时，我不禁恼火起来。

我知道，自己距离发现真相只有一步之遥了。

"是的，很气人。"达拉纳格拉一边说，一边喝完了他的饮料。

我没碰我的那杯，实在是无力饮下。房间里的光暗了下来。利于光线变换的半透明混凝土将这座房子变成了一个泡沫。在这个泡沫里，任何明暗的细微变化都能引起影像的反应，把轻飘飘的影子变成浮游的幽灵。

不管怎样，我还是对摄影师的帮助表示了感谢。在离开前，我让他把那些照片通过邮件发给我，他很快就这么做了。

"您知不知道，那天晚上除了您之外，还有没有其他人拍了照片？"我站在门口说。

"也许某些学生也拍了吧。"他随口答道，"不过那是数码相机出现之前了。在那个年代，胶片都要省着用。"

"在那个年代"……在大教堂一般的客厅里，在寂静无声中，这几个字久久回响，不绝于耳，给予他和我无情的一击：我们都老了。

❧

我再次发动母亲的奔驰，漫无目的地行驶了几公里。这次探访并没有给我带来太多的收获。也许是我走错了路？可我得把这条线索探个究竟才行。我必须查出照片上的男人是谁。

我驶过比奥的高尔夫球场，来到布拉格环岛。我不打算走老村子那个方向了，转而直接驶上了考勒路。那条路通往索菲亚-昂蒂波利。一股力量召唤着我，正在把我带向圣埃克苏佩里国际中学。校园里有些幽灵，今天上午，我没能鼓起勇气直面它们，因为我始终不愿承认它们的存在。

路上，我又想起了在达拉纳格拉家看到的一张张照片，其中有一张尤其令我心绪难平。那正是一个幽灵的照片：让-克里斯托夫·格拉夫，我曾经的法语老师。我眨了眨眼。回忆涌起，令人伤怀。格拉夫先生曾指导我如何阅读，并鼓励我走上写作之路。他人很好，心思敏锐，慷慨大方。高高瘦瘦的他面容精致，甚至有些女性化，即便是在大夏天，也始终围着一条围巾。作为老师，他可以做出精妙的文学分析，却似乎总是有些心神无主，游离于现实世界之外。

二〇〇二年，让-克里斯托夫·格拉夫自杀了。距今已有十五年。

我说过，"好人遭殃"，他又是个例证。遵循这条不公的法则，该死的命运之神无情压榨着脆弱的人们，而这些好人唯一的错误，就是始终在努力照顾他人的感受。有人说，只有承受苦难，才能得到命运之神的眷顾，我已经不知道这是谁的言论了，但这绝对是错的。命运之神往往就是个卑鄙邪恶的浑蛋，乐于毁掉弱者的生活，却让那些蠢货活得幸福长久。

格拉夫的死令我沮丧至极。在从他家的阳台跳下去之前，他给我写了一封感人至深的信；一星期后，我在纽约收到了那封信。这件事我从没对任何人说过。他告诉我，生活太过残酷，令他无所适从，他太过孤独，已精疲力竭。读书曾帮助他走过很多黑暗的时刻，但现如今，他却绝望地发现，就连书都没法解救他了。他略带羞涩地告诉我，一场刻骨的单恋伤透了他的心。在信的末尾，他祝我好运，还肯定地说，他从没有一刻怀疑过，我可以做到他没能做到的事：找到灵魂的伴侣，与其携手面对生活的风浪。然而，他对我的这般希冀不过是幻想而已。在一个个灰暗的日子里，我越发觉得，自己不是没有可能走上和他一样的路。

我强迫自己摆脱这些消极的念头，发现自己已经到了松林。这回，我没把车停在迪诺咖啡厅前，而是开到了校门口的保安值班室旁。看模样，现在的保安应该是帕维尔·法比安斯基的儿子。年轻人正在用手机看杰瑞·宋飞①的视频。由于没有门禁卡，我谎称自己是来帮忙准备校庆活动的。他没多问就给我打开了门栏，接着便继续看视频了。我驶进校园，冒着违规的风险，把车直接停在了阿格拉大楼对面的混凝土石板路上。

我走进大楼，从图书馆门口的闸机上跳过去，来到了主借阅室。好消息，泽莉不在。通过软木板上的一张小公告，我得知她一手负责的戏

---

① 美国著名喜剧演员，脱口秀演员。

剧俱乐部会在每星期三和星期六的下午办活动。

在图书馆前台值班的，是一个戴眼镜的姑娘。她盘腿坐在办公椅上，完全沉浸在一本英文书里：查尔斯·布可夫斯基的《论写作》（*On Writing*）。她相貌温和，身穿娃娃领海魂衫、粗呢短裤、绣花裤袜，脚上是一双双色高帮皮鞋。

"您好，您是埃莉纳·布克曼的同事吗？"

她把目光从书上移开，微笑着抬头看向我。

直觉告诉我，我挺喜欢这个姑娘的：喜欢她一丝不苟的发髻，那发髻与她鼻孔里镶嵌的宝石形成强烈反差；喜欢她耳后的蔓藤文身，那花纹沿着她的脖颈向下延展，最终消失在她衬衫的衣领下；喜欢她用来喝茶的马克杯，杯子上印有"读书很性感"的字样。我很少对人产生这样的好感。这当然不是什么一见钟情，却能让我意识到，我对面的这个人是我这边的，而不是和敌人一伙的，也不是茫茫人海中与我没有任何共同语言的人。

"我叫波利娜·德拉图尔，"她自我介绍说，"您是新来的老师吗？"

"不是，我……"

"我在开玩笑啦，我知道您是谁。托马斯·德加莱。今天上午在栗树广场，所有人都看到您了。"

"我曾是这儿的学生，很久以前了，"我解释道，"说不定那会儿您还没出生呢。"

"您这话说得太夸张了。如果真想夸我年轻的话，您还得说得更狠些。"

波利娜·德拉图尔一边笑，一边把一缕头发顺到耳后，松开盘着的双腿站起身来。我明白自己为什么喜欢她了。她能把多种不同的特质集结在一起：性感迷人，却丝毫不矫揉造作；热爱生活，又透着一股浑然天成的优雅，让人觉得，不管她做了什么，都不会和庸俗沾边。

"您不是本地人，对吧？"

"本地人？"

"我是说南方人，蔚蓝海岸这一带。"

"不是，我是巴黎人，六个月前过来的，那会儿刚好有这个职位。"

"也许您可以帮到我，波利娜。我在这儿上学时，有一份名叫《南方信使》的校报。"

"现在还有。"

"我想查阅旧刊。"

"我给您拿过来。您想看哪年的？"

"一九九二到一九九三学年吧。如果您能帮我找到那个学年的年鉴就太棒了。"

"您是想查什么特别的信息吗？"

"关于一个老校友的信息：雯卡·罗克维尔。"

"哦，原来是雯卡·罗克维尔……在我们这儿，想不知道她都难。"

"您是指斯特凡纳·皮亚内利那本书吗？就是被泽莉禁掉的那本。"

"我是指那些我每天都能碰见的小公主，她们只不过读了《使女的故事》的前三章，就高举起女权主义的大旗了。"

"离经叛道的少女们……"

"她们试图利用雯卡的经历，把她塑造成一个具有代表性的人物，而实际上，可怜的雯卡·罗克维尔并非如此。"

波利娜·德拉图尔敲击着电脑键盘，查找着我想看的资料，随后在一张便签纸上记录下了相关索引号。

"您可以先找个地方坐下。我找到那些报纸就给您拿过去。"

我坐在了当年常坐的位置上：阅览室最里面的隐蔽角落，紧挨着窗子，窗外是一个方形小院，长满常春藤的温泉和铺石路面，显得这院子和校园的建筑风格格格不入。小院被一条粉红色长廊圈起，总会让我联想到修道院。唱上几曲圣歌，就能在这儿祈祷静修了。

我把从父母家找到的青绿色依斯柏背包放到桌上，拿出纸笔，就好像要开始写论文似的。这让我觉得很舒服。一旦身边布满书籍，沉浸在学习的氛围中，我整个人就会平静下来。我能真切地感受到，焦虑正在慢慢消退。这和安眠药一样有效，只不过携带起来没有药片方便而已。

阅览室的这个角落名头响亮——"文学陈列馆"，弥漫着融化的蜂蜡和蜡烛的味道，仍然保留着当年的魅力。我感觉自己仿佛置身于一座圣殿中。书架上，老旧的文学教科书落满灰尘。在我身后，是一张维达尔-白兰士版的老地图（我上学那会儿它就已经过时了），呈现着一九五〇年的世界版图，以及如今已然消失的国家：苏联、德意志民主共和国、南斯拉夫和捷克斯洛伐克等等。

普鲁斯特的玛德莱娜蛋糕效应正在发挥作用，记忆在一点点复活。就是在这里，我习惯了写作业、复习功课；也是在这里，我写下了自己的第一部短篇小说。我一次又一次地想起父亲的话："你生活在一个浪漫的文学世界里，而真正的生活并非如此。生活，如战争般残暴无情。"还有母亲对我的评价："你没有朋友，托马斯。你唯一的朋友就是书。"

这的确是事实，而且我引以为傲。我一直认为，书可以拯救我，可我一生都能如此吗？或许不能吧。这难道不是让-克里斯托夫·格拉夫字里行间的言外之意吗？他难道不是在写信提醒我这一点吗？终有那么一天，书籍将他弃于荒野，令他即刻选择了死亡。为了查清雯卡·罗克维尔事件，难道我不该走出被书保护的世界，直面我父亲口中的灰暗与暴力，奋起抗争吗？

"走进战争……"内心深处有个声音轻声对我说。

"报纸和年鉴来啦！"

波利娜·德拉图尔的话语掷地有声，把我拉回到现实世界。

"我能问您一个问题吗？"她一边说，一边把一大摞《南方信使》放到桌上。

"您看起来并不像那种必须等到对方允许才开口的人。"

"您为什么从没写过雯卡·罗克维尔事件？"

不管我做什么、说什么都无济于事，人们总是把我和书扯到一起。

"呃……因为我是写小说的，不是记者。"

她不依不饶道：

"您肯定明白我的意思。您为什么从没讲过雯卡的故事？"

"因为那个故事很伤感，而我呢，已经承受不起伤感了。"

不能再由着这姑娘继续问下去了。

"可这不正是小说家的特权吗？难道不对吗？写故事是为了逃避现实。并不是为了简单地修复现实，而是为了在自己的世界里战胜它。揣摩它，是为了更好地否认它。了解它，是为了用一个虚构的世界真真切切地替代它、对抗它。"

"这一番大道理是您总结出来的？"

"不，当然不是，说出这些话的人是您。被采访时，您经常这样说……可是，想在现实生活里施行还是挺难的，不是吗？"

面对这番金玉良言，我呆立在那儿；而她，则对我的反应扬扬得意。

12.发色火红的少女们

> 她发色红棕，身穿一条无袖连衣裙。……格雷诺耶凑到
> 她身旁，深嗅着她纯净的香气，嗅向她的脖颈、她的头发，
> 还有她裙裾的凹陷处……他从未感觉如此舒服。
>
> ——帕特里克·聚斯金德，德国作家

面对摊在桌上的《南方信使》，我赶紧找出一九九三年的一月刊，搜寻有关年末舞会的报道。我本来期望找到大量照片，但不幸的是，上面只有几张再现晚会氛围的官方图片，而且没有一张能帮我查出那个男人的身份。

虽然有些失望，但我仍继续翻阅着一期又一期的报纸，让自己重回当年。想要大致了解二十世纪九十年代初圣埃克苏佩里的校园生活，这张校报堪称宝藏。它报道并详细描述了学校所有的活动。我随手翻着报纸，浏览着当年发生在校园里的大事小情：校园冠军赛的比赛成绩、高

一各班在旧金山的游学、电影俱乐部的排片表（希区柯克、卡索维茨和西德尼·波拉克）、校广播台的幕后故事、写作工作坊成员创作的优秀诗歌和文章等等。一九九二年春天，让-克里斯托夫·格拉夫曾让校报发表了我的短篇小说。同年九月，戏剧俱乐部公布了接下来一年的场次安排。在一部部经典剧作里，我看到了一部自由度很强的改编作品——可能是我母亲写的，当年她是戏剧俱乐部的负责人——改编自帕特里克·聚斯金德的小说《香水》。雯卡在里面扮演"玛莱区的姑娘"，范妮则扮演萝拉·里奇丝这个角色。两个女生都是红棕色头发，目光清亮，美得纯粹又摄人心魂；如果我没记错小说情节，她们都被让-巴普蒂斯特·格雷诺耶杀害了。关于这部剧的上演，以及它引起的反响，我没有任何印象。于是我翻开皮亚内利的书，想看看他是不是写到了这些。

书里完全没提及这部剧，可在浏览过程中，我突然翻到了相册集，看到了亚历克西斯·克雷芒写给雯卡的几封信的影印照。第一百次重读这些信，我仍全身战栗，在达拉纳格拉家感受到的失落再次袭来。那是一种贴近真相，又马上与它失之交臂的失落感。其实，我应该把信的内容和克雷芒本人联系起来，可内心深处却抗拒这样做。那是一种心理障碍，仿佛害怕"被压抑的记忆"重返我的意识中似的。问题来自我的负罪感，我确信悲剧是我造成的，如果我始终是那个与众不同的男生，就可以避免它的发生。然而，由于被痛苦和过激的爱蒙蔽了双眼，当年的我没能及时觉察到雯卡的反常。

出于一种本能，我拿起手机，拨通了父亲的电话。

"爸爸，你能帮我个忙吗？"

"说吧。"里夏尔低声咕哝道。

"我在厨房的桌子上放了些东西。"

"是啊，别提有多乱了！"他说。

"在那几摞纸里，有我以前的哲学课作业，你看见了吗？"

"没有。"

"爸爸，求你了，好好找下。或者，你让妈妈听电话也行。"

"她还没回来。好吧，等下，我把眼镜戴上。"

我跟他讲了需要做些什么：找出我的作业，用他的手机拍下亚历克西斯·克雷芒写的评语，再用短信发给我。本来只需要两分钟就能完成的事，他足足花了一刻钟，一切都得益于他人尽皆知的"和蔼可亲"。他有些暴躁，如是结束了我们的对话：

"你都四十岁了，除了研究高中那点事外就没别的好做了吗？你的人生总结起来，就是翻来倒去、整天地烦我们吗？"

"谢谢你，爸爸，一会儿见。"

我下载了亚历克西斯·克雷芒手写评语的照片，在手机上打开了它们。和某些自命不凡的作家一样，这位哲学老师也喜欢别人品读自己的文字；但我关注的不是他的思想内涵，而是他的笔迹。我放大照片，仔细观察着字迹里的笔画粗细。他的笔迹懒洋洋的，虽不是那种密密麻麻的小字，却很像医生开的处方，一字一词都要看上好久才能辨认出来。

随着对图片的认真观察，我感受到了心脏的剧烈跳动。我调出他写给雯卡的信，还有他在玛琳娜·茨维塔耶娃那本诗集上做的题记，和面前的笔迹做了对比。很快，我发现了一个无可辩驳的事实：虽然信件和题记的笔迹是相同的，但它们却和哲学作业上的评语笔迹完全不同。

我的心在狂跳。亚历克西斯·克雷芒不是雯卡的情人。还有另一个人，另一个亚历克西斯。也许就是照片里那个背影模糊的人，那个在众所周知的星期日早上和她一起离开的人。"我是被亚历克西斯强迫的。我没想和他上床。"雯卡的话没错，只是被我错误地解读了。二十五年来，所有人都错误地解读了这一切。就是因为一张被裁剪过的照片，还有学生们散播的谣言，我们就把雯卡和一个男人联系在了一起，而那个男人根本就不是她的情人。

我的耳朵嗡嗡作响。这个发现所造成的牵连和影响太多了，多得我无法将它们一一理清。第一点，也是最悲剧的一点：马克西姆和我杀死了一个无辜的人。当我击碎克雷芒的胸膛和膝盖时，我似乎听到了他的号叫。那时的情景，有如放电影一般清晰地呈现在我眼前。当被我的铁棍击打时，他脸上的表情是那般迷茫。"你这个变态，为什么要强奸她！"由于惊讶而变形的脸，掩盖了他的不解。他之所以没有辩解，是因为他根本没有听明白我在控诉他什么。当时，面对他的惊恐和讶异，我曾在脑海里听到一个声音。那呼唤促使我放下了武器。然而，紧接着，马克西姆就登场了。

我眼含泪水，把头埋进手里。由于我的错，亚历克西斯·克雷芒死了，不管我做什么都无法把他带回人间。我几近虚脱，呆坐了十几分钟后，大脑才再次运转起来。我开始分析自己对整个事件的误读。雯卡的确有个名叫亚历克西斯的情人。只不过，他不是我们的哲学老师。这有些令人难以置信，由于太过夸张而显得不够真实，但却是唯一合理的解释。

那又会是谁呢？我苦思冥想，终于模糊地记起了一个学生：亚历克西斯·斯特凡诺普洛斯，或者什么相近名字。一个类似漫画人物的希腊富家子弟：他父亲有一艘游轮，一到假期，他就会邀请好友在基克拉泽斯乘船游玩。总之我从没去过。

　　我抓起波利娜·德拉图尔拿给我的一九九二至一九九三学年年鉴。这份资料效仿美国学校的做法，收录了当年所有在校师生的照片。我焦躁不安地翻阅着。由于人名是按字母顺序排列的，我很快就找到了那个希腊家伙。亚历克西斯·安东诺普洛斯，一九七四年四月二十六日出生于塞萨洛尼基。照片里的他和我的记忆中的一模一样：半长的鬈发、短袖白衬衫、带盾形纹章的海魂毛衣。这张肖像照犹如导火索一般，点燃了我的记忆。

　　我记得，他是文科预科班为数不多的男生之一。他喜欢运动，是赛艇或者击剑赛的冠军。他喜欢研究古希腊文化，虽然不太聪明，却也能背诵萨福或泰奥克利特的诗句。身穿文化这层光鲜外衣的亚历克西斯·安东诺普洛斯，不过是个略显蠢笨的"拉丁情人"罢了。我真的很难相信，雯卡怎么会为了这个白痴饱受爱恋之苦。不过话说回来，我的身份好像不太适合探讨这个问题。

　　也许，出于某种不为我所知的原因，那个希腊小子真的在记恨我和马克西姆。我打开包找平板电脑，才想起来它被我扔在了租来的车上，现在那车还在母亲手里。于是，我只能靠手机查找信息。在《视角》杂志的官网上，我很快就找到了他的身影。那是一篇关于瑞典王子卡尔·菲利普婚礼的图片报道，发表于二〇一五年六月。安东诺普洛斯和他的第三任妻子都是这场婚礼上"为数不多的幸运受邀者"。一张张网页浏览下来，我模糊地勾勒出这样一个男人形象：上流社会的商人、慈善家，乘坐私人飞机往返于加利福尼亚和基克拉泽斯。据《名利场》官网所述，他几乎每年都会出席艾滋病研究基金会举办的盛大慈善晚宴。按照惯例，该晚宴的举办时间为戛纳电影节期间，地点是享誉盛名的伊登罗克（Eden-Roc）酒店，旨在为抵御艾滋病筹集研究资金。所以说，安东诺普洛斯的生活并没有脱离蔚蓝海岸，可我却找不出任何信息，能在我们和他之间建立起联系。

由于调查没有实质性进展，我决定换个方向。归根结底，我们的煎熬来自哪里？来自老体育馆拆除所带来的威胁。其实，它只是大工程的一小部分。这个盛大的工程将通过建造一座新的玻璃大楼、一个拥有奥运会标准泳池的超现代化体育馆和一片景观花园，使整座校园焕然一新。

这个项目计划早在二十五年前就已被提上日程，却始终没有付诸实施，因为校方未筹集到工程所需的巨额资金。据我所知，近几十年来，学校的募资方式发生了很大改变。一开始成立时，圣埃克苏佩里国际中学完全是个私立学校，后来转变成了合资机构，在一定程度上被纳入了国家教育管理范畴，也接收了地方政府的拨款。然而近几年，一股叛逆之风席卷了圣埃克苏佩里国际中学。教育界的各类人士纷纷对自由产生了强烈的渴望，期望学校可以从官僚化的束缚中解放出来。奥朗德总统的大选加速了事态的发展。经过与政府部门的角逐，学校终于分离出来，重获了曾经的自由，但也因此失去了政府的资金支持。于是，校方上调了学费；但在我看来，要想实施如此大规模的工程，这点钱简直是杯水车薪。得以开展这样的项目，校方一定是收受了巨额的私人捐资。这让我想起了校长今早在奠基仪式上说过的话。她向"慷慨的赞助商们"表示感谢，声称是他们让"我们学校史上最宏大的工程"得以实现，却故意没说出资人的名字。这个线索有待深入挖掘。

我在网上什么都没找到，至少没有查到什么公开信息。也就是说，施工项目的资金来源完全是不透明的。想要有所进展，我别无选择，只能拉斯特凡纳·皮亚内利入伙。我给他发了一条短信，简要叙述了我的发现。为了让自己的话语更有分量，我还给他发了几张笔迹的照片：有亚历克西斯·克雷芒在我哲学作业上批注的评语，还有那个神秘男子写给雯卡的信和题记。

他马上就给我来电了。我不无担忧地接听了他的电话。皮亚内利是个完美的陪练伙伴，他能用充沛的精力唤起你思维的活力。然而，此时的我却如履薄冰。我既要把某些信息透露给他，同时又得提防这些信息不会有朝一日出卖我、马克西姆和范妮。

"妈的，这也太离谱了吧！"皮亚内利操着马赛口音说，"我们怎么可能搞错这个？"

他似乎必须得大声喊叫才能盖过摩纳哥赛道看台上的嘈杂人语。

"证词和谣言都是朝这个方向引导的。"我说，"安热万说得没错：所有人从一开始就受了蛊惑。"

我继续告诉他说，达拉纳格拉曾裁剪过那张照片，上面原本还有另一个男人。

"等下，你是说那个人也叫亚历克西斯？"

"没错。"

接下来是一段漫长的沉默，皮亚内利应该是在苦思冥想。在电话的另一头，我似乎听到了齿轮在他大脑里运转的声音。他花了一分多钟，和我想到了一起。

"圣埃克苏佩里还有个亚历克西斯，"他说，"是个希腊人。咱们经常嘲笑他，管他叫'拉普洛斯'①，你还记得吗？"

"亚历克西斯·安东诺普洛斯。"

---

① 即漫画《丁丁历险记》中的大反派。

"对！"

"我想到他了，"我说，"可我觉得他应该不是我们要找的人。"

"为什么不是？"

"他就是个白痴。我觉得雯卡不会和这么个人在一起。"

"你这想法太武断了，不是吗？他有钱，长得又帅，十八岁的姑娘们约起会来才不会在乎你聪不聪明呢……你难道忘了吗？咱们那时候多不招人待见啊。"

我换了个话题。

"我想知道学校施工项目的资金来源，你有渠道查出来吗？"

电话里的嘈杂声突然不见了，皮亚内利似乎躲进了一个隔音的地方。

"几年来，圣埃克苏佩里国际中学的运作管理都是美式的：天价学费；几个有钱的家长出资捐赠，好把自己的名字和教学楼、宿舍楼捆绑在一起。为了堵上大家的嘴，学校会拿出一丁点奖学金颁给那些贫困优等生。"

"但是，预期的工程得花上几百万欧元啊。校方是怎么筹到这么大笔钱的？"

"我估计他们借了一部分。现在的贷款利率很低，而且……"

"没有任何贷款可以达到这个数目，斯特凡纳。你不想摸透这个线索吗？"

见情势不妙，他试图避开这个话题。

"我看不出这和雯卡的失踪有什么关系。"

"求你了，查查吧。我只是想确认一件事。"

"如果你不告诉我是什么事，我查也是白查。"

"我想知道，有没有哪个个人或者哪家公司出了巨资，赞助学校建造新楼、游泳池和花园。"

"好吧，我安排个实习生查查看。"

"不，不要实习生！这件事既重要又棘手。你得找个有经验的人。"

"相信我，我要用的那个年轻人比松露猎犬还厉害。而且，他对圣埃克苏佩里没有那种特别的归属感。"

"所以是个有点像你的人……"

皮亚内利哼笑了一声，接着问我：

"你觉得这笔巨资背后的人是谁？"

"我完全不知道，斯特凡纳。既然聊到这儿了，我还有件事想问你。你对弗朗西斯·比安卡尔蒂尼的死有什么看法？"

❦

"我觉得这是件好事，地球上少了个浑蛋。"

他的恶语相向让我心里很不舒服。

"认真回答我，可以吗？"

"我们不是应该围绕雯卡展开调查吗？你这是在搞什么呀？"

"我会把知道的一切都告诉你，我保证。入室盗窃酿成悲剧的说法，你信吗？"

"那些手表被发现后，我就没法相信了。"

显然，皮亚内利已经知道那件事了。德布鲁因警长应该和他说过了。

"那又会是怎么回事呢？"

"我觉得就是私人报复。比安卡尔蒂尼简直是蔚蓝海岸的一颗毒瘤：唯利是图、大肆行贿，还和黑手党有扯不清的关系。"

我为弗朗西斯辩解道：

"你这分明是在胡扯。比安卡尔蒂尼和卡拉布里亚黑手党的关系纯属讹传。连德布鲁因法官都在这件事上碰了一鼻子灰。"

"说得正好，我跟伊万·德布鲁因很熟，看过他的一些文件。"

"法官向记者透露信息？我一直觉得这种事不错。这就是预审调查的内幕，真美好。"

"别扯远了，"他打断我，"但我想告诉你的是，弗朗西斯真的不干净。你知道那些光荣会①成员是怎么叫他的吗？惠而浦②！因为他是监管洗钱的头儿。"

"如果德布鲁因真拿到了确凿证据，弗朗西斯早就被定罪了。"

"哪有那么简单……"他叹了口气说，"总之，我看到了可疑的账目流水，很多钱款流到了美国，那正是光荣会近年来想要扎根的地方。"

我试图把对话引向另一个方向：

"马克西姆告诉我，自从他宣布从政以来，你就一直盯着他。你为什么要翻出他父亲的旧账？你很清楚，马克西姆是清白的，而且子女不该为父母的行为埋单。"

"说得轻巧！"皮亚内利反驳道，"马克西姆那漂亮的小生态公司，还有他的初创企业孵化器，你觉得都是拿什么钱办的？还有他的竞选，你认为资金是哪儿来的？都是那个混账弗朗西斯在二十世纪八十年代赚的脏钱。他们从一开始就这么腐败，我的老兄。"

"所以，马克西姆就什么也不能做了？"

---

① 意大利卡拉布里亚黑手党组织。

② 美国著名洗衣机品牌。

"别跟我装傻，艺术家。"

"斯特凡纳，你这类人身上有股我永远都喜欢不起来的劲儿：不依不饶、自以为是、热衷说教。简直是罗伯斯庇尔的公共安全委员会。"

"托马斯，你这类人身上也有股我永远都喜欢不起来的劲儿：糟心麻烦扭头就忘，从不对任何事产生负罪感。"

皮亚内利的口吻越来越恶毒。我们的对话现出了一条分界线，分界线两侧是两种完全不同的、在我看来无法和解的世界观。我真想回他句滚蛋，可我需要他。于是，我退下阵来：

"咱们回头再聊这个吧。"

"我不明白你为什么要护着弗朗西斯。"

"因为我比你更了解他。关于他的死，如果你想知道更多的信息，我可以给你提供个渠道。"

"你可真会玩逆转！"

"《观察家》杂志社有个名叫安热莉克·吉巴尔的记者，你认识吗？"

"不认识，完全没听过。"

"她似乎搞到了警方的调查报告。我看到她文章里写，弗朗西斯在血泊中爬到了窗边，试图在玻璃上写出凶手的名字。"

"对，这篇报道我读过。荒谬的巴黎小报。"

"当然，如今虚假新闻泛滥，幸好还有《尼斯早报》这样的业界良心。"

"我知道你在开玩笑，但这话其实不无道理。"

"你就不能给安热莉克·吉巴尔打个电话，再多搜集点情报吗？"

"你以为我们记者间都是这样信息共享的？你和巴黎所有的作家都是好朋友吗？"

这家伙真是说急就急。词穷的我放了一记阴招：

"斯特凡纳，如果你真比巴黎的那些记者强，就证明给我看啊。想办法搞到警察的调查报告。"

"好大一个坑！你觉得我会上当吗？"

"我本以为你会。看来你不过是嘴上功夫厉害罢了。我之前还真不知道，面对巴黎圣日耳曼，马赛足球俱乐部竟然会怂。有你这样的支持者，我们好不了。"

"你胡说些什么呀？这都哪儿跟哪儿啊。"

他沉默了几秒钟后，欣然跳进了我给他挖的坑。

"我们当然比巴黎人厉害。"他恼火地说，"你那该死的调查报告，我会给你搞到的。我们虽然没卡塔尔①那么财大气粗，但是比他们聪明。"

我和他的对话渐渐变得融洽、舒适，最后超越了彼此间的差异，以双方共同的爱好画上了句号。一九九三年，马赛奥林匹克足球俱乐部给它的支持者们捧回了唯一一座真正的欧洲联赛奖杯，一座没人可以从我们身边夺走的奖杯。

❧

我站起身，用阅览室最里面的咖啡机打了杯咖啡。一扇小门通向院子，以便读者去室外舒展双腿：这正是我在做的事。一到外面，我就把这场"漫步"向历史悠久的建筑群延展开去，走向了一间间哥特风格的红砖教室。

——————————

① 巴黎圣日耳曼足球俱乐部的最大股东是卡塔尔财团。

由于拥有某种特权，戏剧俱乐部一直占据着学校最黄金的位置。走到侧门时，我遇见了几个叽叽喳喳走下台阶的学生。现在是晚上六点，太阳开始下山了，学生们刚刚下课。我踏上通往一间小阶梯教室的楼梯，那里满是松柏和檀木香。阶梯教室里，舞台是空的，周围满是镶框的黑白照片——二十五年来，这里挂着的都是学校最优秀的演员的照片——和剧目海报：《仲夏夜之梦》《交换》《六个寻找剧作家的角色》等等。圣埃克苏佩里的戏剧俱乐部一直都是个精英团队，每每走进他们的地界，我都会觉得不自在。总之，这里近期肯定不会上演《一笼傻鸟》或《仙人掌花》①。戏剧俱乐部的章程明确规定，最多接收二十名学生。上学时，我并没有想过要成为其中的一员，即便是在我母亲和泽莉共同负责俱乐部期间。其实，安娜贝尔已经尽力了，她尽其所能地扩招学生，并试图改变其僵化的文化传统。但习惯总是难以打破的，况且，没人真的希望这座清高孤傲的高品质戏剧堡垒变成喜剧果酱剧组的模样。

突然，舞台后的一扇门开了，泽莉出现在台前，说她不太想看见我，这已经算是很委婉的表达了。

"托马斯，你跑这儿来干什么？"

我嗖的一下蹿上舞台，来到她面前。

"你的接待真的让我心里好温暖。"

她眼睛一眨不眨地看着我说：

"别好像在自己家里似的。那种时候早就过去了。"

"不管是在哪儿，我都从没有过家的感觉……"

"我都快被你说出眼泪了。"

---

① 这两部戏剧均非主流作品，主题不够正统，前者涉及同性恋，后者涉及老夫少妻。

由于对想要查找的信息没有明确的思路，我随口抛出了一枚诱饵：

"你还是校理事会成员，对吧？"

"那跟你有什么关系？"她一边回答，一边把自己的东西塞进皮包。

"如果是的话，那你应该知道谁是这次施工的出资人。我想，相关的信息应该会通报给理事会的成员，并且通过投票了吧。"

她饶有兴致地看着我说：

"第一批资金是贷款来的。这部分理事会投票通过了。"

"其余部分呢？"

她合上皮包，耸了耸肩。

"其余部分会在适当的时间投票表决，但说实话，我真不知道校方打算从哪儿搞到这笔钱。"

这个回合我胜了。突然，我脑子里闪过一个毫不相关的问题：

"你还记得让-克里斯托夫·格拉夫吗？"

"当然。他是个好老师，"她肯定地说，"有些脆弱，但是个好人。"

有时，泽莉还是能说出几句靠谱话的。

"你知道他为什么自杀吗？"

她向我发难道：

"关于人为什么自杀，哪儿有什么唯一的、合理的解释？"

"在自杀前，让-克里斯托夫给我写了一封信。他告诉我说他爱上了一个女人，但对方并不爱他。"

"爱一个人而不被对方爱，这是很多人的遭遇。"

"严肃点，行吗？"

"可我明明很严肃啊。"

"你当时知道这件事吗？"

"知道，让-克里斯托夫和我说过。"

不知出于什么原因，我的心灵导师格拉夫，我认识的最细腻、最慷慨的人，竟然会欣赏泽莉·布克曼。

"那个女人你认识吗？"

"认识。"

"是谁？"

"你烦死我了。"

"今天已经是第二次有人这么说我了。"

"我觉得肯定不是最后一次。"

"那个女人是谁？"

"如果让-克里斯托夫没有跟你讲，那我也不能告诉你。"她叹气道。

她说得没错。这件事让我很难过，可我理解个中缘由。

"他之所以没跟我说，是出于腼腆。"

"那你就该尊重这份腼腆。"

"我跟你说三个名字，你回答我是对是错，可以吗？"

"我才不跟你玩这个。别去破坏逝者留给我们的记忆。"

然而，我太了解泽莉了，她一定忍不住不玩这个肮脏的游戏。因为在那几秒钟里，她会拥有对我的控制权。

果然如此。就在她穿上拉绒外套时，她改了主意：

"如果你只能说一个名字，你会从谁开始？"

第一个猜想脱口而出：

"不会是我妈吧？"

"不是！真不知道你是怎么冒出这种想法的。"

她走下舞台的台阶。

"是你吗？"

她冷笑道：

"我倒希望是，不过不是。"

她穿过阶梯教室，一直走到了门口。

"你离开的时候把门带上，好吗？"她站在远处对我说。

我在她的脸上看见了一丝诡异的微笑。还有最后一个机会：

"是雯卡？"

"猜错了。拜拜，托马斯！"她大叫着离开了教室。

※

我独自站在舞台上，面对着台下的幽灵观众。黑板旁的门没锁。我模糊地记得，里面那个房间被大家戏称为"圣器室"。我推开门，看到里面没有任何变化。屋顶偏低，但是空间够大，用途多样：后台排练、存放演出服和道具、储藏俱乐部的老资料。

房间的最里面是几个金属架，上面摆放着一些文件和纸箱。每个纸箱都对应着一个学年。我逆着时间向前找，一直找到了一九九二至一九九三学年。纸箱里有宣传单、海报，还有一个鼹鼠皮（Moleskine）风格的大笔记本，里面记录着各场演出的售票数量、订单详情、阶梯教室的维护，以及道具器材的管理等内容。

所有的资料都整齐地做了标注，但上面不是我母亲细长、紧凑的字迹，而是泽莉·布克曼那宽大得多、圆润得多的笔迹。我拿起笔记本，走到房里唯一的一扇窗前，仔细阅读道具清单。读第一遍时，我什么都没发现，然而，读第二遍时，我却注意到了如下内容——一九九三年三月二十七日，也就是春季盘点时，泽莉记录道：**一顶棕红色假发遗失**。

我又要剑走偏锋了——这句话其实说明不了什么，道具的消耗、损毁非常频繁，一件演出服或道具消失不见，肯定不是多大的事。尽管如此，我还是觉得这个发现让我离真相更近了一步。然而，那真相既苦涩又灰暗，我似乎又在步步退却，与它渐行渐远。

我关上门，离开阶梯教室，回到了图书馆。我把自己的东西收进包里，走到门口的借阅区。

轻佻的眼神、略显夸张的笑容，还有故意甩到后面的长发——在我前方十米远的地方，波利娜·德拉图尔正对着两名预科班学生卖弄风姿。那两个金发男生高大魁梧，看他们的着装、言谈还有大汗淋漓的模样，应该是刚刚痛快地打了一场网球。

"谢谢您的帮助。"我一边说，一边把《南方信使》报还给她。

"很高兴能帮到您，托马斯。"

"我能把年鉴留下吗？"

"行，我和泽莉说声，但您想着回头还我。"

"还有最后一件事。报纸缺了一期，一九九二年十月那期。"

"嗯，我发现了。那期不知道哪儿去了。我那会儿找来着，想着是不是掉到书架后面了，可是没找到。"

两个网球少年冷眼看着我，巴不得我快点走人，好让波利娜把注意力再放到他们身上。

"那算了。"我说。

就在我转身时，她拽住了我的衣袖。

"等等！二〇一二年的时候，学校把《南方信使》的所有旧刊都制作成了电子版。"

"那您能找到那一期吗？"

她把我拉进了她的办公室，那两个运动健将见自己被盖过了风头，愤懑地离开了。

"我不但能找到，还会给您打印一份。"

"太好了。谢谢。"

不到一分钟，她就打印了报纸，用订书器认真装订后递给了我。但是，当我伸出手想要接过来时，她却突然把手收了回去。

"我这么帮您，一顿晚餐总该请的吧？不是吗？"

波利娜·德拉图尔的缺点就这样暴露无遗了：对他人无休止、无节制的魅惑，这不仅给不了她安全感，还需要耗费她大量的精力。

"我觉得想请您吃晚饭的大有人在，不缺我一个。"

"我给您留个电话吧？"

"不必了，我只是想把您好心给我打印的报纸拿走。"

她一边继续笑着，一边把自己的手机号写在了打印文件上。

"波利娜，您到底想我怎么样？"

她想当然地答道：

"我喜欢您，您也喜欢我，故事就这样开始了，不对吗？"

"这样是行不通的。"

"几个世纪以来，故事都是这样发生、发展的。"

我决定就此打住，于是什么也没说，只是伸出手去。她终于让了步，把写有她手机号的文件给了我。我本以为事情就这么了了，结果她突然骂了我一句：

"白痴，滚！"

今天可真是我的好日子。坐进车里，我翻开了那期报纸。其中有一页报道的是那部改编自小说的戏剧《香水》，这让我很感兴趣。文章是学生们写的，称其为"一场因两位女演员的出色表演而震撼人心的演出"。其实，我真正想看的是那天晚上的照片。在最大的那张照片里，雯卡和范妮相视而立。两个姑娘都是红棕色头发，像极了一对双胞胎姐妹。我联想到了希区柯克的《迷魂记》，以及剧中的玛伦·艾尔斯特和朱迪·巴顿——一个女人的两副面孔。

在舞台上，雯卡诠释的是自己，而范妮诠释的则是他人。我再次想起了今天下午我和她的对话。一个细节陡然浮现在我的脑海，看来，她还有好多事没和我说。

少女与死神 //

13.灾难之地

有时，真相中并没有美好与善意。

——安东尼·伯吉斯，英国作家

晚上七点。

我离开学校，再次驶向芳多纳医院。这次，我绕开前台，直奔心脏科的楼层。一出电梯，我遇见了一个身穿粉红色套装的护士，她叫住我说：

"您是安娜贝尔·德加莱的儿子吧！"

只见那姑娘皮肤黝黑，发辫闪着金光，笑容灿烂，在灰暗沉闷的医院里放射出令人愉悦的光芒，有点像演唱《温柔杀手》时的劳伦·希尔。

"我叫索菲娅，"她说，"我和您母亲很熟。她每次来医院时，都会跟我们说起您！"

"您肯定是把我和我哥哥热罗姆搞混了。他在无国界医生组织工作。”

我已经习惯了母亲对哥哥的赞不绝口，而且我认为热罗姆配得上那些溢美之词。总之，面对一个整天在战火硝烟弥漫或自然灾害横行的国度里救死扶伤的人，谁都不会操起家伙和他开战。

“不，不，她说的就是您。作家。她甚至还帮我弄到了您的签名。”

“不可能吧。”

可索菲娅却坚持说道：

“我那本书就在护士休息室里！您来看看吧，就在旁边。”

由于被激起了好奇心，我跟她来到了走廊尽头一间狭长的房间里。在那里，她递给我一本书，是我最新出版的小说《和你在一起的几天》。书的扉页上果然签了名。**致索菲娅，希望这个故事给您带去快乐与思考。致意，托马斯·德加莱。**只不过，那不是我的笔迹，是母亲写的！我的脑海里顿时出现了一个奇特的画面：为了回应我的读者，母亲正在模仿我的笔迹签名。

“我签了很多本吗？”

“十几本吧。我们医院里有很多人都在读您的书。”

这一行为让我倍感不安。看来是我错过了什么东西。

“我妈妈是从什么时候开始来这儿接受治疗的？”

“应该是去年圣诞节。我第一次负责看护她时，正好赶上圣诞前夜值班。她是在半夜心脏病发的。”

我把这条信息记在了大脑的某个角落里。

“我是来找范妮·卜拉希米的。”

“卜拉希米医生刚走，”索菲娅回答说，“您是想和她聊聊您妈妈的情况吗？”

“不是，范妮是我的一个老朋友，我们从小学开始就是同学了。”

索菲娅点了点头。

"是呀，卜拉希米医生把您妈妈托付给我时这么跟我说过。真遗憾，您如果早来一会儿就能碰见她了。"

"我必须得见到她，是很重要的事。您有她的电话吗？"

索菲娅犹豫了片刻，随后露出了一个歉意的微笑：

"我没有权利把她的电话给您，真的。但如果我是您的话，会去一趟比奥村……"

"为什么？"

"星期六晚上，她经常和塞内卡博士在拱廊广场吃饭。"

"蒂埃里·塞内卡？那个生物学家？"

"是的。"

我记得他：圣埃克苏佩里理科毕业班的学生，比我们大一届或两届。他在比奥村3000商务区开了一家医疗分析室，就在村脚下。我父母抽血和体检都是在那儿。

"所以，塞内卡是范妮的男朋友？"我问道。

"可以这么说吧。"她表示认可，但表情有些尴尬，可能是觉得自己话太多了。

"好的。谢谢您。"

就在我已经走到走廊尽头时，远处的索菲娅善意地问我：

"您的下一部小说什么时候出版呀？"

我假装没听见，冲进了电梯。一般来说，我很喜欢听到这个问题，因为那就好比读者在对我会意地眨眼睛。然而，就在电梯门关上的瞬间，我意识到，再也不会有下一部小说了。星期一，亚历克西斯·克雷芒的尸体就会被发现，我会被判入狱十五到二十年。我即将失去的不仅仅是自由，还有那唯一一件让我觉得自己还活着的东西。为了赶走这些令人窒息的想法，我机械地翻看着手机。有父亲打来的一个未接电话（他从不给我打电话），还有波利娜·德拉图尔发来的一条短信（我不知道她是怎么弄到我的手机号的）："对不起，刚才很抱歉。我也不知道自己是怎么了。我有时会犯傻。PS：您早晚有一天会写一本关于雯卡的书，我已经想好了书名——《玫瑰的遭遇》。"

我重新回到车里，不过这回是打算去比奥村。一路上，我很难集中注意力，脑子里全是校报上的那张照片。头戴红棕色假发的范妮（她当年一直是金发）像极了雯卡，那种相像令人心惊。她们的相似之处不只是头发的颜色，还有身材、表情、举手投足。我想到了母亲常让戏剧俱乐部的学生做的即兴表演。那是一种生动的情景表演练习，年轻人非常喜欢。做练习的学生需要连续扮演好几个人物，被模仿的对象皆是在大街上、公交站前、博物馆里偶遇的人。他们把这个练习叫作变色龙游戏，范妮做起这个练习来简直是出类拔萃。

我的脑海里浮现出这样的推测：也许，范妮和雯卡调换了位置？也许，那个星期日早上，乘火车去巴黎的人是范妮？这听起来有些荒诞离奇，却也并非不可能。当年，各方调查搜集来的所有证词我一直都记得。学校保安、路政局的人、开往巴黎的高铁上的乘客，还有酒店的夜班工作人员，他们都是怎么说的？他们说自己看见了"一个年轻的棕红发女子""一个漂亮的红发姑娘""一个目光清亮、发色红棕的女孩"。这些描述非常模糊，完全可以和我的推测吻合。我追寻多年的线索，看来终于要找到了！雯卡可能还活着。一路上，我在脑海里反复脑补着这一剧情，好让自己相信它是真的：出于某种不为我所知的原因，范妮为雯卡的逃离打掩护。所有人都在巴黎寻找雯卡，然而，她可能从没登上过那辆通往巴黎的列车。

伴着落日的最后一抹余晖，我来到了比奥村村口。公共停车场已经没有车位了。好多辆汽车打着双闪、排成两排，等待有车离开。我开着车，绕了村子两圈都没有找到车位，干脆放弃了在村里停车，沿着巴谢特路向贡布山谷驶去。我又向下行驶了八百米，终于在网球场前找到了一个车位。我赶紧停好车，开始全速爬坡往回走：这十几度的坡搞得人腿脚酸疼，气喘吁吁。就在快要到达坡顶时，我又接到了父亲的电话。

"托马斯，我很担心。你妈妈一直没回来。这不对劲啊。她就是出去买点东西嘛。"

"你给她打电话了吧？"

"打了，可她手机忘在家里了。我该怎么办啊？"

"我也不知道，爸爸。你觉得真有什么好担心的吗？"

父亲的反应让我很讶异，因为母亲经常四处出差游走。二〇〇一年前后，她供职于一个帮助非洲女孩就学的无政府组织，经常离家，父亲似乎从未对此介怀过。

"是的，"里夏尔答道，"今天家里有客人要来，她不能就这么把我晾在这儿啊！"

我真不敢相信他的话。他之所以抱怨，是因为妻子不在就没人做家务了！

"你如果真那么担心，就给周围的医院打电话问问吧。"

"好的。"他咕哝道。

挂断电话，我终于走到了步行区的入口。这座村庄比我记忆中的模样还要美。中世纪时，这里曾被圣殿骑士占领，虽然至今仍保留着些许当时的古迹，但几乎所有的建筑都是来自意大利北部的人建造的。此时，房屋的赭石和青铜色光辉温暖着铺石小路，让游人仿佛置身于萨沃纳或热那亚小城中。

主街两旁陈列着各式普罗旺斯产品（香皂、香水、橄榄木工艺品）的商铺，也有许多艺术工坊，展示着当地玻璃彩绘艺人、画家和雕塑家的作品。在一家葡萄酒酒吧的露台前，一个姑娘正抱着吉他，愉快地哼唱着小红莓乐队的保留曲目，虽然唱得不太好，但周围的人们还是伸出双手打着节拍，让夜晚在美好的氛围中拉开了序幕。

然而，关于比奥，我却有一段特殊的记忆。初一那年，我做了学生生涯中的第一次演讲，讲述了一则令我印象颇深的当地民间故事。十九世纪末，在没有任何缘由和前兆的情况下，村里的一座大房子突然倒塌了。事故发生在晚间，房子里的居民正在聚餐，欢庆家里的一个孩子初领圣体。仅仅几秒钟，这些不幸的人就变得粉身碎骨，被掩埋于废墟之中。事后，救援人员搜寻出了三十多具尸体。这场悲剧令人们久久难以忘怀，以至于一个多世纪过去了，伤痛仍在继续：至今没人敢在那片废墟上盖房子。由于始终处于空置状态，那里变成了人们口中的"灾难之地"。

来到拱廊广场后，眼前的景象令我震惊：它和二十五年前我离开时一模一样。狭长的广场一直延展到圣玛丽亚-玛德莱娜教堂，两侧是两条拱形长廊，廊下是两三层高的彩色小楼。

我很快就找到了蒂埃里·塞内卡。他坐在拱廊咖啡厅的一张餐桌旁，向我摆了摆手，好像他等的人不是范妮而是我。深棕色短发、端正的鼻子、精心修剪的山羊胡——塞内卡的变化不大。他的穿着很随性：帆布长裤、短袖衬衫，还有件搭在肩上的毛衣，仿佛刚从一艘游船的甲板上走下来似的。他让我不禁想起了仕品高①的某些老广告，还有我十几

---

① 美国著名鞋履品牌。

岁时共和国联盟候选人的竞选海报：为了打造轻松随和的形象，他们往往是这副装扮。然而，最终的结果往往有悖于最初的愿望。

"嘿，蒂埃里。"我沿着拱廊走向他。

"晚上好，托马斯。好久不见。"

"我是来找范妮的。她好像约了你吃晚饭。"

他示意我在他对面坐下。

"她应该马上就到了。她跟我说今天上午见到你了。"

天空已变成粉红色，在古老的石板上投下杏仁糖色的光。空气中弥漫着蔬菜蒜泥浓汤和精炖菜肴的香气。

"别担心，我不会耽误你们的约会。我只是想和她确认一件事情，两分钟就够了。"

"没问题。"

拱廊咖啡厅是个极具比奥风情的地方。毕加索、费尔南·莱热、夏加尔都曾是这里的常客。餐桌上铺着格子桌布，遍布整座广场。

"这儿的东西还是那么好吃吗？我以前常和父母过来。"

"那你肯定不会有什么陌生感。四十年了，这里的菜单从没变过。"

我们聊了会儿油煎菜椒、夹心西葫芦花、香草兔肉，还有美丽的室外拱梁。接下来是一阵沉默。为了打破这沉默，我继续说道：

"你的实验室怎么样？"

"别没话找话了，托马斯。"他的语气里带着攻击性。

和今天上午的皮亚内利一样，生物学家拿出一支电子烟，吐出焦糖奶油味的烟圈。我不禁心想，要是瞧见如今这些醉心于吸果味电子烟、用排毒养颜的菠菜奶昔取代苏格兰威士忌的家伙，弗朗西斯或者我父亲那类男人不知会做何感想。

"你知道灵魂伴侣吧？一种白痴的说法。"蒂埃里·塞内卡用挑衅的目光看着我说，"根据那种说法，我们每个人都在寻找完美的另一半。只有那个人才能让我们不再孤独。"

我泰然答道：

"在《会饮篇》里，柏拉图称阿里斯托芬是自己的灵魂伴侣，我并不觉得这是什么白痴说法。我认为这很诗意，而且我喜欢这种象征性的说法。"

"是啊，我竟然忘了，你一直是学校里最浪漫的人。"他嘲讽地说。

由于搞不清他想表达什么，我并没有打断他。

"你知道，范妮也相信这种说法。十三四岁时这么想完全可以理解，但年近四十如果还这么想，就有问题了。"

"蒂埃里，你到底想跟我说什么？"

"有些人，永远活在过去的某个时间。对这些人来说，过去一直都过不去。"

我本以为他在描述我，然而，他想说的并不是我。

"你知道范妮内心深处在想象些什么吗？她想象着，有一天，你会回来找她。她真的以为，在一个晴朗的早晨，你会意识到她是你生命中的那个女人，你会骑着战马而来，带她步入幸福的国度。在精神病学上，这叫作……"

"我觉得你添油加醋了。"我打断他说。

"但愿如此……"

"你们在一起很久了吗？"

我原以为他会继续向我发难，没想到他竟然真诚地说：

"五六年吧。我们经历过真正幸福的时刻，也有过困难期。可你知道吗，即便是在我们两个很好、过得很愉快的时候，她也总会想着你。范妮总是忍不住去想，如果和你在一起，她的爱情会更热烈、更圆满。"

蒂埃里·塞内卡垂下双眼，喉咙哽咽，声音喑哑。他的痛苦显然不是装出来的。

"要知道，'与众不同的男生'，和你对决真没那么容易。可是，托马斯·德加莱，你除了是个第三者和梦想贩卖者外，还有什么与众不同之处？"

他望向我的眼神里，有憎恶，也有忧伤，仿佛我既是导致他不幸的罪魁祸首，同时又是他潜在的救星。由于觉得他言辞过激，我甚至没有开口辩解。

他抓了抓山羊胡子，随后从口袋里掏出手机，给我看了张照片。那是他的手机封面：一个正在打网球的八九岁男孩。

"这是你儿子吗？"

"是的，马尔科。她妈妈获得了抚养权，把他带去了阿根廷，跟她的新男朋友一起生活。不能经常见到他，我真的很痛苦。"

他的故事很感人，但一个从未与我有过深交的人突然对我真情流露，让我觉得很不自在。

"我想再要个孩子，"塞内卡肯定地说，"和范妮要个孩子。但总有道坎卡在那儿，让范妮迈不出这一步。这个坎就是你，托马斯。"

我想对他说，我不是他的心理医生，另外，如果说范妮不想要孩子，那道坎很可能是他；可他看起来是那么难过、那么焦躁，我实在不忍心去打击他。

"我不会一直等下去。"他威胁道。

"这是你们之间的事，与我……"

我话说到一半，范妮突然出现在了拱廊下，看到我们两个坐在一起时很是惊讶。她对我打了个"跟我来"的手势，便穿过广场走进了教堂。

"托马斯，你今天过来，我很高兴。"我从椅子上站起身时，生物学家对我说，"有些当年没有解决的事，我希望你能在今晚处理好。"

我没和他道别就来到了广场，踏着灰粉相间的鹅卵石路面，走向教堂去见范妮。

门口的焚香和香薰木香让我立刻置身于冥想的氛围中。教堂很美，美在简约：主门廊前是一道楼梯，直接向下通往教堂中殿。范妮就坐在台阶最下面，在一盏燃着十几支蜡烛的大烛台前等我。

也许，这里就是最适合忏悔的地方吧？

和今天上午我看到的一样，她身穿牛仔裤和长袖衬衫，脚上是一双浅口高跟鞋。她扣紧了战壕风衣，把膝盖抱在胸前，好像非常冷的样子。

"嘿，范妮。"

她脸色苍白，双眼红肿，神情憔悴。

"咱们得谈谈了，不是吗？"

我没想到自己的语气会这么生硬。她点了点头表示同意。我刚要开口提问，她抬起头看向我，眼中的苦痛令我惊慌失措：平生第一次，我怀疑自己是否真的想知道真相。

"我对你撒了谎，托马斯。"

"什么时候？"

"今天，昨天，前天，二十五年前……我一直都在对你撒谎。今天上午我跟你说的一切都是假的。"

"你说你知道体育馆的墙里有具尸体的事，是假的吧？"

"不，那件事是真的。"

在她的头上，古老的祭坛屏风被蜡烛照耀着，闪出淡黄色的光。只见那金色木框的中央，仁慈圣女一手怀抱婴儿耶稣，另一只手紧握着红灿灿的念珠。

"我二十五年前就知道体育馆的墙里有具尸体了。"她补充道。

我希望时间就此停止。我不想她继续讲出真相。

"但在你跟我说之前，我并不知道那墙里也有亚历克西斯·克雷芒的尸体。"范妮接着说。

"我不明白。"

我不想明白。

"那该死的墙里有两具尸体！"她站起身叫道，"我不知道克雷芒的事，艾哈迈德什么都没告诉过我。但我知道另一具尸体。"

"什么另一具尸体？"

我已经猜到了她的答案；为了拒绝真相，我的大脑高速运转起来。

"雯卡的尸体。"她终于说了出来。

"不，你搞错了。"

"这一回，我跟你说的是真话，托马斯。雯卡已经死了。"

"她什么时候死的？"

"跟亚历克西斯·克雷芒同一晚。一九九二年十二月十九日星期六，暴风雪的那天。"

"你怎么能这么肯定？"

这时，范妮把视线落在了手持念珠的圣女画板上。在圣母玛利亚身后，两个头顶光环的天使大大掀开她的风衣下摆，召唤最卑微的人前来寻求庇护。此刻，我好想走进那幅画里，以免被真相所伤。然而，范妮却抬起头，直视着我的眼睛，用一句话摧毁了我生命的全部意义：

"因为是我杀了她，托马斯。"

范妮

1992年12月19日 星期六

尼古拉-德-斯塔埃尔学生公寓

　　我疲惫不堪，一个哈欠接着一个哈欠。分子生物学的课堂笔记在我眼前晃动着，我的大脑已无法继续运转。我努力不让自己睡着。寒冷侵入骨髓。快要报废的暖气只能吹出一丁点干巴巴的暖风。我放着音乐，以便保持清醒。迷你电台的音响里传出治疗乐队深沉阴郁的乐声：《分裂》《圣歌》《最后的舞蹈》……一曲又一曲，都是我孤独灵魂的完美写照。

　　我用毛衣衣袖擦去宿舍玻璃窗上的水汽。外面的景色有些虚幻。校园空旷寂静，仿佛覆盖着一层珍珠质，冻结成冰。有那么一瞬间，我的目光迷失在远处，迷失在珠灰色的天际；那里，雪花簌簌落下。

　　我的胃灼热难忍，肚子咕咕直叫。从昨天起，我粒米未进。我的食品柜和冰箱都是空的，因为我已身无分文。我知道，自己应该小睡一会儿，而且不该再把闹钟设定在凌晨四点半了，可负罪感总会阻止我这样做。我想到了假期这两个星期的复习计划，想到了那该死的医学预科班——一年之后，它将淘汰掉班里三分之二的学生。我问自己，这一切真的有意义吗？或者，更确切地说我是在问自己，我的选择到底对不对？成为医生真的是我的志向所在吗？如果考试失利了，我的人生会走向何处？每当我想到未来，眼前总是一番灰暗、凄楚的景象。那甚至都称不上冬天的原野，而是灰蒙蒙的一片。是混凝土，是成排的建筑，是高速公路，是清晨五点的闹钟。是医院的诊疗室，是醒来时口中的铁锈气味，是黏糊糊的身体，身边还躺着一个错误的人。我知道，等待我的就是这些；和学校里的大部分学生不同，我从未像他们一样，有过那份轻松、乐观和无忧无虑。每每想到自己的未来，我总会看见恐惧、烦闷、空洞、逃离和痛苦。

可是突然，我看见了你，托马斯！透过窗玻璃，在这乳白色的冬日午后，我清楚地看见了你在风中弯腰前行的身影。于是，和每次见到你时一样，我的心在胸腔中怦怦狂跳，我的情绪也不再那般低落。转瞬间，我困意全无；转瞬间，我产生了好好生活、好好努力的念头。因为只有和你在一起，我的生活才有可能变得平和、充满希望、大有可为，才有可能孕育出旅行、阳光和孩子们的笑声。我预感到，通向幸福的狭窄小路只有一条，然而，只有和你在一起，我才能踏上那条路。我不知道，是什么样的魔法，让我儿时便有的痛苦、阴郁和忧愁，竟会因你在身边而消失殆尽。然而我却知道，如果没有你，我将永生孤寂。

突然，我看见了你，托马斯，可幻想刚刚开始便走向破灭，原来你不是为我而来。我听见你跑上楼梯，走进了她的房间。你再也不会为我而来。你之所以来，是为了另一个人。是为了她。总是为了她。

我比你更了解雯卡。我知道，她的眼神、步态，她把一绺头发顺在耳后的动作，她微微张开嘴似笑非笑的样子，都有种特别的味道。我也知道，这种味道不仅有毒，而且致命。这种味道，我母亲也有：那是一种让男人发疯的邪恶气质。你并不知道，当她离开我们时，我父亲曾为此自杀。他被工地的锈铁架刺穿了身体，其实是有意为之。为了拿到保险金，我们一口咬定是工伤，而实际上，那是一次自杀。那个蠢货，虽被母亲那般凌辱，却没了她就无法活下去，竟然准备为了她抛弃自己的三个孩子。

托马斯，你是与众不同的，可是，你必须走出她对你的控制，在被毁灭之前走出来。否则，你将听命于她，做出懊悔终生的事。

你来敲门了，我打开房门。

"嘿，托马斯。"我一边说，一边摘掉卡在鼻子上的眼镜。

"嘿，范妮，我需要你帮忙。"

你对我说，雯卡病了，需要吃药，需要人照看。你把我药箱里的药统统倒出来，甚至还让我给她沏茶。我像个傻子一样，当时唯一能对你说出口的话就是，"交给我吧"。由于已经没有茶了，我不得不从垃圾桶底部捡出一袋泡过的茶包。

当然，我只能干好这一件事：伺候雯卡，伺候那只楚楚可怜、受了伤的小鸟。可你把我当成什么人了？在雯卡过来蚕食我们的生活之前，你我曾是何等的幸福！看看我们被她搞成什么样子了！看看我被你逼得都干了些什么！为了吸引你的注意力，为了勾起你的妒火，我睡了那么多人：是你让我对他们投怀送抱的。是你逼我伤害自己的。

我擦干眼泪，走出房间来到走廊。就在这时，你撞到了我，既没有道歉，也没和我说一句话，就冲下了楼梯。

　　现在，我在雯卡的房间里了。我一个人守着茶杯，觉得自己傻乎乎的。虽然没听到你们的对话，但我猜，她一定还是那套把戏。那套她信手拈来的把戏：装作一副梨花带雨的模样，把人玩弄于股掌之中。

　　我把那该死的茶杯放在床桌上，看着昏昏入睡的雯卡。有一个我，被她唤起了欲望，竟想躺到她身旁，抚摸她白皙的肌肤，舔尝她微张的红唇，亲吻她弯弯的长睫毛。但是，另一个我却憎恨着她。一瞬间，我猛地向后退去，因为我看见母亲的身影与她重叠在了一起。

　　我得回去学习了，但房间里好像有什么东西在吸引着我。我拿起窗台上的半瓶伏特加，对着瓶嘴喝了两口。接着，我开始到处乱翻。我翻看了散落在桌上的纸张，还有雯卡的记事簿。我打开她的柜子，试穿了她的几件衣服，查看了她的药箱。看到里面的安眠药和镇静剂时，我并有没特别吃惊。

　　她拥有瘾君子的全套装备：罗眠乐、二钾氯氮卓、劳拉西泮片。后面两盒药差不多空了，但那瓶安眠药几乎是满的。真不知道她是怎么搞到这些药物的。在药盒下面，我发现了几张旧处方，是戛纳一个名叫弗雷德里克·吕本斯的医生开的。看来在这个大夫眼里，这些东西不是毒品，而是糖球。

　　我知道罗眠乐是什么药。它的分子成分是氟硝西泮，主要用于治疗严重失眠。但是，由于它会导致上瘾，而且半衰期很长，所以使用时是有时间限制的。这种精神药物不可以随便或长期服用。我也知道，为了达到迷幻状态，有人把它和酒精，甚至和吗啡一起服用。我从没试过，但对它的毁灭性药效有所耳闻：无法自控，行为反常，甚至伴有记忆力的完全丧失。我们学院的一个老师是急诊科医生，他告诉我们，由于过量服用罗眠乐而被送到医院抢救的病人越来越多。另外，该药物有时会被强奸犯利用，以使受害者丧失反抗能力和记忆。据说，在格拉斯乡间的一场狂野派对上，有个姑娘服用了大量的罗眠乐后自焚，并跳下了悬崖。

我太累了，脑子一片混乱。突然，不知从哪里冒出来的想法，我竟想把这些精神类药片都扔进那杯茶里。我并不想杀死雯卡。我只是想让她从你我的生活里消失。我常常会幻想，幻想雯卡在大街上被车撞死或者自杀了。我并不想杀死她，却往手里倒了一把药片，又把药片放进了滚烫的马克杯里。所有这一切只发生在短短几秒内，我好像分裂成了两个人，真正的我置身事外，而完成这一系列动作的，则是另一个我。

我关上门，走回自己的房间。我已经站不住了。这次，疲惫彻底击垮了我。和雯卡一样，我也倒在了床上。我拿出文件整理夹和解剖卡。我得学习，得把注意力集中在课业上；然而，我的眼皮不由得合上了。睡意将我彻底裹挟。

等我醒来时，夜已经深了。我浑身湿透，仿佛发过高烧一般。收音机闹钟报时了，此时是夜里十二点半。真难以置信，我竟一下子睡了八小时。我不知道这段时间里你有没有回来过，托马斯。我也不知道雯卡怎么样了。

我一阵后怕，过去敲她的房门。由于没人应声，我决定直接进到房间里。床桌上的茶杯已经空了。雯卡还在睡觉，还是我离开时的姿势。至少，这是我所希望的。然而，当我凑近她时，我发现她身体冰凉，已经没有了呼吸。我的心脏骤然停跳，一记重击向我袭来。我彻底崩溃了。

也许，这是个早已写好的故事。也许，从一开始，结局就已注定：一切将在死亡和恐慌中结束。我知道接下来应该做些什么：终结自己的生命，永远告别一直以来压抑在心底的痛苦。我敞开房间的窗子。彻骨的寒冷钳住了我、啃噬着我、吞没了我。我跨上窗台准备跳下去，却无论如何都无法完成这个动作，仿佛黑夜之神在嗅闻我后不愿收留我，仿佛死神不想把时间浪费在我这个无关紧要的小人物身上。

我惶恐不安，如幽灵般穿过校园。先是那片湖，然后是栗树广场和行政楼。一切都是黑的、昏暗的、没有生气的。只有你妈妈办公室的灯还亮着。而我想找的，也正是她。透过窗子，我认出了她的身影。我走了过去。她正在和弗朗西斯·比安卡尔蒂尼说话。一看见我，她马上意识到出大事了。她和弗朗西斯向我走了过来。我两腿瘫软，倒在他们怀里，向他们讲述了一切。我抽泣着，话音断断续续，前言不搭后语。在联系紧急医疗救助服务中心前，他们冲进了雯卡的房间。是弗朗西斯最先过去查看尸体的。他摇摇头，确认没必要再打急救电话了。

就在这时，我晕了过去。

当我清醒过来时，发现自己躺在你妈妈的办公室沙发上，腿上还盖着被子。

安娜贝尔就坐在我身边。她的平静令我吃惊，更让我心安。我一直都很喜欢她。从我认识她的那天起，她就对我既慷慨，又照顾。在我前进的道路上，她始终在支持我、帮助我。也多亏了她，我才能得到这间学生公寓。她鼓励我建立信心攻读医学预科班，甚至还在你疏远我时用心安慰我。

她问我身体有没有好些，让我给她详细讲讲发生了什么事。

"所有细节都要讲出来。"

在讲述的过程中，我再次历经了害死雯卡的全过程。我的嫉妒，我一时的疯狂，还有过量的罗眠乐。当我想对自己的行为做出解释时，她把手指放在了我的嘴唇上。

"不管你怎么后悔,都没法让她活过来。除了你以外,还有人看到了雯卡的尸体吗?"

"托马斯有可能看到,但我觉得没有。整栋公寓里,只有我们俩没有离校。"

她把手放在我的胳膊上,努力抓住我的视线,神情严肃地说:

"接下来将是你生命里最重要的时刻,范妮。你不但要做出一个很难抉择的决定,而且必须尽快定夺。"

我目不转睛地盯着她,完全想不到她接下来要和我说的话。

"你有个选择要做。第一种是报警,把真相告诉警察。那意味着从今晚开始,你就要睡在监狱里了。开庭时,原告和公众舆论会把你撕成碎片。媒体将高度关注这个事件。你会成为人们口中的邪恶少女,恶毒凶狠,嫉妒心强,成为残杀闺密的恶人,而你杀掉的,还是学校里人见人爱的女王。你已经成年了,刑期会判得很长。"

我被吓呆了,可安娜贝尔却继续说道:

"等你出狱时,你已经三十五岁了,后半辈子你要始终背负着'杀人犯'的恶名。换句话说,你的生活还没真正开始就已宣告结束。今晚,你的双脚已经跨进了地狱,永世不得超脱。"

我觉得自己正在溺水,头上似乎挨了一记闷棍,呛了一大口水,无法呼吸。沉默了好一会儿后,我开口说道:

"那第二种选择是什么?"

"努力逃出地狱。我愿意帮你。"

"我不知道该怎么办。"

你妈妈从椅子上站了起来。

"你不用考虑那么多。首先要处理掉雯卡的尸体。至于其他的,你知道得越少，对你越好。"

"我们没法让一具尸体就这么凭空消失。"我说。

这时，弗朗西斯走进办公室，把一本护照和一张信用卡放在了桌上。他拿起电话，拨通了一个号码，打开了扬声器：

"您好，圣克罗蒂德圣殿酒店。"

"您好，请问明晚还有房吗？两个人。"

"有，不过是最后一间了。"酒店的工作人员答道，随即报了价格。

弗朗西斯很满意，说这间房他要了，还用亚历克西斯·克雷芒的名字做了预订。

你妈妈看着我，示意我计划已经启动，只等我表态，便会继续执行下去。

"你自己待两分钟，好好想想。"她对我说。

"在地狱和生存之间做选择，我不需要两分钟。"

从她的眼神里，我看出这是她想要的答案。她再次坐到我身边，抱住了我的肩膀。

"你必须明白，只有完完全全按照我说的去做，事情才能成。什么都别问，也别去找原因，找解释。这是我唯一的条件，而且是你必须接受的条件。"

当时的我并不知道什么样的计划才能行得通，不过，我恍惚觉得，安娜贝尔和弗朗西斯已经掌控了局面，能够修复无法修复的事情。

"如果你犯下一丁点小错，就全完了。"安娜贝尔神情严肃地警告我说，"不只你会进监狱，我和弗朗西斯也会被牵连进去。"

我默默地点了点头，随后问她我需要做什么。

"现在，你要做的是回去好好睡一觉，以便明天有个好状态。"她答道。

你知道最疯狂的是什么吗？那天晚上，我竟然睡得特别香。

第二天，当你妈妈过来叫醒我时，身上穿的是一条牛仔裤和一件男士夹克衫。她把长发拢成发髻藏在一顶鸭舌帽里。那顶鸭舌帽是一个德国足球俱乐部的。当她把一顶棕红色假发，还有雯卡的白点粉红毛衣递给我时，我明白了她的计划。这就好比她在戏剧俱乐部里让我们做的情景表演练习，要我们把自己想象成另一个人。有时，她甚至用这种方式来选配角色。只是，这次的情景表演不是五分钟，而是一整天；我赌的，不是一场剧里的某个角色，而是我的整个人生。

直到现在，我都记得自己穿上雯卡的衣服、套上那顶假发时的感受。是充实，是兴奋，是完满。我就是雯卡。我具有那份轻盈、自如和灵气，以及她所特有的高雅的轻佻。

你妈妈坐上阿尔卑斯跑车的驾驶位，带着我离开了学校。保安打开门栏时，我放下车窗向他致谢。在圆形广场上，我还跟路政局两个扫雪的工作人员打了招呼。到达昂蒂布车站后，我们发现，由于前一天取消了不少车次，国家铁路公司加开了一趟开往巴黎的列车。你妈妈买了两张票。火车上的时间过得飞快。为了让乘客们看见我并且模糊地记住我，我在每节车厢里都走了走，但没有在同一个地方停留过久。到达巴黎后，你妈妈告诉我，她之所以选择圣西门路的那家酒店，是因为半年前她曾入住过，知道那里值夜班的人年龄很大，应该比较好骗。我们大概晚上十点到达酒店，以第二天一大早就要退房为借口，当晚便结了房费。为了让人们相信雯卡确实实来过这儿，我们留下了足够多的线索。点一杯樱桃可乐是我的点子，而你妈妈则想到的是丢下一个化妆包，包里还有一把留有雯卡DNA的梳子。

你知道最疯狂的是什么吗？那一天——我用两瓶啤酒和一片罗眠乐

结束的一天——是我生命中最令人兴奋的一天。

那种兴奋，堪比速降滑雪或高空跳伞时的感觉。第二天早上，一切再次变得阴郁、令人不安。从睁开眼的那一刻起，我就处于几近崩溃的状态。怀着深深的自责和对自己的憎恶，我觉得一天都活不下去了。但是，我答应了你妈妈，要坚持到底。我已经毁了自己的生活，不能再把她也拽下深渊。伴着黎明的微光，我们离开酒店乘上了地铁。先是十二号线，从巴克路坐到了协和广场，然后换乘一号线，直接到达了巴黎里昂站。安娜贝尔在前一天晚上给我买好了回尼斯的火车票。再晚些时候，她去了巴黎蒙帕纳斯火车站，乘火车前往朗德的达克斯。

在车站对面的一家咖啡厅里，她对我说，最艰难的考验即将来临：学会把一切埋在心底，继续生活下去。但她马上又接着说，她确信我能够做到，因为我和她一样，也是个战士，唯有战士，才是她真正尊重的。

她告诉我，对我们这样出身贫苦的女人来说，生活就是一场无休止的战争：我们要时时刻刻准备着，要为了一切而战斗。看似强悍的人不一定是强者，看似柔弱的也不一定是弱者。很多人都在内心深处进行着无声、痛苦的斗争。她说，最难的挑战就是将谎言坚持到底。为了学会对别人说谎，首先要懂得对自己说谎。

"范妮，说谎只有一种方式，那就是否认真相：用谎言彻底歼灭真相，直到你的谎言变成真相。"

安娜贝尔一直陪我走上站台，在我的车厢前拥抱了我。她的最后一席话是为了告诉我，我们可以带着血的记忆活下去。她之所以知道这一点，是因为她自己曾亲身经历过。最后，她给我留下了一句发人深省的话："文明，只不过是覆盖在极度混乱表面的一层薄膜。"

14.舞会

他在黑夜里沦陷。就在意识到这一点的同时，他终止了意识。

——杰克·伦敦，美国作家

范妮似乎发了热病，在极度狂躁中结束了她的诉说。她从石阶上起身，站在了教堂中央，好像随时要倒下似的。她在木质长椅间跟跟跄跄的模样，让我联想到了遭遇海难的客船，以及船上最后一名乘客。

至于我，并不比她坚强多少。我的呼吸几近停止。这些真相，犹如一记记重拳，将我击倒在地，倒在崩溃与昏厥的边缘。我的思维已然停止，无法衡量事态的发展。**范妮谋杀了雯卡，我母亲主动帮她处理了尸体……**我并不拒绝真相，但这真相似乎不太符合我印象里的母亲和好友的性格。

"等等，范妮！"

范妮突然冲出了教堂。一秒钟前，她还虚弱不堪，可现在，她却跑得飞快！

妈的！

等我踉跄着爬上楼梯来到教堂前的广场上时，范妮已经跑远了。我追着她跑起来，却严重扭伤了脚踝。她甩开我太远了，而且跑得比我快。我一瘸一拐地穿过村子，尽可能快地跑下瓦谢特坡。我来到车前，把贴在车上的罚单揉成一团后坐了进去，犹豫着下一步该怎么走。

我母亲。我得去找母亲谈谈。只有她能证明范妮的话，也只有她，能帮助我辨别真假。我打开在教堂里关掉的手机。父亲没再联系过我，但马克西姆给我发了一条短信，让我给他回电。我一边启动汽车，一边打通了马克西姆的电话。

"托马斯，咱们得谈谈。我发现了一件事，非常严重的事……"

从他的声音里，我感受到了一种别样的情绪。与其说是恐惧，更像是真真切切的脆弱。

"告诉我。"

"不能在电话里说。咱们晚些时候在鹰巢见。我刚到圣埃克苏佩里，来参加晚会，得忙点竞选的事。"

一路上，在奔驰车安静的驾驶室里，我努力整理着思路。所以，一九九二年十二月十九日星期六，在圣埃克苏佩里国际中学的校园里，一共发生了两起杀人案，前后间隔不过几小时。先是亚历克西斯·克雷芒，然后是雯卡。为了保护马克西姆、范妮和我，我母亲和弗朗西斯利用两桩谋杀的先后顺序，制造了一出以假乱真的私奔。他们首先处理了尸体，随后将失踪地点从蔚蓝海岸成功转移到了巴黎，这才是真正的绝妙之处。

这一事件中，实则蕴藏了一种温情：父母们联合起来，情愿冒尽一切风险，也要保护当年的我们，保护他们刚成年的孩子们……可我的大脑却拒绝接受它，因为它关乎雯卡的死。

回想起范妮对我说的话，我决定打电话给一个医生，确认我心中的一个疑点。我本想联系我在纽约的全科医生，但我只有他诊所的电话，而周末诊所不开门。由于没有其他人可以联系，我只能把电话打给了哥哥。

说我们不太通电话，都是一种委婉的表达。成为一个英雄的兄弟绝对是件可怕的事情。每次和他讲话，我都会觉得自己偷了他的时间——那些时间本该是用来拯救穷困孩子们的——这让我们之间的对话有了一种奇怪的感觉。

"嘿，兄弟！"他接通电话时说道。

和往常一样，他那完全不具亲和力的热情，把我搞得气力全无。

"嘿，热罗姆，最近怎么样？"

"托马斯，用不着费心和我闲聊。说吧，我能为你做点什么？"

至少今天，他省了我不少事。

"我今天下午看见妈妈了。你知道她得了心梗吗？"

"当然。"

"那你为什么不告诉我？"

"是她不让我跟你说的。她不想你担心。"

说得真好听……

"你知道罗眠乐吗？"

"当然知道。那不是什么好东西，不过现在已经开不了了。"

"你服用过吗？"

"没有。你为什么问这个？"

"我正在写一部小说。故事发生在九十年代。得吞下去多少片药才能致死？"

"我不清楚，这得看药剂含量。大部分药片里含有一毫克的氟硝西泮。"

"所以呢？"

"所以，我觉得还得看人体的机能。"

"你可没说出什么有用的东西来。"

"科特·柯本曾试图服用罗眠乐自杀。"

"我还以为他是中弹自杀的。"

"我说的是试图自杀，在他死前的几个月，但是失败了。当时，人们在他的胃里发现了五十多粒药片。"

范妮说的是一把药片，那应该远远不到五十片。

"如果只服用了十五片呢？"

"你会有被注射毒品的感觉，也许会接近昏迷状态，特别是在混合了酒精的情况下。不过，我还是得说，这得看药品剂量。九十年代那会儿，生产罗眠乐的药厂也出过两毫克的药丸。如果是这种情况，十五颗药丸加上占边波本威士忌，的确可以把人送上天。"

又绕回去了……

这时，我的脑海里突然跳出了一个新问题：

"你认不认识一个叫弗雷德里克·吕本斯的戛纳医生？他二十多年前从业来着。"

"马布斯博士①！他在那一带很有名，可以说是臭名远扬。"

"马布斯，是他的外号吗？"

---

① 电影《玩家马布斯博士》中的一位精通心理学的犯罪天才。

"还有别的呢，"热罗姆嘲讽地说，"什么瘾君子弗雷多、毒贩杀人狂弗雷德·克鲁格啦……他自己是个瘾君子，也给别人提供精神药物。不管是能干的还是不能干的，他都干过：使用兴奋剂、非法行医、贩卖处方等等。"

"他被吊销行医资格证了吧？"

"是的，但我觉得为时已晚。"

"你知不知道他住在哪儿？还在蔚蓝海岸吗？"

"他那样乱用精神药物，怎么可能长寿。我上大学那会儿，吕本斯就死了。你的下一本书是部医学惊悚小说吗？"

我回到学校时，天已经黑了。校门口的自动栏杆是开着的。访客只需打声招呼，门卫在名单上找到名字就会放行。我从没报过名，所以名单上不会有我，好在那家伙几小时前见过我。认出我后，他直接放我进了校园，让我把车停在湖边的停车场里。

夜晚的景色非常美，与日光下的美景相比，显得浑然天成。在地中海风的吹拂下，天空明净，繁星点点。走出停车场，一路上都是回光灯、火把和彩灯，它们把校园映衬得那般迷人，指引来宾走向欢喜之地。每届毕业生都有相应的晚会。体育馆里的那场是面向一九九〇到一九九五届毕业生的。

刚一进场，我就有点不适应。呈现在我眼前的，简直是场化装舞会，"九十年代最差着装"大概是最为切合的主题。四十好几的人们，纷纷从衣柜里翻出匡威鞋、高腰破洞裤、棒球夹克和格子花呢衬衫。爱运动的则穿上了胯裆裤、厚运动衫和尚飞扬羽绒服。

我远远地瞧见了马克西姆。他穿着一件芝加哥公牛队的队服，身边围满了人，好像他已经当选了议员似的。所有人都在谈论马克龙。在这个满是企业家、自由职业者和公务员的聚会上，人们仍然不敢相信，从今以后治国的，将是一个不满四十岁的总统，他说英语，深谙经济学，用一种务实的方式表达了破旧立新的意愿。如果说法国想做出某种改变，要么趁现在，要么永失良机。

马克西姆看见我时对我比了个"十分钟？"的手势。我点点头表示同意，一边等他，一边钻进了人群。我穿过大厅走到冷餐台前。颇具讽刺意味的是，冷餐台贴靠着的那面墙，正是藏匿着两具尸体的那面；二十五年来，亚历克西斯·克雷芒和雯卡的尸体，就在这里腐烂变质。墙上挂着花饰，贴着老招贴画。和今天上午一样，我没有任何特别的感觉，没有不适，没有不安，也没有负面的情绪波动。但我知道，我的大脑正在竭尽全力拒绝接受雯卡的死。

"先生，您想喝点什么吗？"

谢天谢地，这回有酒喝了。甚至还可以点鸡尾酒，有专门的服务生负责制作。

"您可以给我来杯卡布琳娜①吗？"

"当然。"

"来两杯！"从我身后突然传来一个声音。

我转过身去，认出了奥利维耶·蒙斯，马克西姆的爱人，昂蒂布市立图书馆的馆长。我夸赞了他的两个小女儿，聊了聊发生在"并不一定那么美好的美好旧时光"里的逸闻趣事。虽然我记忆里的他是个装腔作势的知识分子，可事实上，他却魅力不凡、幽默感十足。闲谈了两分钟

————————

① 鸡尾酒的一种，由卡莎萨酒、青柠和砂糖调制而成。

后他对我说，最近几天，他发现马克西姆很焦虑。他确定马克西姆有什么事瞒着他，而且还确定我知道这些事。

我决定做个真假参半的回应。我告诉他说，在接下来的选举中，马克西姆的几个对手想翻出旧账，逼他退出竞选。我说得模棱两可，还随口提了提从政所需的代价。我向他承诺，会帮助马克西姆，让这些威胁很快成为遥远的过去。

就这样，奥利维耶相信了我的话。这真是生活里的一大奇事：虽然我是个天生焦虑的人，却具备一种安定人心的奇异能力。

服务生端来了我们点的酒。碰杯后，我们开始戏谑地打量起人们的着装来。说到着装，奥利维耶和我一样，穿得简单朴素。其他人就远非如此了。看来，好多女性都很怀念那个年代盛行的露脐装。还有些人穿着牛仔短裤，在T恤衫外套了一条花边连衣裙，戴着超短锁骨链，或者拎个系有印花方巾的手包。好在没人敢把巴福罗厚底鞋穿出来。可所有这一切又有什么意义呢？只是出于好玩？还是为了从已逝的青春里留住些什么？

我们又点了两杯鸡尾酒。

"这回，可别那么舍不得放卡莎萨了！"我要求道。

服务生听进了我的话，给我们做了两杯非常浓烈的酒。我向奥利维耶道了别，端着鸡尾酒来到了露台上，那里聚集着抽烟的人。

🌿

聚会才刚刚开始，可在大厅深处，已经有人开始服用可卡因，吸食大麻了。这些东西是我一直以来都敬而远之的。斯特凡纳·皮亚内利身穿一件破旧的皮夹克，还有赶时髦乐队的T恤，正把胳膊架在栏杆上，一边抽着电子烟，一边小口呷着不含酒精的啤酒。

"你到头来还是没去看演出？"

他抬了抬头，示意我看向一个五岁的男孩，小家伙正在一张张桌子底下玩捉迷藏。

"我爸妈本来答应替我带埃内斯托的，却在最后一刻突然有事。"他一边说，一边吐出了一口香草蜜糖面包味的烟。

皮亚内利狂热的政治倾向，从他给儿子起的名字里就能看出来。

"是你给孩子起的名字吗？埃内斯托，是切·格瓦拉的那个埃内斯托①？"

"是啊，怎么了？你不喜欢吗？"他扬起一条气势汹汹的眉毛说。

"喜欢，喜欢。"我赶紧答道，以免他动气。

"他妈妈觉得这名字太老土了。"

"他妈妈是谁？"

他的脸马上板了起来。

"你不认识。"

皮亚内利这个人真的很好笑。他觉得，对他人的私生活感兴趣这件事很正常，但前提是，被窥探的人不是他自己。

"是塞利娜·福尔潘吧？"

"对，是她。"

我记得很清楚，那是文学毕业班的一个女生，对各种不公现象愤愤不平，在学生罢课活动中冲锋陷阵。这个女版斯特凡纳一直追随他到了文学院。在极左运动中，他们曾为争取学生权利和弱势群体权益多次并肩作战。两三年前，我在纽约飞往日内瓦的一次航班上遇见过她。塞利

---

① 埃内斯托·切·格瓦拉，古巴革命领导人之一。

娜完全变了个人。她拿着迪奥女式手包，同行的是个瑞士医生，看得出来，她很爱他。我们简单聊了几句，我觉得她非常快乐、幸福，当然，我不会把这些讲给皮亚内利听。

"我有事要告诉你。"他转换话题道。

他往旁边挪了一步，装饰灯的白色灯泡突然照亮了他的脸。他的眼里充血，眼圈黑黑的，好像很久没合眼了。

"你查到学校施工款的来源了？"

"没有。我让我那个实习生开始查了，但这事藏得挺深的。只要发现了什么，他就会立刻联系你的。"

他用眼睛寻找着儿子，随后投给他一个会意的目光。

"不过，我看到了最终的计划书。这次施工真的耗资巨大。有些东西简直是天价，可我看不出来有什么用。"

"你指的是什么？"

"超大玫瑰园项目：天使花园。你听说过没？"

"没有。"

"简直是胡搞。他们想建一片静思园，从现在的薰衣草田一直延伸到湖边。"

"什么？静思园？"

他耸了耸肩。

"实习生跟我在电话里讲的，我没记全他的话，不过还有别的事要跟你说。"

他神秘兮兮地从口袋里掏出一张纸，纸上是他做的记录。

"关于弗朗西斯·比安卡尔蒂尼的死，我搞到了警方的调查报告。那可怜的老家伙的确吃了不少苦。"

"他被虐待了？"

他的眼里燃起了一团邪恶之火。

"是的，非常惨。我觉得，这就是恶意报复。"

我叹气道：

"斯特凡纳，哪来的什么恶意报复啊？还是那档子黑手党、洗钱的事吗？妈的，你动脑子想想好不好？就算弗朗西斯真给他们干活了——我完全不这么认为——他们干吗还要除掉他？"

"也许他干了什么欺骗光荣会那些家伙的事。"

"可那又是为了什么呢？他已经七十四岁了，而且又那么有钱。"

"他们那种人，永远都贪得无厌。"

"不说这个了，你简直就是个白痴。他真的试图用血写行凶者的名字了？"

"没有，是那个记者胡编的，为了给文章添彩。不过，弗朗西斯在咽气之前给人打过电话。"

"知道是打给谁的吗？"

"知道，打给你妈妈的。"

我顿时石化了，试图拆掉他刚刚布好的炸弹：

"很正常啊，他们是邻居，而且从小就认识了。"

他点了点头，但他的眼神却在说："老兄，你这种话，爱讲给谁就讲给谁，但是对我，少来这套。"

"电话她接了吗？"

"你去问她好了。"他答道。

他喝光了不含酒精的啤酒。

"走了，咱们回家，明天还得练足球呢。"他一边说，一边走到儿子身旁。

我往大厅里看了一眼。马克西姆的身边依然围着一群人。在露台的另一端，出现了第二个吧台（有点秘密窝点的味道），专门提供伏特加。

我喝了一杯薄荷伏特加，接着又喝了一杯柠檬伏特加。这样做好像不太理智，但我毕竟没有孩子要带回家，第二天也没安排什么体育训练。我既不喜欢无酒精啤酒也不喜欢菠菜汁，况且下个星期，我可能就要进监狱了……

我得赶紧见到母亲才行。她为什么逃开了？是怕我发现真相吗？还是担心和弗朗西斯一样惨遭暴行？

我又喝下了第三杯樱桃味伏特加，好让自己相信醉酒状态更利于思考。从长远来看，这种想法肯定是不对的，但是，当醉意刚起时，往往有一小段惬意时刻，就在那些时刻里，在头脑陷入混乱前，多种思绪相互碰撞，极有可能撞出小小的火花。母亲开走了我租来的车。那辆车上应该安装了GPS定位。也许，我可以给租车公司打个电话，谎称车被偷了，让他们定个位？倒不是行不通，只不过现在是星期六晚上，应该不太好办。

最后一杯橙子味伏特加。我的大脑迅速运转起来。那种感觉令人陶醉，只是很快便要结束了。幸运的是，脑海里陡然浮现出一个好主意。很简单，何不试着定位我留在车里的iPad呢？现代的监控手段可以做到这一点。我拿出手机，启用了相关的应用。只要设置无误，这个应用就可以高效、准确地实现定位。我输入了邮箱地址和密码，屏住呼吸。屏幕上，一个小点开始在地图上闪烁。我用两个手指放大地图。如果我的iPad还在车里，那么那辆车就停在昂蒂布海岬的最南端，停在一个我去过的地方——凯勒海滩的停车场，在餐厅用餐的客人和想去滨海小径散步的游客常把车停在那儿。

我马上拨通了父亲的电话。

"我找到妈妈的车了！"

"你怎么找到的？"

"我回头再给你细讲。她把车停在了凯勒停车场。"

"可安娜贝尔跑那儿去干什么？见鬼。"

我再次感受到了他的焦灼不安，意识到他有什么事在瞒着我。见他仍然对此坚决否认，我不得不提高了嗓门喊道：

"你真是烦死了，里夏尔！一出事你就给我打电话，可你却不信任我。"

"好吧，你说得没错，"他终于承认了，"你妈妈离开时，拿走了一样东西……"

"她拿走了什么？"

"我的一把猎枪。"

我的脚下裂开了一道深渊。我无法想象母亲拿着一件武器的样子。然而，闭上眼三秒钟后，我的脑海里竟然呈现出了一幅画面：与我之前所认为的恰恰相反，我清清楚楚地看见了手持猎枪的安娜贝尔。

"她知道怎么用吗？"我问父亲。

"我马上去昂蒂布海岬。"这就是他给我的回答。

我不确定这是个好主意，却也想不到什么别的办法。

"我这边一忙完就过去找你。好吗，爸爸？"

"好的。快点。"

我挂掉电话，走回大厅。气氛变了模样。在酒精的作用下，人们开始放松了。音乐声很大，甚至有些震耳欲聋。我没找到马克西姆。他大概是出去了，正在外面等我。

一定是在鹰巢……

我离开体育馆向上走去，走向开满鲜花的峭壁。道路被设置了路标，灯光和烛光指引着我的脚步。

走到岩丘脚下时，我抬起头，看见了一截正在黑夜里冒烟的烟头。马克西姆在栏杆上架着胳膊，向我摆了摆手。

"上来时小心点！"他喊道，"晚上这里真挺危险的。"

出于谨慎，我打开手机上的手电筒，以免滑倒，朝他走过去。在教堂扭伤的脚踝再次发作，每一步都疼痛难忍。当我在岩石上攀登时，发现今早起的风已经停了。天空中布满云层，一颗星星都没有。爬到一半时，上面突然传来一声惨叫，我不禁抬起头。只见两个人影浮现在一幅灰白水墨画上。其中一个是马克西姆，另一个是个陌生人，他正在把马克西姆从栏杆上推下去。我大叫一声，跑过去想帮朋友一把，可当我到达岩顶时已经来不及了：马克西姆已经从近十米高的地方摔了下去。

我开始追那个凶手，但由于脚踝扭伤，我根本就跑不远。当我折返回来时，发现晚会上的一群人正围着马克西姆叫救援。

我的眼里满含泪水。突然有一瞬，我仿佛看到了雯卡的幽魂，正在老同学间游走。她穿着轻薄吊带裙、黑色短夹克、渔网丝袜和高帮皮靴，半透明的身影鬼魅动人，划破了漆黑的夜。

那永远无法触及的幽魂，似乎比周围任何人都更为鲜活。

安娜贝尔

　　我叫安娜贝尔·德加莱。二十世纪四十年代末，我出生在意大利皮埃蒙特区的一个小镇。上学时，同学们给我起的外号是"奥地利丫头"。如今，在我们高中，我是学生和老师口中的"校长女士"。我叫安娜贝尔·德加莱，夜晚将尽之时，我将成为一个杀人犯。

　　这是学校放假的第一天，直至傍晚时分，我身边并未出现任何预示这一悲剧的征兆。丈夫里夏尔带着家里三个孩子中的两个出去度假了，扔下我一个人留在学校。从一大早开始，我就一直忙个不停，但我喜欢行动，喜欢做决策。恶劣的天气打乱了这里的生活，引发了令人难以置信的混乱。直到晚上六点，我才得空喘口气。见保温杯空了，我打算去教师休息室的自动贩卖机上打杯茶喝。我刚从椅子上站起身，办公室的门就开了：一个年轻女孩没得到允许就走了进来。

　　"你好，雯卡。"

　　"您好。"

　　起初，我用担忧的目光看着雯卡·罗克维尔。天气很冷，她却只穿了一条格子花呢短裙、一件皮夹克和一双高跟半筒靴。很快，我就发现她完全处于神情恍惚的状态。

　　"我能为你做些什么？"

　　"再给我七万五千法郎。"

　　我了解雯卡，也很欣赏她，即便我很清楚，自己的儿子爱上了她并为此痛苦不已。她是我戏剧俱乐部的一个学生，是最有天赋的几个学生之一。她既聪明又性感，还有股拒人于千里之外的劲儿，这让她很有吸引力。她不但文化修养好，还有艺术天赋，非常优秀。她给我听过她自己写的民谣：副歌优美动人，带着一种神秘的美感，里面有PJ哈维和莱昂纳德·科恩的影子。

　　"七万五千法郎？"

　　她递给我一个牛皮纸信封，没等我说"请坐"，就把自己摔进了我对面的扶手椅里。我打开信封，看了看里面的照片。我讶异于自己的平静。我没有被击倒，因为我一生中做出的所有决定，都只服务于一个目标：永远不要成为一个脆弱的人。这正是我的力量之源。

　　"你看起来不太舒服，雯卡。"我一边说，一边把信封还给她。

　　"等我把您浑蛋丈夫的这些照片甩给学生家长时，不舒服的会是您。"

　　我看到她正在发抖。她看起来既焦躁兴奋，又疲惫不堪。

　　"你为什么让我再给你七万五千法郎？里夏尔已经给过你钱了？"

　　"他给了我十万法郎，可那些还不够。"

　　里夏尔的父母一直都穷得叮当响。我们家的钱都是我的，是我从我的养父罗贝尔多·奥尔西尼那儿继承来的。那些钱，是我养父沿着整条地中海海岸线建造泥瓦别墅，靠自己的双手挣来的。

"我现在手上没这么多钱,雯卡。"

我试图争取时间,但她却毫不让步:

"那就想办法凑!我要在周末结束前拿到这笔钱。"

我看出来了,她现在完全控制不住自己,也无法为人所控。也许是酒精和精神药物共同作用后的结果吧。

"你一分钱也拿不到,"我粗暴地说,"我最瞧不起你这种敲诈勒索的人。里夏尔真蠢,竟然给了你钱。"

"很好,那就别怪我了!"她一边威胁我,一边起身摔门离去。

我在办公室里呆坐了一会儿。我想到了我的儿子,他疯狂地爱着这个姑娘,甚至正在因为她而荒废学业。我想到了里夏尔,他只知道用下半身思考。我想到了我的家庭,我得保护它。我还想到了雯卡。我终于明白,她之所以会散发出一种令人不安的气息,是因为没人能够想象出她以后的模样——仿佛她只是一颗流星,仿佛她命中注定活不过二十芳华。

经过一番漫长的思考,我走进黑夜,在雪地里费力地挪着步子,来到了尼古拉-德-斯塔埃尔公寓楼。我得尽量让她恢复理智。她打开房门时,还以为我是来给她送钱的。

"雯卡,听我说。你现在很不好。我是来帮你的。告诉我你为什么要这么做,你为什么需要钱?"

这时,她好像发了疯一样,开始威胁我。我劝她叫个医生过来,还提议陪她去医院。

"你现在的状态很不正常。咱们得想办法解决你的问题。"

我努力让她平静下来,用尽全部气力试图说服她,却对她毫无作用。雯卡好像着了魔,似乎什么事都做得出来。她一时哭泣一时发出邪恶的大笑，突然从口袋里掏出一支验孕棒。

"都是您丈夫干的好事！"

我，一个不会被任何事击败的女人，竟然站不稳了，这是多年以来的头一次。一道巨大的裂痕突然在我的身体里裂开，我却全然不知该如何阻止它。内心深处的天崩地裂令我恐惧不堪，我看见我的生活里正在燃起熊熊烈火。不只是我的生活，还有我们全家人的生活。绝对不可以无动于衷。我决不能让自己的家庭被这个十九岁的纵火犯烧成灰烬。就在她继续对我大呼小叫时，我看见了一个布朗库西雕塑作品的复制品。那是我在卢浮宫买给儿子托马斯的礼物，可托马斯却急不可耐地送给了她。一道白光从我眼前掠过。我抓起雕像，砸向了雯卡的脑袋。在这猛烈的重击下，她像布娃娃般瘫倒在地。

长久的寂静无声，时间已然停止。万物都已化为虚有。我的意识就此凝固，定格在了将门外的一切冻结成冰的皑皑白雪上。当我重新恢复意识时，我发现雯卡死了。对我来说，显而易见，唯一该做的事就是争取时间。我把雯卡拖到了床上，让她侧身躺下，遮住她的伤口，然后给她盖上了被子。

我穿过校园，像荒野幽灵般，凄凉地游荡回自己的办公室里躲了起来。坐进扶手椅后，我拨通了弗朗西斯的电话，打了三遍，他都没有接。这回，一切都完了。

即便焦躁不安，我仍闭上双眼，试图集中注意力。生活的经验告诉我，很多问题都可以通过思考得到解决。我脑子里闪过的第一个念头，无疑是在雯卡的尸体被发现前处理掉它。这一点有可能做到，但是很难。我做了无数种假设，设计了无数种情节，却总是回到同一个问题，得到同一个结论：罗克维尔集团年轻的继承人在高中校园里失踪，必将引起轩然大波。为了找到她，人们将采取一系列非常手段。警方将彻底搜查学校，进行各种科学分析，对学生们加以询问，对雯卡的人际关系展开调查。也许有人知道她和里夏尔的事。还有，拍那些照片的人最终也会现身，要么继续敲诈勒索，要么协助警方调查。没有脱身之计了。

人生中第一次，我陷入了此般困境，不得不举手投降。晚上十点，我决定拨通警方的电话。就在我拿起话筒时，我突然看见弗朗西斯正沿着阿格拉大楼向我的办公室走来，身边还跟着艾哈迈德。我走出去迎他。他的神情也很奇怪，我从未见过这样的他。

"安娜贝尔！"他喊道，很快便意识到事情不对。

"我干了件可怕的事。"我一边说，一边钻进他怀里。

接着，我给他讲了我和雯卡·罗克维尔之间发生的可怕冲突。

"勇敢点，"等我终于停止说话时，他低语道，"因为我也有事要告诉你。"

我本以为自己已身处悬崖边缘，却不承想，在同一天，我第二次几近窒息：当他告诉我托马斯和马克西姆杀死了亚历克西斯·克雷芒时，我彻底崩溃了。他对我说，他和艾哈迈德把尸体藏进了正在施工的体育馆的墙里。他说为了保护我，本不想告诉我任何事的。

他把我抱进怀里，安慰我说他一定能妥善解决这件事，还带我一起回忆了我们这辈子经历过的重重考验。

第一个想出那个主意的人是他。

他提醒我说，和一个人消失相比，两起失踪同时发生反倒没那么骇人了。雯卡的死可以掩盖亚历克西斯的死，反之亦然：只需把两人的命运成功地联结在一起。

　　为了编造出合理的情节，我们整整花了两小时。我告诉了他有关两人关系的谣言。我对他说，我儿子和我提到过令他心碎的几封情书，这也证实了那些流言蜚语。弗朗西斯重拾了希望，可我却不像他那般乐观。即便我们成功地处理了两具尸体，警方也会在学校集中展开调查，我们将无法承受那份压力。他也渐渐意识到了这一点，不断权衡着进与退，甚至还想过自己去自首，把这两宗杀人事件都扛下来。在我和他的生活中，这是我们第一次准备缴械投降。并不是由于缺少意志和勇气，而仅仅是因为这是一场必败无疑的仗。

　　突然，一阵敲击声打破了夜的寂静，吓了我们一跳。我和他同时看向了窗外。一个女孩，面色惊恐，正在不停敲打着窗玻璃。那不是雯卡·罗克维尔的鬼魂，不是来找我们算账的。而是小范妮·卜拉希米，是我批准她在假期时可以留宿学生公寓。

　　"校长！"

　　我和弗朗西斯交换了一个焦虑的目光。范妮和雯卡住在同一座公寓楼里，我确信她会对我说，她发现了朋友的尸体。

　　"完了，弗朗西斯，"我说，"我们不得不报警了。"

　　这时，我办公室的门开了，范妮倒在我怀里失声痛哭起来。直到这时，我还不知道上帝正在帮助我们解决所有问题。那是意大利人的上帝，我们孩童时在蒙达奇诺的小教堂里向他祈祷。

　　"我杀了雯卡！"她认罪般地说，"我杀了雯卡！"

15.学校里最美的女生

远离他们的最好方法，就是避免和他们相像。

——马可·奥勒留，罗马皇帝、哲学家

我离开芳多纳医院的急诊室时，已经是深夜两点了。死亡的味道是什么样的？我觉得，那是医院走廊里弥漫着的药片、消毒水和保养液混合在一起后的难闻气味。

马克西姆从八米多高的地方摔下，落在了沥青路面上。虽然下面的碎树枝在他跌落时起到了一定的缓冲作用，但仍然没能避免他脊椎、骨盆、腿骨和肋骨等部位的多处骨裂。

我驱车接上奥利维耶，跟着救护车一路驶向医院。到医院后，我瞧了马克西姆一眼。他的身体遍布淤血，被一具坚硬的夹板和颈托固定得不能动弹。看到他面色苍白、黯淡，身上插满了输液管，我不禁想到自己当时没能保护他，并因此感到非常难过。

213

　　奥利维耶询问了几个医生，他们纷纷表示情况堪忧。马克西姆处于昏迷状态。他的血压很低，即便注射了去甲肾上腺素，血压也只上来了一点点。他的颅骨挫伤严重，甚至出现了大脑血肿。我们本来待在等候室里，但医院的工作人员说，即便留在那里也无济于事。虽然全身扫描可以预估出一切病变，但医生们仍表示目前无法断言预后。接下来的七十二小时至关重要。我完全领会了他们的言外之意：马克西姆已命悬一线。奥利维耶不愿离开医院，但坚持让我回去休息。

　　"你的脸色实在太差了，还有，我想一个人留在这儿，你懂的。"

　　我同意了。其实在内心深处，我并不希望在医院碰见前来取证的警察。我冒雨穿过医院的停车场。在刚过去的几小时里，天气发生了突变。风停了，天越来越低，灰蒙蒙一片，间或电闪雷鸣。

　　我躲进母亲的奔驰车里，掏出了手机。没有范妮和我父亲的消息。我拨通了他们的电话，却没有人接听。里夏尔就是这样。他大概是找到了妻子，既然自己无忧无虑了，别人就可以统统见鬼去了！

　　我打着了火，却没有开走汽车，继续留在停车场里。我好冷。我闭上眼，喉咙干涩，在酒精的作用下，思维仍是混乱的。我很少有这种筋疲力尽的感觉。昨天夜里，我在飞机上没有合眼，前天晚上也没怎么睡。时差、过量的伏特加和紧张的情绪，都找上门来。我已无法控制自己的思绪，任由它们四散开去。我被雨滴拍打车窗的声音团团围住，倒在了方向盘上。

　　"托马斯，咱们得谈谈。我发现了一件事，非常严重的事……"马克西姆的最后几句话在我耳边回响起来。他那么着急，是想和我说什么？他到底发现了什么大事？前路茫茫，一片灰暗。我还没有完成调查，却不得不承认，雯卡再也找不到了。

　　亚历克西斯、雯卡、弗朗西斯、马克西姆……事件中的受害者越来越多。我必须终止这一切，但是该如何做到呢？驾驶室里的气味带我回到了童年时光。那是母亲以前常用的香水。娇兰的掌上明珠——姬琪。一种神秘醉人的气味，混合了普罗旺斯的清香——薰衣草、柑橘、迷迭香——以及浓烈持久的皮革香和麝猫香。我怔怔地沉浸在这香气里好一会儿。似乎身边的一切都在把我拉向母亲……

　　我打开了汽车顶灯，脑子里突然冒出了一个庸俗的问题：这么一辆车得值多少钱？大概十五万欧元？母亲哪儿来的那么多钱给自己买这么好的车？我父母的退休金虽然不低，但他们住的漂亮房子是在七十年代买的，那时蔚蓝海岸的房价还没有疯涨，中产阶级还可以承受。况且，这辆车也不像她的风格。突然，我闪念想到，安娜贝尔是故意把这辆跑车留给我的。我回想起今天下午的情景。安娜贝尔不由分说，根本没有给我留反驳的余地，让我除了开她的车外别无他选。可这又是为什么呢？

　　我检查了钥匙包。除了这辆车的钥匙外，我认出了家里的钥匙、信箱钥匙（更长一些），还有一把包着黑橡胶的大钥匙。这几把钥匙挂在一个奢华的钥匙扣上：椭圆形，粒面皮，上面印有两个相互交织的镀铬字母：A和P。如果A是安娜贝尔名字的第一个字母，那P又指的是谁呢？

　　我打开GPS，看了一眼预存的地址列表，没有发现可疑的内容。我按下了第一个地址"家"，奇怪的事情出现了：医院距离康斯坦斯街区只有不到两公里的距离，可GPS却显示出了二十公里的车程，指示我沿海边向尼斯方向驶去。

　　我心慌意乱地拉起手刹，一边驶出停车场，一边问自己，那个被母亲认为是家的地址，到底是什么地方？

虽然是在夜里，而且还下着雨，这一路却开得无比顺利。在GPS导航的指引下，我只用了不到二十分钟就到达了目的地：位于滨海卡涅和圣保罗-德旺斯之间的一片豪华住宅区——奥蕾莉亚庄园，那是弗朗西斯的单身住所，也是他被谋杀的地方。我靠边停在了一个不起眼的位置，前方三十米就是庄园大门慑人的铸铁栅栏。去年的入室盗窃潮席卷而过后，这里的安保被全面升级。一个警卫模样的人正在保卫室前值守。

一辆玛莎拉蒂从我车旁驶过，开向了庄园大门。一共有两个入口。左边是访客通道，需要跟保安登记，而右边则是业主通道。传感器扫描车牌后，栅栏会自动打开。我没有关掉发动机，认真思考起来。字母"A"和"P"指代的大概是奥蕾莉亚庄园吧，而弗朗西斯正是这里的开发商之一。突然，我又想起了一件事：奥蕾莉亚是母亲的另一个名字。而且，和"安娜贝尔"相比，她自己似乎更喜欢"奥蕾莉亚"。转念间，我确信无疑：那辆跑车是弗朗西斯送给母亲的。

母亲和弗朗西斯是情人关系吗？我从未做过这种假设，可眼下，我觉得它一点都不离谱。我打开双闪，驶向了业主通道。雨下得很大，保安很难看清我的脸。传感器扫描了奔驰跑车的牌照，大门开了。既然母亲的车牌可以被识别，就说明她经常出入于此。

我慢慢行驶在一条沥青小路上，前方是一片松树林和橄榄林。奥蕾莉亚庄园建造于二十世纪八十年代末，之所以声名在外，是因为开发商们重建了一座巨大的地中海式花园，在园内种满了热带稀有树种。他们的大手笔在当年频频见报，还在庄园内开凿了一条穿流而过的人工河。

　　庄园里一共只有三十多座别墅，彼此的间距非常大。我记得《观察家》杂志的那篇文章提到过，弗朗西斯家的门牌号是27。那座别墅位于庄园的最高处，周围密林遍布。夜色中，棕榈树和大木兰的身影依稀可辨。我把车停在了铸铁大门前，大门两侧是繁茂的柏树篱。

　　走近门扇时，我听到了一声解锁声，大门自动在我面前敞开了。原来，我身上的钥匙是一把智能电子钥匙，可以进入这座别墅的任何地方。走在石板路上时，我被流水声吓了一跳。这声音不是从远处传来的，水流仿佛就在我脚下流淌一般。我打开室外的电灯开关：花园和所有露台同时亮了起来——我也是接下来在别墅里走来走去时才发现这一点的。类似于建筑师弗兰克·劳埃德·赖特沿瀑布而建的杰作，弗朗西斯的别墅是沿水道而建的。

　　这座现代化的建筑丝毫没有普罗旺斯和地中海的色彩，反倒有些许美国建筑风格。悬挑的二层小楼同时使用了多种建材：玻璃、浅色石头、钢筋混凝土，与周围的绿地和石丘高原完美地融为了一体。

　　我刚一靠近门口，电子锁就自动解开了。我担心会有警报响起。墙上确实装有一个盒子，但什么都没有发生。这里也一样，只要打开一个总开关，整座房子的灯会全部亮起。我按下那个按钮，眼前出现了高雅壮观的室内装潢。

　　一层是客厅、饭厅和开放式厨房。和日式建筑相仿，整个一层都是打通的，隔开各个生活空间的，不过是一扇扇开放式屏风，屏风由轻木制成，不会阻挡光线。

　　我在里面走了走，扫视着整个房间。弗朗西斯的单身别墅和我想象中的完全不同。宽大的白石壁炉、黄橡木的梁垛、线条柔和的胡桃木家具——一切都那么雅致，那么有温度。鸡尾酒吧台上，放着一瓶喝了一半的啤酒，说明最近有人来过。在科罗娜啤酒旁，有一盒烟和一个漆壳打火机，机身上是一幅日本版画。

马克西姆的芝宝打火机……

显然，和我在安娜贝尔家聊过之后，他来了这里。而他所发现的事，令他心慌意乱，以至在匆忙离开时忘记了香烟和打火机。

走近内嵌观景窗时，我意识到，弗朗西斯就是在这儿被谋杀的。行凶者应该是在壁炉旁拷打了他，随后将其丢在那里等死。再之后，他顺着光滑的镶木地板，一直爬到了河面上的观景窗前。就是在这里，他拨通了我母亲的电话。可我到现在都不知道母亲有没有接听。

母亲……

我感受得到，她的存在遍布整座房子。我想象着她留存在每件家具、每个饰物上的印迹。这里，也是她的家。我被一个声响吓了一跳，转过身去，发现她就在我面前。

准确地说，在我面前的是她的照片，就挂在客厅对面的墙上。我走向沙发一体书柜，看到了其他照片。随着我脚步的移近，模糊不清的往事渐渐清晰起来。十几张照片，重现了弗朗西斯和我母亲多年来的共同生活。他们曾一起周游世界。我随意看了看照片，就认出了那些标志性的地方：非洲沙漠、雪中的维也纳、里斯本的有轨电车、冰岛的古佛斯瀑布、托斯卡纳山野的柏树、苏格兰的爱莲·朵娜城堡、世贸中心倒塌前的纽约。

这些美丽的地方，还有他们平和的笑靥，令我战栗。母亲和弗朗西斯是恋人。在几十年的时间里，他们演绎着一段完整却隐秘的爱情故事。在世人的目光外，他们保持着一段真真切切、长长久久的恋人关系。

可这是为什么呢？他们为什么不公开彼此的恋情呢？

在内心深处，我是知道答案的。或者，更确切地说，我能够猜到个中缘由。理由很复杂，和他们独特的性格紧密相关。安娜贝尔和弗朗西斯个性鲜明、严酷凌厉，他们在彼此身上寻得了安慰，建造起了一个只属于他们的泡沫。作为两个强势的个体，他们始终在与世界对抗。对抗世界的平庸，对抗他人地狱般的生活，为了逃离这地狱，他们始终在抗争。美女与野兽。两个与众不同的灵魂，藐视世俗、藐视法规、藐视婚姻。

我发现自己哭了。也许是因为，在这些照片中，在母亲的笑脸中，我找到了儿时所熟识的那个人。那个人的柔情，偶尔会在奥地利丫头冰冷的面具下浮现出来。原来，我没疯。我没有做梦，这一切都是真的。另一个女人曾真真切切地存在过，而今天，我找到了证据。

我擦了擦眼泪，可它们还在继续流淌。我感动于他们隐秘的生活，和那段只属于他们的别样爱情。说到底，真正的爱情难道不正是游离于一切世俗之外吗？这种纯粹的、接近于化学反应的爱情，弗朗西斯和我母亲曾真正经历过，而我，只是通过书籍幻想过而已。

墙上的最后一张照片吸引了我的注意。照片很小，颜色棕紫，是一张非常老旧的班级合影，拍摄于一座小镇的广场上。照片上还用羽毛笔记录着时间和地点：蒙达奇诺，一九五四年十月十二日。孩子们坐成三排，看起来十几岁的模样。所有人的头发都像乌木一般黑，除了一个小女孩，她有一头金发，目光清亮，和大家的距离稍稍有些远。每个孩子都看着镜头，除了一个小男孩，他脸蛋滚圆，表情令人捉摸不透。就在摄影师按动快门时，弗朗西斯转过头去，眼里只有那个奥地利丫头。那个学校里最美的女生。他们的故事已然被这张照片诠释得淋漓尽致。在童年，在那座见证了他们成长的意大利小镇里，一切早已注定。

我走上原木悬梯，来到了卧室。我抬眼望去，二楼的格局尽收眼底：一间宽敞的主卧、几间次卧、书房、衣帽间、土耳其浴室。与一楼相比，二楼遍布的落地窗更是打破了室内与室外的界限。这里的视野堪称绝美。森林近在咫尺，小河流水与簌簌雨声融为一体。玻璃露台通向一座透明盖顶泳池，从泳池望去，可以看到蓝天和一座悬空花园，园内种有紫藤、含羞草和日本樱花。

有那么一会儿，由于害怕面对即将发现的秘密，我差点折返出去。但时间紧迫，容不得拖延了。我推开卧室的旋转门，走进一个更加私密的空间。又是照片，但这回全是我的照片。从小到大，每个年龄段都有。一天下来，我始终有种感觉，而且，随着调查的推进，这种感觉越来越强烈、越来越深刻：想要查明雯卡事件，首先需要调查的，是我自己。

最老的一张照片是张黑白照。**贞德妇产医院，一九七四年十月八日，托马斯出生。**一张超前的自拍。拿着相机的是弗朗西斯。他紧紧拥抱着我母亲，而母亲怀里则抱着刚刚产下的婴儿。那个婴儿，就是我。

令人惊愕，却不容置疑。真相好比一记耳光，重重打在我的脸上。我胸中顿时涌起一阵波涛。浪潮退去时留下的泡沫令我浑浑噩噩。一切都清楚了，一切都各归其位了，但个中代价却是残忍、痛苦的。我死死盯着那张照片。我看着弗朗西斯，觉得仿佛是在看镜中的自己。这么久了，我怎么能一无所知？现在，我什么都懂了。为什么我从没觉得自己是里夏尔的儿子，为什么我始终把马克西姆视为兄弟，为什么每次有人攻击弗朗西斯时，一种动物的本能都会让我与之针锋相对。

在巨大的情感冲击下，我坐到了床边，擦拭泪水。知道自己是弗朗西斯的儿子让我如释重负；然而，想到我再也无法和他说话，心中不禁生出无限遗憾。我开始思考这样一个问题：里夏尔知道这个秘密和他妻子的双重生活吗？也许吧，但也不一定。也许，这些年来，他一直是只鸵鸟，并不清楚安娜贝尔对他数次出轨如此宽容的真正原因。

我站起身准备离开卧室，但又走了回去，想拿走那张在妇产医院拍的照片。我必须带走它，它能证明我来自何处。掀起相框时，我发现墙里嵌有一个小保险柜。数字键盘提示我输入六位数密码。难道是我的生日？我其实完全不相信这样就能打开保险柜，却忍不住想要试一下。有时，想当然不见得行不通……

咔嚓一声，保险柜门开了。钢材柜身并不是很深。我把手伸进去，掏出了一把手枪。就是那把弗朗西斯在受害时没来得及用上的枪。在一个小帆布袋里，我发现了十几颗三十八口径的子弹。对武器，我从未有过兴趣。一般来说，我比较反感这些东西。但为了给我的小说创作积累素材，我曾硬着头皮做过些研究。我掂了掂这把手枪。厚重、结实，应该是把老式的史密斯–韦森M36左轮手枪。就是那款家喻户晓的 "警长特别版"，木质枪托、钢质枪身。

在这张照片后放一把手枪，寓意为何？说明幸福和真爱需要不择手段来保护？或者，想要得到它们，必须付出血泪代价？

我取出五颗子弹，把弹巢装满，将手枪别在腰间。我不知道自己懂不懂怎么开枪，但我知道，从此以后，危险无处不在。有人认为雯卡被人所害，正在清除他心目中的所有元凶。而我，定是他的下一个目标。

走下楼梯时，我的电话响了。我犹豫着，不知该不该接听。凌晨三点打来的隐藏号码来电，绝对不是什么好兆头。最后，我按了接听键。是警察。昂蒂布警局的文森·德布鲁因局长在电话里告诉我，我母亲遇害身亡，我父亲承认，他是杀害她的凶手。

安娜贝尔

2017年5月13日星期六

　　我叫安娜贝尔·德加莱。二十世纪四十年代末，我出生在意大利皮埃蒙特区的一个小镇里。接下来的几分钟，也许将是我生命中的最后时光。

　　去年十二月二十五日深夜，弗朗西斯在咽气前给我打来电话，用最后的气力说出了半句话：保护托马斯和马克西姆……

　　那天晚上，我明白，有人回来翻旧账了。随之而来的将是一系列的恐吓、危机与死亡。此后，通过报纸上的文章，我了解到弗朗西斯在离开前承受了怎样的痛苦，也随即明白，那桩旧事只能在鲜血和恐惧中结束，一如它的开始。

　　二十五年来，我们成功地隔离了过去。为了保护孩子们，我们紧紧反锁了每一道门，确定身后没有留下任何痕迹。谨慎，早已成为我们的第二天性；即便随着时间的流逝，我们已告别了病态般的疑心重重。有时，我甚至觉得，多年来折磨我的焦虑感似乎烟消云散了。我放松了警惕。可我错了。

弗朗西斯的死差点要了我的命。我的心被撕碎了。我以为自己已经死了。当坐在救护车里赶往医院时，我多么想就此放手，随弗朗西斯而去，然而，有股力量将我拽回了人间。

我必须继续战斗下去，为了保护我的儿子。威胁袭来，从我身边夺走了弗朗西斯，却无法夺走托马斯。

我的最后一场战斗，就是消灭那个将我儿子的未来置于险境的人，为我唯一爱过的男人报仇雪恨。

从医院回来后，我再次沉浸在回忆里，开始调查到底是谁，想在这么多年后实施报复。这报复，充满暴力、怨愤与决绝，令人心惊胆寒。我虽不再年轻，思维却仍然清晰。然而，即便我拿出了全部时间寻找答案，也没有查出丝毫线索。所有可能产生报复想法的人，如今都已死掉或是处于耄耋之年。某种不为人知的东西正在打破我们平静的生活，而且很有可能毁掉它。雯卡走了，带着一个秘密走了。从前，我们甚至不知道这个秘密的存在；如今，它再次现身，一路索命，马不停蹄。

我四处寻觅，却一无所获。直到刚刚，托马斯从地下室拿出了一些老物件，并把它们摊放在了厨房的桌子上。突然，答案跃然而出。我好想失声痛哭。真相就在那儿，一直以来就摆在我们眼前，只不过，一个细节遮蔽了它，而我们中却没有人注意过这个细节。

一个细节，改变了一切的细节。

当我来到昂蒂布海岬时，天还亮着。我停在一面白墙前，白墙正对着巴孔大道，从外面无从猜测房子的大小和占地面积。我随便把车停在路边，按响了对讲机。正在修剪树篱的园丁告诉我，我要找的人去提尔布瓦勒小径遛狗了。

我又驱车行驶了几公里，最后来到了凯勒海滩的小停车场，就在葛若普海滨路和安德雷–塞拉街的交叉口。那里空无一人。我打开后备厢，取出我从里夏尔那儿拿的猎枪。

为了给自己打气，我回想起小时候：每到星期日清晨，我都会陪继父去密林里狩猎。我喜欢跟他去打猎。虽然我们不怎么讲话，可如此共度的时光却比滔滔不绝的谈话更有意义。我想起了我们的爱尔兰猎犬布奇，心中顿时涌起一阵暖意。它是猎捕松鸡、山鹬和野兔的超级能手，不等我们开枪，就能接近猎物抓住它们。

我掂了掂猎枪，抚摸着它油胡桃木的枪托，出神地盯了一会儿雕刻在枪身上的精美花纹。咔嚓一声，我拨开钢柄，把两颗子弹装入枪膛。接着，我踏上了海岸边的小路。

走出五十米后，我看见了一个警示栅栏——"危险区域，禁止通行"。估计是上星期三的海啸引发了塌方。我翻过栅栏，跳上岩石继续前行。

海风吹得我很舒服，美丽的景色一直延展到阿尔卑斯，让我忆起了自己来自何方。在一片陡峭海岸的转角处，我发现了一个身影，高挑、挺拔，那就是杀死弗朗西斯的凶手。凶手身边的三只大狗同时向我跑来。

我把猎枪架上肩膀，看向目标。那人就在我的瞄准线上。我知道，这是我唯一的机会。

枪声响起，清脆、短促、迅速，往昔的一切扑面而来。

蒙达奇诺、意大利的风光、小小的学校、村庄的广场、辱骂、暴力、鲜血、倔强的骄傲、三岁的托马斯那融化人心的笑脸、和一个与众不同的男人间的绵长之爱。

我生命中所珍视的一切……

16.黑夜永远在等你

开始相信，黑夜永远在等你。
——勒内·夏尔，法国诗人

在这个风雨交加的夜晚，昂蒂布的街道泥泞不堪，那泥水仿佛是个蹩脚的画家洒在画布上的颜料，厚厚的、黏黏的。

现在是凌晨四点。在位于奥利维耶兄弟街的警局门前，我胡乱踱着步。我虽然身着雨衣，但头发却已被打湿，雨水顺着衣领流进衬衫里。由于担心父亲的拘留期被延长，我正把手机贴在耳朵上，试图说服一位尼斯有名的律师出手相助。

悲剧一个接一个地发生，我觉得自己快要窒息了。一小时前，当我离开奥蕾莉亚庄园时，因为超速被警察逮捕了。由于情绪激动，我驾驶着那辆跑车在高速上飙到了一百八十多迈。警察让我吹了酒精检测仪，鸡尾酒和伏特加害得我被直接吊销了驾照。为了离开警局，我别无选择，只能给斯特凡纳·皮亚内利打电话求助。皮亚内利已经知道了我母亲遇害的事，对我说他马上过来。他过来找我时，开的是一辆达西亚越野车，小埃内斯托正攥着拳头在后排座位上睡觉。车里弥漫着香草蜜糖面包的味道，估计从来没有清洗过。在开往警局的路上，他给我讲述了大致案情，补充了一些德布鲁因局长没有告诉我的信息。我母亲的尸体是在昂蒂布海岬滨海小径的岩石上被发现的。最先发现尸体的是市政警署的警察。警察之所以去了那一带，是因为附近居民听到枪声后报了警。

"托马斯，很抱歉跟你讲这些，她死得太惨了，这种事在昂蒂布还是头一回。"

越野车的车顶灯一直开着。皮亚内利面色铁青，浑身战栗，记者圈里疯传的恐怖信息令他胆寒。毕竟，他和我父母也很熟。至于我，早已超越了疲惫、悲伤和痛苦，彻底麻木了。

"在犯罪现场附近有一把猎枪，但安娜贝尔并没有死于枪击。"他说。

他已经说不下去了，但我坚持要听到全部事实。

而刚刚离开警局的我，正在向律师陈诉这个事实：在枪托的数次重击下，母亲的面部已血肉模糊。显而易见，做这件事的肯定不是父亲。里夏尔之所以去了那个地方，是因为我给了他地址，他到达时，安娜贝尔已经死了。他靠在岩石上泪流不止，而他唯一犯的错，就是一边看着妻子的尸体，一边抽泣着说："是我干的！"我向律师解释说，很明显，父亲的这句话是在表达未能避免这场悲剧的懊悔之情，而不是在认罪，所以不能当真。律师认可了我的说法，告诉我他一定会帮助我们。

当我挂断电话时，雨还是那么大。戴高乐广场的公交候车亭空无一人，我躲在亭子下，往太子港和巴黎打了两通沉痛的电话，把母亲去世的消息通报给哥哥和姐姐。热罗姆还是那个热罗姆，不管内心受到多大的打击，依旧表现得波澜不惊。和姐姐的对话就没那么简单了。我本以为她在巴黎十九区的家里睡觉，不想她正和男朋友在斯德哥尔摩过周末。我甚至都不知道她去年离了婚。她说她和丈夫分开了，我则跟她讲了家里刚出的大事，但没有谈及具体细节。她失声痛哭，我和睡在她身边的男人都无法让她平静下来。

接着，我在暴风雨中待了好久，像只幽灵般游荡在广场中央。广场上全是水，大概是有管道破裂了，水面上漂着沥青。喷泉在黑夜里亮着灯，喷射出的金色水柱和雨水交织在一起，吐出一阵空灵缥缈的雾气。

我浑身湿透，被细雨包裹着，心如死灰，神经麻木，身体仿佛被掏空了。蒸腾的雾气模糊了广场的边界、人行道的边缘和路面上的标志，它淹没了我的脚步，同时也淹没了我的全部价值观和方向感。在这个折磨我多年的故事中，我已全然不知自己扮演了怎样的角色。我在坠落，坠向无底的深渊。我似乎走进了一部黑色电影，成了一个被动的受害者。

❧

突然，两盏车灯划破了浓雾，离我越来越近：皮亚内利·斯特凡纳彪悍的越野车开了过来。

"上车，托马斯！"他摇下车窗对我说，"就知道你找不着回家的路。我送你回去。"

筋疲力尽的我接受了他的提议。副驾驶座位上仍堆放着乱七八糟的东西。和刚才一样，我坐在了后排座位上，坐在了熟睡中的埃内斯托身旁。

皮亚内利对我说，他刚去了《尼斯早报》报社。报纸昨晚定版比较早，所以明天的首版刊面上不会报道我母亲遇害的消息。但他还是回了办公室，为报纸的官网写了一篇文章。

"文章里不会提到你爸被怀疑的事。"他向我保证说。

当我们沿着海边驶向芳多纳街区时，皮亚内利告诉我，晚上他去医院打听了马克西姆的病情，还在准备离开医院时碰见了范妮。

"她快崩溃了。我从没见过她那样。"

我的思绪虽然疲惫，但还是响起了警报。

"她对你讲了什么？"

我们停在了迪厅"午睡"的路口。世界上最长的红灯……

"她什么都跟我说了，托马斯。她告诉我，是她杀了雯卡，是你妈妈和弗朗西斯帮她掩盖了罪行。"

原来，皮亚内利方才之所以那般失魂落魄，是因为吓到他的不仅是我母亲的遇害，还有当年的那起杀人案。

"她跟你讲了克雷芒的事吗？"

"没有，"他说，"这是我唯一弄不懂的地方了。"

交通灯变绿了。越野车驶上了国道，开往康斯坦斯街区。我被彻底击垮了，思绪一片混乱。我有种感觉，似乎这一天永远都不会结束，似乎一拨海浪袭来，将会卷走一切。太多的发现，太多的悲剧，太多的死亡，太多的威胁，始终在我的至亲身边盘旋飘荡。接着，我做了一件永远不该做的事。我放松了警惕。我打破了二十五年来保持的缄默，因为我想去相信人性。我想去相信，皮亚内利是个好人，是个将我们的友情置于记者职业之上的好人。

我毫无保留地，将克雷芒的死，还有我今天查到的所有事情，全都告诉了他。行驶到我父母家时，皮亚内利把车停在了门口，没有熄火。

我们在他的老越野车里继续坐了半小时，讨论事件经过，整理思路。他耐心地帮我梳理了今天下午发生的事。我和马克西姆谈话时，母亲大概在一旁偷听到了。和我一样，她应该也发现了诗集题记和亚历克西斯·克雷芒作业评语间的笔记差别。但与我不同的是，通过这一点，她找出了杀死弗朗西斯的凶手。她要么是约了凶手在昂蒂布海岬见面，要么是一直跟踪他到那里，意图杀死他。总之，我们没能做到的事，她做到了：揭开杀人狂魔的面具。

可这个发现，却要了她的命。

"尽量休息会儿吧。"皮亚内利一边说，一边拥抱了我，"我明天给你打电话，咱们一起去医院看马克西姆。"

面对他少有的热情，我却没有丝毫气力回应，关上车门就走开了。由于没有钥匙，我只能翻过大门。我记得父母从来不锁地下车库，可以从那儿进到房间里。走进客厅后，我甚至连灯都没开。我把背包和弗朗西斯的手枪放到桌上，脱下湿透的衣服，像梦游者一样穿过客厅，倒在沙发上。我蜷缩在一张花格呢毛毯里，任由睡意将我裹挟。

我费尽心力，却满盘皆输。对手已将我碾碎。在毫无准备的情况下，我经历了生命里最凄惨的一天。今早，在我踏上蔚蓝海岸的土地时，虽已感知到了地震的威胁，却没有料想到，它竟这般来势汹汹，残忍无情，焚巢荡穴。

17.天使花园

> 也许，等我们死去时，只有死神才能给予我们钥匙，让我们续写那场未竟的探险之旅。
>
> ——阿兰-傅尼埃，法国作家

2017年5月14日 星期日

当我睁开眼时，中午的阳光正在客厅里闪耀。我一觉睡到了下午一点多。一场厚重、深沉的睡眠，将我与黑色的现实彻底隔绝开来。

我是被手机铃声吵醒的。我没来得及接听电话，但听到了对方的留言。父亲借用律师的手机给我来电，告诉我他已被释放，正准备回家。我本想马上给他回拨过去，可手机却没电了。我的行李箱还在那辆租来的车里。我试图在父母家里找个匹配的充电器，却没有找到，最终放弃了。我用固定电话联系了芳多纳医院，但没能打听到马克西姆的消息。

我冲了个澡，从父亲衣柜里翻出一件夏尔凡衬衫和一件羊驼绒外套穿到身上。走出浴室后，我一口气喝了三杯浓缩咖啡，凝视着窗外湛蓝色的大海。在厨房里，我旧时的物件还躺在前一天的地方。矮凳上悬放着大纸箱，实木吧台上则堆着我以前的作业、成绩单、混音带，还有那本茨维塔耶娃的诗集。我翻开诗集，再次阅读扉页上优美的题记：

致雯卡：

我想成为一个没有躯体的灵魂

只为永伴你左右。

爱你，即生。

亚历克西斯

　　我翻阅着那本书，起先是草草翻着，随后便专心致志读了起来。和我之前所以为的不同，这本由法国水星出版社出版的《我的女性兄弟》并不是一本诗集，而是一部散文随笔；雯卡，或者是送她这本书的人在上面做了大量的笔记。我的目光停留在一个被标记的句子上："在两个女人相爱相守的完美关系中，这是唯一的缺陷。我们完全可以抵御男人们的诱惑，却无法抗拒拥有一个孩子的需求。"

　　"两个女人相爱相守的完美关系"，这句话拨动了我的某根神经。我坐在一把椅子上，继续阅读下去。

　　两个女人相爱……这篇写于二十世纪三十年代初的美文，是对女同性恋情的诗意赞颂。它并不是一纸高举旗帜的宣言，而是一番焦灼苦痛的思考，慨叹两个相爱的女人无法拥有生物学上的亲生子女。

　　就在这时，我想通了一切，想到了从一开始就被我忽略掉的细节。改变了一切的细节。

　　雯卡爱的是女人。至少，雯卡曾经爱过一个女人。亚历克西斯，一个中性名字。在法国，取名为亚历克西斯的基本都是男性；而在盎格鲁-撒克逊国家，名叫亚历克西斯的却大部分是女性。面对这一新的发现，我震惊不已，同时也在思考自己是不是又走错了路。

有人按门铃。我以为是父亲回来了，便直接开了锁，走到露台去迎接他。可是，出现在我面前的不是里夏尔，而是一个清瘦的男孩，他五官精致，目光清亮得出奇。

"我是科朗坦·梅里厄，斯特凡纳·皮亚内利的助理。"他一边自我介绍，一边摘下自行车头盔，抖了抖火红色的头发。

这位实习记者把自己的装备靠在墙上：那是辆很有意思的自行车，车身是竹子的，弹簧发条上立着皮质车座。

"您节哀。"对我说这句话时，他努力做出一副歉意的表情；然而，这表情却被他厚厚的胡子掩盖住了，而且与他青春洋溢的脸庞极不协调。

我邀请他进屋喝咖啡。

"如果不是胶囊咖啡的话，我很愿意喝。"

他跟着我走进厨房，看过咖啡机旁的咖啡豆后，拍了拍紧贴在胸口的纸袋说：

"我有消息要告诉您！"

在我准备咖啡的时候，科朗坦·梅里厄坐在一个矮凳上，掏出了一摞写满笔记的文件。我把一个杯子放到他面前，看见了从他挎包里露出来的《尼斯早报》第二版的头条。滨海小径的照片上，写着这样几个字——"恐怖压城"。

"关于学校施工的资金来源，虽然很难查，但我还是搜集到了一些信息。"他郑重地说。

我坐到他对面，点头示意他继续说下去。

"您的推测没错，圣埃克苏佩里国际中学工程款的资助方只有一个，校方也是在最近才得到了这笔意外的巨额资助。"

"最近，具体是指什么时候？"

"今年年初。"

弗朗西斯死后的几天。

"出资方是谁？雯卡·罗克维尔的家人吗？"

我突然想到，由于始终无法接受孙女离开的事实，雯卡的祖父阿拉斯泰尔·罗克维尔很有可能策划了这一系列复仇事件。

"跟她家没有一点关系。"梅里厄说，在咖啡里加了一块糖。

"那是谁？"

这位年轻潮人查阅起自己的笔记来。

"是一个美国文化基金会，叫哈金森&德维尔基金会。"

刚听到这个名字时，我并没有想起什么。梅里厄一口就喝光了咖啡。

"和名字所显示的信息一样，出资成立这家基金会的共有两个家族。战后，哈金森和德维尔家族在加利福尼亚成立了一家贸易中介公司，从此大发横财，如今在全美已经拥有一百多家分公司了。"

记者继续查阅着笔记。

"基金会的资助领域是艺术和文化。它的主要资助对象是中学、高校和博物馆，比如巴普蒂斯特中学、加州大学伯克利分校和洛杉矶分校、旧金山现代艺术博物馆、洛杉矶郡艺术博物馆等等。"

梅里厄挽起了牛仔衬衣的袖子；那衬衣太紧，看起来好像是他的第二层皮肤。

"在最近的一次理事会上，他们投票决议了一项特别的提案：有一个理事会成员提议资助美国领土以外的机构。这还是头一回。"

"就是圣埃克苏佩里国际中学的扩建改造工程？"

"没错。会上争论得非常激烈。这个项目本身也还算有意义，但项目里包含了一些离谱的东西，比如在湖边建一座什么天使花园。"

"斯特凡纳跟我提过，是一座庞大的玫瑰园。"

"对，就是它。设计师的意思是把那里打造成悼念雯卡·罗克维尔的静思之地。"

"这太夸张了，不是吗？基金会怎么能通过这么疯狂的提案呢？"

"就是啊，理事会的大部分成员是反对的，但在这两个家族里，有一个家族如今只剩下一个继承人了。那个人据说精神比较脆弱，很多董事都不太信任她。然而，按照章程，她手里占的投票权很多，另外，她也争取到了几张选票，最终以微弱优势胜出了。"

我揉了揉眼睛，心中产生了一种矛盾的感觉：我觉得自己什么都没听懂，但与此同时，又好像从未如此贴近过目标。我起身去拿背包。我得确认一件事。从背包里，我找出一九九二至一九九三学年的年鉴。就在我一页页翻开年鉴时，梅里厄结束了他的叙述：

"在哈金森&德维尔基金会里很有话语权的那位继承人名叫亚历克西斯·夏洛特·德维尔。我估计您认识她。您在圣埃克苏佩里上学时，她曾是那里的老师。"

亚历克西斯·德维尔……充满魅力的英美文学老师。

我万分惊愕，两眼直勾勾地盯着当年大家口中的德维尔小姐的照片。年鉴上没有她的全名，只有缩写"A.C."。我终于找出了亚历克西斯。杀死我母亲和弗朗西斯的凶手。试图害死马克西姆的人。也是她，间接地将雯卡推上了命运的悲途。

"她现在每年都会回蔚蓝海岸住六个月，已经有段时间了。"梅里厄说，"她买下了位于昂蒂布海岬的菲茨杰拉德老别墅。您知道是哪儿吗？"

冲到外面后我才意识到，自己没车了。正在我犹豫着要不要骑走小记者的自行车时，我突然想起来，地下室里有一辆轻便摩托车。我从车库走进地下室，掀开覆盖在摩托车上的塑料篷布。我坐上车座，像十五岁时一样，试图用脚蹬启动那台标致103。

然而，由于地下室里又冷又潮，发动机打不着。我找出工具箱，回到摩托车旁。我卸下抗干扰装置，用钥匙松开火花塞。火花塞又黑又脏。当年上学出发前曾做过千百次的动作，在此刻重现：我用旧抹布擦拭火花塞，再用玻璃纸来回打磨，最后把它放回原位。一系列的动作完成得流畅自如。其实，它们始终刻印在我脑海里的某个地方，这记忆看似遥远，却属于一个并不那么遥远的、充满希望的年代。

我再一次尝试发动摩托车。情况似乎好了一点，但车仍没有怠速。我踢开撑脚，跳上车座，顺着斜坡滑了下去。发动机起先好像已经熄火，随后却发出了一阵爆音。我冲上马路，祈祷着摩托车可以坚持几公里。

里夏尔

我的脑子里充斥着令人难以承受的、不真实的画面。那是比最糟糕的噩梦都难以承受的画面。我妻子的脸爆裂着、凹陷着、崩塌着。安娜贝尔美丽的脸庞仿佛被戴上了一张血淋淋的面具。

我叫里夏尔·德加莱。我活得太累了。

如果说生活是场战争，那我并非仅为遭受一场重击而来。在生命的战壕里，我刚刚被刺刀刺穿了身体。这场最惨痛的战斗，迫使我选择了无条件投降。

明亮的客厅里飞扬着金色的微粒，我一动不动地呆立其中。从此，我的家就是空荡荡的了，而且会永远空下去。我难以接受这突如其来的不幸。我永远地失去了安娜贝尔。可是，我真正失去她是在什么时候？几个小时前，在昂蒂布海岬的某个海滩吗？还是几年前？或者是几十年前？再或者，干脆承认说，我没有真正失去安娜贝尔，因为她从未属于过我？

我突然被面前的一把手枪吸引住了。它就躺在桌上，不知使命为何。那是一把史密斯-威森手枪，木质枪托，就和我们在老电影里看到的一样。弹仓是满的，里面装有五粒三十八口径的子弹。我掂了掂，感受着它钢质枪身的重量。它正在召唤我。想要解决一切问题，这是最简单、最迅捷的办法。的确，从目前来看，死亡能令我解脱，让我忘却过去的四十年。在这四十年的奇怪婚姻里，我生活在一个难以捉摸的女人身边，她说她在"用自己的方式爱着我"，而这也恰恰说明，她不爱我。

事实上，安娜贝尔懂得宽容我，总的来说这已然不错了。和她一起生活令我煎熬；但倘若没了她，我会活不下去。我们彼此间的秘密协定，让我成了所有人眼中的花心丈夫（当然，我的确是……），也帮她避开了流言蜚语和好奇的目光。没有任何人、任何事能左右安娜贝尔。她不属于任何一类人，不屈从任何规范准则，不屑于任何世俗礼仪。她的自由令我着迷。话说回来，当我们爱一个人时，爱的不就是那份神秘吗？我爱她，却得不到她的心。我爱她，却没能保护她。

我把左轮手枪的枪口对准自己的太阳穴，突然觉得呼吸顺畅了许多。我想知道，是谁把这把手枪放在了我面前。也许是托马斯？这个不是我亲生儿子的儿子。他和安娜贝尔一样，也从没爱过我。我闭上眼睛，他的脸出现了，随之而来的是有关他儿时的种种记忆。一幅幅美好或痛苦的画面。美好，因为他聪明、好奇又异常乖巧；痛苦，因为我知道自己不是他的生父。

如果是个男人，就扣动扳机吧。

让我停止行动的不是胆怯，而是莫扎特的音乐。每每收到安娜贝尔发来的短信，我的手机都会响起竖琴和双簧管奏出的三个音符。我被吓了一跳，赶紧放下枪，冲向了手机。"里夏尔，有你的邮件。A."

此刻我收到的短信，的确是从安娜贝尔的手机发出的。只是这有些不可思议，因为她已经死了，而且把手机忘在了家里。唯一的解释是，她在离开之前设置了定时发送。

"里夏尔，有你的邮件。A."

邮件？什么邮件？我开始用手机查收电子邮件，但什么也没发现。我走出房门，顺着水泥小路走到信箱前。在一张寿司外卖宣传单旁，我发现了一个厚厚的天蓝色信封。信封上没贴邮票，这让我想起了我们很久以前往来书写的情书。我拆开信封。也许，安娜贝尔是在昨天下午把信直接放在那儿的，也可能是快递员送来的。我读到了第一句话：

"里夏尔，如果你收到了这封信，说明我已经被亚历克西斯·德维尔杀死了。"

我用无比漫长的时间读完了这三页信。信中的内容令我目瞪口呆、心慌意乱。这是一份身后告白。也是一封情书，以安娜贝尔的方式如是结束："如今，咱们家的命运由你来掌控。若要保护、拯救我们的儿子，拥有勇气和力量的人，只有你了。"

18.少女与黑夜

最后，我们拥有了拼图块，可不管我们怎样拼凑，总会有缺失存在……那些缺失的地方，就好比叫不出名字的国家。

——杰弗里·尤金尼德斯，美国作家

摩托车失灵了。我紧攥着车把，离开车座，站起身来，发疯似的踏着脚蹬；那感觉，就像正在负重五十公斤攀爬旺度山。

菲茨杰拉德别墅位于昂蒂布海岬边的巴孔大道，看去仿佛是街面上的一座碉堡。别墅虽然名叫菲茨杰拉德，却从未被这位美国作家造访过；不过，和其他地方一样，蔚蓝海岸的各种传说也有着顽强的生命力。在距离目的地五十米远的地方，我把脚踏摩托车扔在人行道上，走到沿海的栏杆前跨了过去。在海岬的这片区域，很难见到金色的沙滩，取而代之的是残缺不平、蜿蜒崎岖的海岸线。大块岩石在地中海方向吹来的密史脱拉风的雕琢下愈显凌厉陡峭，绝壁悬崖临海而立。我费力地爬上一块石头，冒着摔断脖子的危险，翻过了一个通向别墅后身的陡坡。

我沿着泳池旁的抛光混凝土地面走了几步，那是个位于海面上方的蔚蓝色长方形泳池，尾部连着一段凿于岩石上的台阶。拾级而下，可以走上一座小浮桥。菲茨杰拉德别墅紧靠悬崖而建，建筑底部已然浸入水中。这座现代主义别墅建造于二十世纪二十年代，建筑风格介于装饰艺术派和地中海派之间。白色墙壁形状规整，平平的屋顶上有座绿藤遮蔽的露台。此时，海天一色，满眼是绵延无尽的湛蓝。

一座室外客厅位于一条斗拱长廊下。我沿着柱廊前行，直到发现一张半开着的落地窗，从那里走了进去。

如果把外面的碧海蓝天换成哈德逊河，别墅的主室就有点像我在翠贝卡的复式公寓了，简洁雅致，关注细节——就是那种常在装饰类杂志和博客里出现的室内装潢。书房的藏书，和我家里的几乎一样，因为影响我们的是同一种文化：古典的、文学的、国际的。

室内出奇地干净，一看就没有孩子居住。冷清得有些凄凉，因为少了生命的丰润与活力：孩子们的欢笑声、四散的毛绒玩偶和乐高玩具，还有桌上桌下的饼干渣……

"看来，你们家的人是真喜欢自投罗网啊。"

我转过身去，看到亚历克西斯·德维尔就站在离我十米远的地方。前一天晚上，在圣埃克苏佩里的五十周年校庆上，我已经见过她了。她虽穿着简单（牛仔裤、条纹衬衫、V领毛衣、匡威板鞋），却气质不凡，属于在任何情况下都脱颖而出的那种人。让她更具气场的，是在她身旁跃跃欲试的三条大狗：剪过耳的德国猎犬、浅褐皮毛的美国梗犬和扁平脑袋的罗威纳犬。

见到这三条狗后，我整个身体都绷了起来，后悔不该赤手空拳来到这里。由于怒不可遏，我脑子一热就离开了父母家。而且，我总觉得，大脑就是自己的武器。这是我的老师让-克里斯托夫·格拉夫教给我的，然而，一想到亚历克西斯·德维尔对我母亲、弗朗西斯、马克西姆所做的事，我便觉得自己不该这么冲动。

如今，已然了解真相的我，觉得自己整个人都被掏空了。实际上，我并不期待从亚历克西斯·德维尔口中得到任何信息。难道我真的已经明白了一切吗？难道我们真的可以理解爱情的真谛吗？不论如何，我都可以清晰地想象出这两个女人当年对彼此的欣赏，她们都是那般聪明、自由和美丽。她们彼此间分享的，是默契带来的兴奋，是身体的迷醉，是眩晕与叛逆。其实，我和亚历克西斯·德维尔并没有太大的不同，即便我不愿承认这一点：我们在二十五年前爱上了同一个姑娘，而且至今无法释怀。

亚历克西斯·德维尔身材颀长挺拔，皮肤光滑剔透，让人无从猜测她的年龄。她把长发拢成发髻，似乎对于掌控局势成竹在胸。三条狗目不转睛地盯着我，而她却洒脱地转过身去，凝视着贴满墙面的照片。是雯卡的性感写真，达拉纳格拉跟我说起过这些照片。将镜头对准这样一个模特，他实现了摄影技术的飞跃，完美捕捉了少女雯卡暧昧模糊、迷醉人心的美。那是她绽放的青春。**玫瑰的遭遇**……

我决定出击。

"你以为自己始终爱着雯卡，可你错了。没人会害死心爱的人。"

德维尔从照片上移开视线，用冰冷且鄙夷的目光打量着我。

"我可以回答你说，杀死一个人，有时是极端之爱的一种表现。但雯卡的死不是这么回事。因为杀死她的，不是我，而是你们。"

"我们？"

"你，你妈妈，范妮，弗朗西斯·比安卡尔蒂尼，还有他儿子……或多或少，你们都有责任，都有罪。"

"这些都是艾哈迈德告诉你的，对吧？"

在几只护卫犬的簇拥下，她向我走过来。我想到了赫卡忒，那是希腊神话中的幽灵女神，身边永远伴着一群对着月亮狂吠的狗。她掌管着噩梦、被压抑的欲望，皆是男男女女们最邪恶、最脆弱的精神领地。

"虽然证据确凿，但我从没相信过雯卡和那个家伙私奔了。"德维尔说，"这么多年来，我一直在追查真相。造化弄人，就在我放弃希望时，有人把它送到了我面前。"

三条狗骚动起来，冲着我的方向低声嗥叫。我开始感到恐慌。每每见到这些动物，我的身体就会陷入瘫痪状态。虽然我努力不看它们的眼睛，但它们已然觉察到了我的不安。

"七个多月前，"德维尔继续道，"我在一家超市的水果蔬菜区买东西。艾哈迈德认出了我，说想和我聊聊。他告诉我，雯卡死去的那天夜里，弗朗西斯派他去取雯卡的一些东西，还让他把公寓清理干净，以免留下对你们不利的线索。在检查一件大衣口袋时，他发现了一封信和一张照片。所以，只有他从一开始就知道，亚历克西斯，是我。那个白痴把这个秘密保守了二十五年。"

此时的她，看似平静，但我感受得到她的狂躁与愤怒。

"艾哈迈德需要钱回老家，我需要知道真相。我给了他五千欧元，他向我交代了一切：体育馆墙壁里的两具尸体，一九九二年十二月血染圣埃克苏佩里的恐怖夜晚，还有你们这群人的逍遥法外。"

"即便翻来覆去地讲，故事也无法变成真相。要对雯卡的死负责的只有一个人，那就是你。在一桩罪行里，手持武器的人不一定就是真正的罪人，你很清楚这一点。"

　　由于不快，亚历克西斯·德维尔的脸抽动了几下，这情形我还是头一回看到。仿佛是在回应女神无声的命令，三条狗向我靠拢过来，把我团团围住。我的两条腿瞬间就被汗水冰冻了。恐惧蔓延开来。一般情况下，我可以控制住内心的恐惧，保持理智，告诉自己没必要害怕。但此刻，我做不到，因为这几条狗凶残至极，随时都有可能攻击我。我克服着恐惧，继续说道：

　　"我还记得当年的你，你的魅力和独特的气质。所有学生都很喜欢你。以我为首。一位三十岁的年轻老师，优秀、美丽，懂得尊重学生、帮助学生。在文科预科班里，每个女生都想成为你的样子。在某种程度上，你是自由和独立的象征。我则认为，你证明了智慧可以主宰平庸。你简直是女版的让-克里斯托夫·格拉夫，你……"

　　听到我当年恩师的名字，她恶意地放声大笑起来。

　　"哈哈！那个可怜的格拉夫！他也是个蠢货，不过是另一种蠢货，很有文化的蠢货。他也什么都没猜到。这么多年来，他一直在对我献殷勤，给我写些激情澎湃的诗和信。他把我理想化了，就像你把雯卡理想化了一样。这是你们这种男人的专长。你们口口声声说爱女人，但实际上，你们并不了解我们，也不愿去了解我们。你们不懂得倾听，而且不想去倾听。对你们来说，我们不过是你们浪漫爱情的幻想对象罢了！"

　　为了让人信服，她还引用了司汤达的话："当你开始关心一个女人时，你看到的她再也不是真正的她了，而是那个你所希望见到的她。"

　　引用得很恰切，但我不会就此放过她。她因为爱雯卡而毁了雯卡，我想要她承认这一点。

　　"和你所说的恰恰相反，我很了解雯卡，至少是遇见你之前的雯卡。那时的她，不酗酒不吸毒。你无所不用其极，就是为了在精神上控制她。你做到了。对你来说，她是个很容易得手的猎物：一个刚开始体验快感和激情的狂热少女。"

"你是想说我毒害了她？"

"不，我是想说，你把她推向了精神药物和酒精，因为这样可以麻醉她的判断力，让她被你掌控。"

几条狗亮出了獠牙，开始贴近我的身体，嗅闻我的手。德国猎犬把嘴巴贴在我的大腿根上，逼得我退到了沙发的靠背处。

"我让她对你父亲投怀送抱，是因为我们想要个孩子，除此之外，别无他法。"

"事实上，想要这个孩子的，是你。是你一个人！"

"不！雯卡也想要个孩子！"

"用这种方式吗？我不觉得。"

亚历克西斯·德维尔怒火中烧：

"你没有权利对我们指手画脚。如今，女同性恋者如果想要孩子是可以实现的，人们愿意接受甚至尊重她们的选择。大家的想法变了，法律发展了，科技也进步了。但是，在二十世纪九十年代初，这是不可能的，是被否认和排斥的。"

"你那么有钱，可以想别的办法啊。"

她反驳道：

"可我那时什么都没有！人们眼里的进步主义者不一定是真的进步。加利福尼亚的德维尔家族只不过是表面看起来宽容开放罢了。我家里的所有人都是伪君子，胆小如鼠、残酷无情。他们不认可我的生活方式和性取向。他们很早就断了我的生活费，断了好多年。之所以选了你父亲，是因为这样可以一举两得：孩子和钱。"

　　我们的对话没有任何意义。每个人都始终站在自己的立场上。也许，这是因为我们都既有罪又清白，同为受害者和刽子手。也许是因为，唯一该承认的真相，就是在一九九二年的索菲亚−昂蒂波利，在圣埃克苏佩里国际中学，曾有个迷人的女孩，让所有走进她生活的人为之痴狂。因为，当你和她在一起时，你会产生疯狂的幻象，认为她的存在足以回答那个困扰我们每个人的问题：如何度过漫漫长夜？

🍃

　　空气中弥漫着紧张的氛围。现在，三条狗把我逼到了墙边，占据了绝对上风。我感受到了迫近的危险。我心跳加速，衬衫被汗水浸透，贴在了皮肤上，死亡似乎已变得不可避免。仅仅用一个动作，或者一句话，德维尔就能要了我的命。如今，当我终于将一切查个水落石出，却愕然发现，摆在面前的只有两个选择：杀人或者被杀。我克服着心中的恐惧，继续说道：

　　"你大可以收养一个孩子，或者自己怀一个。"

　　此刻的她，狂躁得似乎可以毁灭一切。只见她凑到我跟前，伸出食指威胁性地指向我，距离我的脸不过几厘米。

　　"不！我想要个雯卡生的宝宝。一个拥有她的基因、她的完美、她的优雅、她的美丽的宝宝。那是我们爱情的延续。"

　　"你从吕本斯医生那儿搞来罗眠乐的处方，交给雯卡，这些我都知道。需要让对方依赖上精神药物，才能获得幸福与快乐，你不觉得这份爱情很可笑吗？"

　　"你个小兔崽子……"

　　德维尔已变得语无伦次。几条狗的攻击性越来越强，就连她也难以控制了。我胸口一紧，心头一阵剧痛，头晕目眩。我尽量不理会自己的身体状态，单刀直入地说：

"你知道雯卡死前对我说的最后一句话是什么吗？她对我说：'我是被亚历克西斯强迫的。我没想和他上床。'二十五年来，我都误解了这句话的意思，还害得一个人因此丧了命。现在，我终于明白她想说的是什么了：'亚历克西斯·德维尔强迫我和你爸爸上床，但我不愿意这么做。'"

我呼吸困难，整个身体都在颤抖。我有种感觉，想要跳出这噩梦，唯一的办法就是分身逃离。

"你看，雯卡死去的时候已经知道你有多垃圾了。你就算建造一千座天使花园也无济于事，真相是无法改变的。"

亚历克西斯·德维尔恼羞成怒，发出了进攻的信号。

最先攻击我的是那只美国梗犬。它气势汹汹，把我扑倒在地。就在我倒下时，头部撞到了墙上，随后又撞到了一把金属椅的尖角。我感觉到，它的獠牙正在嵌入我的脖颈，寻找着颈动脉。我试图推开这只护卫犬，却没能成功。

我听见了三声枪响。第一声击倒了正在撕咬我后颈的大狗，吓跑了它的两个同伴。接下来的两声响起时，我仍昏昏沉沉地躺在地上。回过神后，我看见亚历克西斯·德维尔已倒在了壁炉旁的血泊里。我转过头去，望向落地窗。逆光中，里夏尔的身影清晰可见。

"没事了，托马斯。"他用坚实有力的声音安慰我说。

六岁的我在夜里做噩梦时，他也曾用这种声音安慰我。他的手没有颤抖，而是稳稳地紧握着弗朗西斯·比安卡尔蒂尼的那把史密斯-威森手枪的木质枪柄。

父亲一边把扶我起来，一边保持着警戒状态，以免恶狗跑回来袭击我们。当他把手放在我的肩膀上时，我又变成了那个六岁的孩子。他和弗朗西斯这一代的男人，已然是个正在消亡的物种。他们简单粗暴，凌厉生硬，价值观老套传统。他们被当今的世人唾弃，因为他们的大男子主义可耻又过时。然而，我却由于在人生之路上遇见了他们，而收获了双倍的幸福。要知道，为了拯救我，他们没有丝毫犹豫，不惜身受牵连。

　　不惜双手沾满鲜血。

好人遭殃

亚历克西斯·德维尔死了，我父亲入狱了。这之后的一段日子，是我这辈子里最奇怪的时光。每天早上，我都确信警方的调查会转向雯卡和克雷芒的失踪。然而，在监狱里的父亲却四两拨千斤地排除了这一危险。他声称亚历克西斯·德维尔是自己的情妇，两人的关系已持续了几个月之久。妻子在发现这段私情后，拿着猎枪去见了第三者。亚历克西斯·德维尔身陷险境，出于自我保护杀死了我母亲，随后又被我父亲杀死。他交代的事情经过统统站住了脚。他给予了每个当事人清晰合理的动机，最值得称道的是，他把两起谋杀都限定在了"情杀"范畴内。早在开庭之前，父亲的律师就做好了铺垫：亚历克西斯·德维尔杀害我母亲的手段非常之残忍，还有她之前的精神症状，和她的护卫狗对我的袭击。有了这些铺垫，我父亲的行为几乎可以被视为合情合理的复仇——他虽然没能因此获得无罪释放，刑期却很短。更为重要的是，情杀的说法彻底切断了这两起杀人案和雯卡与克雷芒事件之间的联系。

然而，这一切都太美好了，美好得让我觉得不太真实。

　　几星期以来，幸运女神似乎在持续向我们微笑。马克西姆从昏迷中清醒了过来，身体状态明显好转。六月，他顺利当选议员。有时，他甚至会以国务秘书候选人的身份出现在媒体上。警察在调查他的被袭案件时，封锁了体育馆的周边地段，因为那里是案发现场。这样一来，体育馆的拆除工程就不能如期举行了。接着，鉴于当前情势，哈金森&德维尔基金会决定撤销对圣埃克苏佩里国际中学的资助，施工项目因此被无限期搁置。至此，校方一改往日口风，以保护环境和文化遗产为由，声称改变校园景观是种危险的做法，校园底蕴也必将因此遭到破坏，全校师生对此极为看重。以上。

　　我父亲被捕的消息刚一公开，范妮就联系了我。我们来到医院，在马克西姆（当时他还处于无意识状态）的病房里待了整整一晚，还原了一九九二年那天夜里发生的一切。得知自己并不是杀死雯卡的凶手后，她终于振作起来。没过多久，她就离开了蒂埃里·塞内卡，并联系巴塞罗那的一家生育诊所做了人工授精。马克西姆的健康状况有所好转后，我们经常一起去病房看他。

　　几天来，我真的以为，我们三个逃离了厄运，逃离了墙壁里的那两具尸体对我们的控诉。几天来，我真的以为，我们成功地打破了"好人遭殃"的法则。

　　然而，我却没有料到斯特凡纳·皮亚内利的背叛。当初对他的信任真是大错特错。

　　"也许你会不太高兴，但我还是打算出一本书，关于雯卡·罗克维尔的死亡真相的书。"皮亚内利平静地向我宣布道。那是六月末的一个晚上，在昂蒂布老城一家英式酒吧的吧台前，他说要请我喝一杯。

"什么真相？"

"唯一的真相。"皮亚内利答道，表情坚定、沉着，"我们的同胞有权知道雯卡·罗克维尔和亚历克西斯·克雷芒遭遇了什么。圣埃克苏佩里的学生家长有权知道，他们把孩子送去了一所怎样的学校，有权知道校园的墙壁里有两具封存了二十五年的尸体。"

"斯特凡纳，如果你这么做了，范妮、马克西姆和我都会进监狱。"

"必须揭露真相。"他用手掌拍打着吧台，语气强硬。

随后，他发表了一通毫无意义的长篇大论，跟我讲了一个因为弄错了几欧元而被炒鱿鱼的收银员，还有法院对政客和老板们的纵容袒护。接着，他老调重唱（那是他从高中毕业起就不停重复的永恒论调），抨击社会阶层差异，称万恶的资本主义是"资本家们奴役人民的工具"。

"斯特凡纳，你说的这些跟咱们有什么关系？"

他向我投来挑衅的目光，那目光里混合了严肃与狂喜。仿佛从第一天起，他就期待着这一刻，期待着如今的力量对比。而我，则是第一次真正感受到，皮亚内利对我们这类人竟是怀着这般刻骨的仇恨。

"你们杀死了两个人，必须付出代价才行。"

我喝了一口啤酒，努力做出一副不以为然的样子。

"别诓我了。你不会写这么一本书的。"

他从口袋里掏出一个厚厚的信封，递到我手上。那是他和巴黎一家出版社签订的合同，双方协议近期出版一本书，书名是——《雯卡·罗克维尔奇异事件的真相》。

"老兄，你要写的东西什么证据都没有啊。这本书会毁了你的记者名声的。"

"证据就在体育馆里。"他嘲讽地说，"等书一出版，我就会煽动家长们。迫于巨大的压力，校方只能拆掉那面墙，别无他选。"

"雯卡和亚历克西斯·克雷芒的案子已经过了追诉时效了。"

"也许吧，即便这点在法律层面上有争议，但你妈妈和亚历克西斯·德维尔的死还在时效期内。法院会抓住这一点，并把几宗谋杀案都联系在一起。"

我知道那家出版社。不太有名也不怎么严谨，却很善于做图书市场营销。如果皮亚内利真出版了那本书，其后果必将极具毁灭性。

"我不明白你为什么要揭发我们，斯特凡纳。就为了获得一时的荣耀感吗？可这不像你啊。"

"我只是在做我的工作罢了。"

"你的工作就是背叛朋友吗？"

"等等，我的工作是记者，还有，我们从来都不是朋友。"

我想到了青蛙和蝎子的寓言。"你为什么要刺伤我？"青蛙在河里问蝎子，"由于你的错，我们两个都会死掉。""因为这是我的本性。"蝎子回答说。

皮亚内利再次恶语相向，在我的伤口上撒了把盐：

"整个故事真的太引人入胜了！简直就是现代版的《波吉亚家族》！说不定会被网飞买下来，拍成连续剧。要不要打个赌？"

我看着这个因我全家被毁而欢欣雀跃的家伙，真想杀了他。

"我明白塞利娜为什么离开你了，"我说，"因为你就是个可怜虫，一个下流坏子……"

皮亚内利本想把杯里的啤酒泼到我脸上，却没有我的动作快。我向后退了一步，先是朝他脸上重重打了一记直拳，随后又对着他的肚子挥了一记上勾拳，打得他双膝跪地。

当我离开酒吧走进黑夜时，对手虽已躺倒在地，真正的输家却是我。而这一次，再没有任何人可以保护我了。

让-克里斯托夫

昂蒂布，2002年9月18日

亲爱的托马斯：

好几个月没联系了，如今这封信是向你告别的。实际上，当这些文字飞至大西洋彼岸时，我已经离开人世了。

在离开之前，我还是想向你致以最后的问候。我想再次告诉你，能做你的老师，我有多高兴；每每想起我们的交流探讨以及共度的所有时光，我都倍感幸福。在我的整个教师生涯中，你是最棒的学生，托马斯。你也许不是最优秀的，也不是成绩最好的，但绝对是最慷慨、最细腻、最具有人文情怀、最关心他人的。

千万不要为我难过！我走了，因为已无力继续走下去。请你确信这一点，我不是没了勇气，而是真的无法承受生活给予我的考验了。死亡，已然成为我唯一体面的出路，它将带我走出地狱。即便是书籍，那些我最为忠实的朋友，如今也无法解救我于水深火热之中了。

　　我的悲剧虽无比平凡，甚至无足轻重，却给我带来了无尽的痛苦。这些年，我一直暗恋着一个女人，由于害怕被拒绝而不敢表白。许久以来，我唯一的氧气，就是看着她，看着她呼吸、微笑和说话。我觉得我们之间默契满满、惺惺相惜，有时，我甚至能感觉到她也是爱我的，正是这份感觉，支撑我度过了生活里的重重苦难。

　　我承认，我偶尔也想到过你说的"好人遭殃"理论，竟然还天真地以为自己打破了这个魔咒，然而，生活并没有向我伸出援助之手。

　　几星期以来，我不幸地意识到，她永远不会爱我，而且，她很可能不是我想象中的样子。显然，我不属于那类能主宰自己命运的人。

　　我亲爱的托马斯，照顾好自己，千万不要因为我而悲伤难过！我可能没有能力给你什么建议，但是，生活中的战斗需要仔细选择，并不是每一场都值得你去冲锋陷阵。托马斯，有些时候，你要吸取我的教训，学会走近他人。用心经营生活吧，因为孤独可以要了我们的命。

　　我祝你好运。我从没有一刻怀疑过，你能做到我没能做到的事：找到灵魂的伴侣，与其携手面对生活的风浪。个中缘由，正如我们最喜欢的一个作家所写的那样："最糟糕的，莫过于做人群中的孤独者。"

　　继续做自己，做那个与众不同的男生。还有，远离那些白痴。不要忘记斯多葛学派的理论，保护自己不受他们伤害的最好办法，就是避免变成他们的样子。

　　最后，即便我的命运似乎做了反证，但我仍然坚信，我们最强大的力量，恰恰源自我们的脆弱敏感。

拥抱你，

让-克里斯托夫·格拉夫

妇产医院

弗朗西斯·比安卡尔蒂尼轻轻推开房门。透过阳台上的落地窗，橙红色的秋日阳光倾泻进来。傍晚时分，只有远处的放学声才能打破妇产医院的寂静。

弗朗西斯走进房间，怀里抱满了礼物：给儿子托马斯准备的毛绒玩具熊、给安娜贝尔挑选的手链，还有带给护士们的两盒意大利饼干和一罐阿玛蕾娜野樱桃。是呀，护士们把他们照顾得太好了。他把礼物放在滚轮托盘上，尽量不发出声音，以免吵醒安娜贝尔。

当他弯下腰看向摇篮时，里面的新生宝宝也在用好奇的目光盯着他。

"哟，你好不好呀？"

他抱起宝宝，随后坐到一把椅子上，享受着孩子出生后神奇又庄严的时光。

　　他感受到了一种发自肺腑的喜悦，但这喜悦中又掺杂着遗憾与无奈。离开妇产医院后，安娜贝尔不会跟他回家，而是回到她丈夫里夏尔的身边，而那个里夏尔，将成为托马斯的合法父亲。这种境遇虽然令人不快，他却不得不去适应。安娜贝尔是他一生所爱，也同时是个不同寻常的女人。爱情至上的她，对承诺有着独特的解读。

　　弗朗西斯最终被说服了，同意不公开他们的恋情。"我们的爱会因隐秘而变得无价，"她肯定地说，"把爱暴露在世人的目光下，只会让它变得平庸，失掉神秘感。"而他却在其中看到了另一个好处：把自己最珍贵的东西隐藏在敌人的视线之外。没必要告诉所有人自己拥有什么，那只会让我们变得不堪一击。

　　弗朗西斯叹了口气。他一直乐于扮演的蠢货形象不过是为了掩人耳目。除了安娜贝尔，没有人真正了解他，也没有人知道他的暴力倾向和易怒性格。他的第一次爆发是在一九六一年的蒙达奇诺，当时他十五岁。那是个夏夜，事情就发生在广场的喷泉旁。镇子上的年轻人喝了不少酒。其中有个小子紧贴在安娜贝尔身边。她推开他好几次，可那家伙还是继续对她动手动脚。那会儿，弗朗西斯并没有冲过去。那些人比他大，都是都灵的油漆工和门窗玻璃工，是来给镇上的一户人家修建房子的。接着，当他意识到不会有人挺身而出时，他便朝那伙人走了过去，要求那家伙滚开。当年的他并不十分高大，看起来甚至有些蠢笨。当大家纷纷嘲笑他时，他一把抓住那人的衣领，对着脸就是一拳。虽然外表看不出来，但他力壮如牛，内心狂暴。一旦出了手，他便不停地击打着那个年轻的工人，谁都没法让他放下猎物。从很小的时候起，他就不善言辞，所以从不敢对安娜贝尔说话，想表达的话总是卡在嗓子眼里，说不出来。然而，在那个晚上，他用自己的拳头开了口。通过打破那个可怜虫的脑袋，他给安娜贝尔传递了这样一个信息："有我在，没人敢再伤害你。"

当他停手时，那家伙已经失去了意识，满脸是血，满口是牙。

这一事件引起了当地居民的极大不安。在接下来的日子里，意大利宪兵曾试图找到弗朗西斯展开讯问，但他早已离开意大利去了法国。

几年后，他再次遇见了安娜贝尔。安娜贝尔对他当年的出手相救表达了谢意，但也表示自己被他吓到了。不管怎样，两人最后还是走到了一起，而且，多亏有了安娜贝尔，他才得以控制住了自己的暴力倾向。

当他摇晃儿子时，发现宝宝已经睡着了。弗朗西斯这才敢在托马斯的头上轻轻吻一下。宝宝身上散发着牛奶面包和橙花的气息，香甜醉人，让他激动不已。躺在他怀里的托马斯，看起来那么小。他漂亮的脸蛋上满是宁静与平和，分明是预示着将来的美好。然而，这小家伙看起来却这般脆弱。

弗朗西斯突然意识到自己流泪了。不是由于难过，而是因为这份脆弱令他害怕。他擦去脸上的一颗泪珠，万分小心地把托马斯放回了摇篮，生怕吵醒他。

他滑开观景窗，走到病房外的露台上。他从夹克衫口袋里掏出一盒高卢香烟，点上一根，接着突然脑子一热，决定抽完这支烟后就此戒掉。如今的他，已挑起了家庭的重担，必须得自律了。父亲需要照顾儿子多少年？十五年？二十年？还是一辈子？他一边吐出呛人的烟，一边闭上眼睛，以便更好地享受从高大椴树的繁茂枝叶中穿透而来的最后几缕阳光。

托马斯的降生，让他感受到了一份沉重的责任感，但他已然做好了承担责任的准备。

养育一个孩子，保护一个孩子，是一场漫长的战斗，时时刻刻都需要保持警惕。最糟糕的事情随时都可能陡然发生。永远都不可以掉以轻心。弗朗西斯不会逃避。他什么都扛得住。

观景窗滑动的声音打断了弗朗西斯的思绪。他转过身去，看见安娜贝尔正在向他走来，嘴角挂着微笑。当她依偎在他怀里时，他感到一切恐惧都烟消云散了。在微风的吹拂下，弗朗西斯对自己说，只要有安娜贝尔在，他就什么都可以面对。假若没有智慧相伴，蛮力就一无是处。只要在一起，他们就能永远做到未雨绸缪。

未雨绸缪

即便皮亚内利的书始终是挥之不去的威胁，马克西姆、范妮和我仍照常生活着，仿佛它不存在似的。我们已经过了在恐惧中生活的年纪，也过了想去说服别人、证明自己的年纪。我们必须做到的只有一件事：不管发生什么，从此风雨同舟。

随着一天天过去，我们一边享受着彼此的陪伴，一边守候着一场狂风骤雨；然而，在我内心深处却默默抱着一线希望，希望它永远不要爆发。

我身上的某些东西变了，我因此觉得心安。令我备受煎熬的焦虑已然消失。我成功地寻到了根、溯回了源，从此脱胎换骨。当然，我也有遗憾：遗憾直到母亲去世才跟她和解，遗憾直到里夏尔入狱才与他亲近，也遗憾从未以儿子的身份同弗朗西斯交谈过。

我三位"父母"走过的路，令我思绪万千。

他们的人生经历很不寻常，充满了痛苦、冲动与矛盾。有时，他们缺少勇气；有时，他们又很忘我，令人肃然起敬。他们活过，他们爱过，他们杀伐过。在某些时候，他们也曾被激情冲昏过头脑，但他们或许已经尽力了，尽力摆脱平庸的命运，尽力在实现自我价值的同时挑起肩头的重担，用自己独特的语言说出"家"这个字。

作为他们的孩子，我并不一定非要效仿他们，但必然要努力捍卫这份精神遗产，并从中汲取些许教训。

毋庸置疑，情感是复杂的，人是复杂的。我们的生命是多面的，往往会令人难以捉摸，暗藏着自相矛盾的憧憬与渴望。我们的生命是脆弱的，既珍贵又无足轻重，时而淹没在孤独的冰水中，时而沉浸于青春之泉温润的细流里。我们的生命，更是永远都不可控的。哪怕是秋毫之末，也可让一切毁于旦夕。一句低吟的话语、一个闪亮的目光、一抹迟来的微笑，都能让我们飘飘欲仙，也能让我们遁入虚无。即便一切都不确定，我们仍别无他选，只能一边假装掌控住混乱局面，一边希望心灵的百转千回能够在上帝的神秘旨意中找到属于自己的位置。

七月十四号晚上，为了庆祝马克西姆出院，我在父母的房子里举办了一场聚会。参加聚会的有奥利维耶、马克西姆、他们的两个女儿、范妮，甚至还有波利娜·德拉图尔——事实证明，她是个聪明有趣的姑娘。我们俩后来和解了。为了哄孩子们开心，我用露天烧烤架烤了牛排，还准备了热狗。我们开了一瓶夜圣乔治葡萄酒，随后坐在露台上，欣赏昂蒂布海湾燃放的烟花。烟花表演刚刚开始，外面的门铃就响了。

我丢下客人，打开室外灯，随后顺着小径向下走到门口。斯特凡纳·皮亚内利正在铁门外等我。他看起来不太精神：头发很长，胡子很密，眼圈发黑、双眼充血。

"斯特凡纳，你想干什么？"

"嘿，托马斯。"

他满嘴酒气。

"可以让我进去吗？"他一边问，一边紧紧抓住铸铁大门的栏杆。

这扇铁门，我不会打开，它象征着横亘在我们之间的隔阂，那道永远无法消逝的隔阂。皮亚内利是个叛徒。我们再也不会接纳他。

"滚吧，斯特凡纳。"

"艺术家，我有个好消息要告诉你。那本书，我不出了，你安全啦！"

他从口袋里掏出一张折成四折的纸，隔着栏杆递给了我。

"你妈和弗朗西斯真是两个混账！"他说，"幸亏我在出书之前找到了这篇文章，要不然就该被笑掉大牙啦！"

我打开那张纸，这时，天空中鞭炮齐鸣、礼花绽放。那是《尼斯早报》一篇旧文的复印件，文章的发表时间是一九九七年十二月二十八日。是在悲剧发生后的第五年。

圣埃克苏佩里国际中学公共设施惨遭破坏

圣诞夜，位于索菲亚－昂蒂波利科技园内的圣埃克苏佩里国际中学惨遭破坏。最为严重的损毁发生在这所国际中学的体育馆。

十二月二十五日清晨，预科班班主任安娜贝尔·德加莱女士发现了破坏现场。运动室的墙壁上被写满侮辱性文字和标语。破坏者也打碎了多块玻璃、破坏了若干灭火器，并损毁了更衣室的门。

德加莱女士已报警，并表示，做出破坏行为的一定不是本校学生。

警方已开始调查并进行了例行取证。在等待警方调查结果的同时，校方正在展开必要的清理工程，以保证体育馆在一月五日学生返校前重新投入使用。

克劳德·安热万

文章附了两张照片。第一张再现了体育馆被破坏的严重程度：被乱涂乱画的墙面、倒在地上的灭火器和破碎的玻璃窗。

"雯卡和克雷芒的尸体再也找不到了，"皮亚内利怒吼道，"肯定找不到了，不是吗？你妈和弗朗西斯那么聪明、那么狡猾，怎么可能留下什么尾巴。艺术家，我不得不对你说，你和你的朋友们真该好好感谢你们的父母，他们帮你们清除了大麻烦。"

在第二张照片里，我母亲正交叉着双臂站在那儿；她身穿合体的西服套裙，梳着利落的发髻，表情沉着镇静。在她身后，是弗朗西斯·比安卡尔蒂尼的宽大身影；他依然罩着那件百穿不坏的皮衣，一手拿着瓦刀，另一只手拿着凿子。

一切都再清楚不过了。一九九七年，也就是杀人事件发生后的第五年，距离母亲卸任还有几个月，她和弗朗西斯决定清理掉体育馆墙壁内的尸体——他们不可能每天顶着一把达摩克利斯之剑生活。为了让弗朗西斯顺理成章地参与其中，他们伪造了这起破坏事件。翻修工程是在圣诞假期进行的，那是校园里唯一一个空无人烟的时间段。弗朗西斯犹入无人之境（这次无须艾哈迈德的帮助），挪走并彻底处理了尸体。

我们那般害怕尸体被发现，殊不知它们早在二十年前就从校园消失了！

我神情恍惚，再次看向弗朗西斯。他锐利的目光似乎刺穿了摄影师的镜头，进而通过这镜头，刺穿日后所有挡住他去路的人。他的目光如钢铁般坚定，仿佛是在硬气地说：我不惧怕任何人，因为我永远都懂得未雨绸缪。

　　皮亚内利走了，并没要求留下。我慢慢踏上小路，走向我的朋友们。过了好一会儿，我才回过神来，才完全意识到我们终于无所畏惧了。走到楼上后，我又最后读了一遍那篇文章。当我仔细观察照片里的母亲时，我发现，她的手里握着一串钥匙。大概是那该死的体育馆的钥匙吧。那是过去的钥匙，也是为我开启未来之门的钥匙。

小说家的特权

> 我们并非为了成为作家写作，而是为了在静默中触及爱，那份超越世俗之爱的爱。
>
> ——克里斯蒂昂·博班，法国作家

在我面前，摆放着一支三十厘米长的比克圆珠笔，还有一个方格本子。一直以来，它们都是我唯一的武器。

我坐在学校的图书馆里，坐在我当年常坐的小角落。向外望去，可以看见铺石小院，还有爬满常春藤的温泉。阅览室里弥漫着融化的蜂蜡和蜡烛的味道。老旧的文学教科书在我身后的书架上落满灰尘。

泽莉退休后，校方决定以我的名字命名戏剧俱乐部的那座楼。我谢绝了这个建议，提议使用让-克里斯托夫·格拉夫的名字。但我还是参加了冠名仪式，并给学生们发表了一小段致辞。

我摘下笔帽，开始书写。这一辈子，我真正做的只有一件事：写作。通过写作，我同时做着互为矛盾的两个动作：筑墙和开门。筑墙是为了把残忍的、毁灭性的现实拦截在外，开门是为了逃离并走入一个平行的世界：那里的现实不是本来的模样，而是我所希望的模样。

这招并不是每次都好使，但有时，在连续几小时里，虚构的力量真的可以超越现实。也许，这就是艺术家，尤其是小说家的特权吧：不时拥有战胜现实的能力。

我写出来，又涂改掉，再重新写。黑压压的纸面越来越多。渐渐地，另一个故事现出了轮廓。一个替代版的故事，重现一九九二年十二月十九日到二十日那个夜晚最真实的分分秒秒。

想象一下……白雪、寒冷、黑夜。想象一下那个时刻，弗朗西斯来到了雯卡的房间，打算把她埋进墙里。尸体就倒在温暖的床上。他走了过去，用强壮的手臂抱起少女，宛如抱着一位公主。然而，他并没有把她带向一座美丽的城堡，而是抱着她来到了一片漆黑冰冷的工地，那里四散着混凝土的气息，弥漫着潮气。他独自一人。围绕在他身边的，只有幽灵和魔鬼。他让艾哈迈德回家了。他把雯卡放在了一张篷布上，点亮了工地里所有的灯。他被少女的身体迷醉，实在不忍心把混凝土浇向她。就在几小时前，他毫不犹豫地处理了亚历克西斯·克雷芒的尸体。而现在，却大不一样。现在，他真的下不了手。他久久地望着她。接着，他走近她，在她的身体上又盖了一层篷布，好像她还有可能着凉似的。有那么一会儿，当泪水顺着脸颊滑落时，他甚至幻想她还活着。那幻想太过强烈，以至于他仿佛看见了她的胸脯在微微伏起。

他继续幻想着，直到发现雯卡是真的在呼吸。

我的老天。这怎么可能？安娜贝尔明明用铸铁雕塑砸了她的头，而且她的胃里还注满了酒精和药片。的确，精神药物会减缓心率，但他刚刚检查时，明明没有感受到任何搏动。他把耳朵贴在少女胸前，他听到了心跳声。这是他听过的最美的音乐。

弗朗西斯没有犹豫。他不可能为了完成任务，用铁锹砍向女孩。他真的做不到。他抱着雯卡走向自己的四驱车，把她放在了后排座位上。接着，他发动汽车，向梅康图尔山地驶去。他在山里有座狩猎木屋，有时去恩特罗纳打羚羊时会住在那儿。一般来说，他去那里只需要两小时，可今晚，由于交通不畅而花了双倍的时间。当他驶入上普罗旺斯阿尔卑斯省时，天已蒙蒙亮了。他把雯卡安顿在木屋的长沙发上，点燃壁炉里的火，又添了一大把柴，烧了壶热水。

开车的时候，他想了很多，最后做了决定。如果这孩子醒了，他会帮她就此消失，从零开始。帮她去另一个国家，用新的身份，过新的生活。类似于那种线人保护计划。不同的是，他不会去找什么政府机构，而是打算求助光荣会。为了洗钱，那些卡拉布里亚黑手党已经在他身边转悠一阵子了。他决定让他们把雯卡护送回美国。他清楚，这样一来，自己将被卷进深渊，但他也明白，生活里总会出现难以承受的考验。所谓"祸兮福之所倚，福兮祸之所伏"。这也正是他的生活写照。

弗朗西斯准备了一大壶咖啡，坐在椅子上等待着。这时，雯卡醒了。

接着，日复一日，年复一年……一个曾经掀起轩然大波的姑娘，在某个地方重新现身，宛若新生。

所以，在某个地方，雯卡还活着。

这就是我编写的故事。我在调查中搜集到的种种线索（弗朗西斯和黑手党之间千丝万缕的联系、流向纽约的钱款、我与雯卡在曼哈顿的偶遇），可以证明它的合理性。

我愿意相信这版故事是真的，即便只有千分之一的可能性。以目前的调查情况看，没有任何人可以完全驳倒它。作为一个小说家，我能为雯卡·罗克维尔事件做的，就只有这些了。

我写完小说，收拾好东西，离开了图书馆。外面，在秋日的阳光下，黄叶正在密史脱拉风中旋转舞蹈。我感觉很好。生活不再那么令我恐惧。人们大可以攻击我、评判我甚至摧毁我，我随时都能拿起手边的旧圆珠笔和皱皱的笔记本予以反击。那是我唯一的武器。不值一提，却强大无比。

一直以来，依靠这唯一的武器，我才得以度过漫漫长夜。

真真假假 //

　　由于纽约是我真正的心头之爱，我小说里的故事一开始都发生在北美。后来，渐渐地，一部分故事在法国展开。几年来，我一直想写一个发生在蔚蓝海岸的故事，那是我儿时的故乡；尤其是发生在昂蒂布的故事，那里有我太多的回忆。

　　然而，仅仅有意愿是不够的，小说的书写往往是个脆弱、复杂、不确定的过程。直到写出被大雪拖垮的校园，以及被孩子们拖垮的成年人，我知道，时候到了。就这样，《玫瑰的遭遇》的故事以南法为背景缓缓展开。以两个时代的双视角再现这些地方，为此我深感快乐。

　　然而，小说不是现实，陈述者也不是创作者：书中托马斯的经历只属于他自己。苏盖特路、《尼斯早报》、拱廊咖啡厅、芳多纳医院虽然都是真实存在的，但小说对它们进行了文学处理。托马斯的初中、高中、他的老师和亲朋好友，都是虚构的，或者说，都不同于我少年时的记忆。最后，我向各位保证，我还没有在一座体育馆的墙壁里藏过尸体……

La Jeune Fille et la Nuit by Guillaume Musso
© Calmann-Lévy, 2018

著作权合同登记号：图字18-2019-202

图书在版编目（CIP）数据

玫瑰的遭遇 /（法）纪尧姆·米索（Guillaume Musso）著；曹杨译. —长沙：湖南文艺出版社，2020.2
　ISBN 978-7-5404-9493-3

　Ⅰ.①玫… Ⅱ.①纪… ②曹… Ⅲ.①长篇小说—法国—现代 Ⅳ.①I565.45

中国版本图书馆CIP数据核字（2019）第292812号

上架建议：畅销·浪漫悬疑

MEIGUI DE ZAOYU
玫瑰的遭遇

作　　者：[法]纪尧姆·米索
译　　者：曹　杨
出 版 人：曾赛丰
责任编辑：刘诗哲
监　　制：吴文娟
策划编辑：董　卉
特约编辑：包　玥
营销支持：徐　燧
版权支持：张雪珂
版式设计：李　洁
封面设计：利　锐
出　　版：湖南文艺出版社
　　　　　（长沙市雨花区东二环一段508号 邮编：410014）
网　　址：www.hnwy.net
印　　刷：北京天宇万达印刷有限公司
经　　销：新华书店
开　　本：875mm×1270mm　1/32
字　　数：217千字
印　　张：8.75
版　　次：2020年2月第1版
印　　次：2020年2月第1次印刷
书　　号：ISBN 978-7-5404-9493-3
定　　价：45.00元

若有质量问题，请致电质量监督电话：010-59096394
团购电话：010-59320018